Bärenmord

Buch

Bärenmord

Was ist los in Wuppertal-Cronenberg? In der Redaktion der Stadtteilzeitung *Cronenberger Woche* wird ein Fünfundsiebzigjähriger mit einem Messer im Herzen vorgefunden. Gleichzeitig entdecken die Inhaber des Teddybärenmuseums einen schrecklich zugerichteten Bären. Mathilde Krähenfuß, pensionierte Journalistin und Hobbydetektivin, beginnt zu recherchieren. Doch dann passiert ein weiterer Mord.

Globuli

Das Jahr 2020 war geprägt von der Coronapandemie. Die Autorin Tanja Heinze schenkte ihren Leserinnen und Lesern im März und April einen *Online-Kurzkrimi*. Eine überarbeitete Fassung ist diesem Buch beigefügt.

Mathilde Krähenfuß besucht ein Krimidinner im Theater in Cronenberg. Kann das ohne Komplikationen verlaufen?

Autorin

Tanja Heinze, 1975 in Wuppertal geboren, lebt und arbeitet in dieser Stadt bis heute. Sie studierte Philosophie an der Bergischen Universität Wuppertal.

TANJA HEINZE

Bärenmord

und Globuli

Bibliografische Information der Deutschen Nationalbibliothek
Die Deutsche Nationalbibliothek verzeichnet diese Publikation in der
Deutschen Nationalbibliografie; detaillierte bibliografische Daten sind
im Internet über http://dnb.dnb.de abrufbar.

Umwelthinweis:
Alle bedruckten Materialien dieses Taschenbuchs sind chlorfrei und
umweltschonend.

Erste Auflage Februar 2021
© 2021 Tanja Heinze
Satz, Umschlaggestaltung, Herstellung und Verlag:
BoD – Books on Demand, Norderstedt
ISBN 978-3-7534-2984-7

Coverdesign: Kay Fretwurst
Umschlaggestaltung: Tanja Heinze und BoD
Lektorat: Christina De Bruyckere-Monti
Jacqueline V. Droullier
Dr. Norbert Brieden
Korrektorat: Marise Moniac

Nacht

Verächtlich blickte er auf das wimmernde Häufchen Elend in der Badewanne. Einen Moment zögerte er, kostete die Angst in den einstmals so hochmütig dreinblickenden Augen aus.

»Du hast gedacht, es wäre hiermit zu Ende, nicht wahr?«, fragte er nach einer Weile mit leiser Stimme. »Hast gemeint, ich würde dich zuerst reinwaschen und dich dann in die Freiheit entlassen.«

Sein Opfer nickte erbärmlich, versuchte erfolglos, trotz des Knebels Worte hervorzubringen.

»Du wirst schön aussehen.« Er lachte heiser. Ohne Vorwarnung schlug er dem Gefangenen mit der geballten Faust in den Unterleib. Er hatte sich jeden Schritt genau überlegt, die Strafe minutiös geplant. Der gezielte Schlag gehörte dazu. »Dieser Schmerz ist für alles, was du für deine Sicherheit in Kauf genommen hast.«

Während das Opfer unter Qualen aufschrie, nahm er zwei Fotos aus seiner Hosentasche. Er hustete mehrmals hintereinander.

»Schau dir die Bilder gut an.« Er hielt sie dem nackten Mann vors Gesicht und weidete sich an seinem Entsetzen, als den anderen die Erkenntnis mit voller Wucht überwältigte.

Anschließend kehrte er dem Gefesselten den Rücken und langte nach dem mit Chloroform getränkten Lappen im Waschbecken. Wie in Trance bewegte er sich zurück zur Badewanne. »Sag gute Nacht.« Mit einem letzten hasserfüllten Blick drückte er dem Mann den Lappen aufs Gesicht.

Er war bereit. Bereit für das, was es jetzt zu tun galt.

Donnerstag, 14. Februar

Die dunklen Augen seiner Frau funkelten vorfreudig, als sie mit einem scharfen Messer die Paketseiten anschnitt.

»Mach schneller«, drängte Franz Köster ungeduldig.

»Was schenkst du mir bloß zum Valentinstag?« Aufgeregt entfernte Tina Köster die Luftpolster und breitete sie auf dem Küchentisch aus. Daraufhin schnitt sie die schwarze Schutzfolie auf, und zwei glatte, braune Ohren kamen zum Vorschein. »Um Himmels willen, du hast es tatsächlich gemacht«, kreischte sie begeistert, während sie den Bären aus seinem Gefängnis befreite und ihn andächtig in die Höhe hob. »Das ist der auf fünfhundert Exemplare limitierte *Doudou* Teddybär 2005 von Louis Vuitton. Franz, der kostet knappe zwanzigtausend Euro! Er ist wunderschön.« Sie hauchte dem Bären einen Kuss auf die Wange. »Seine Knopfaugen scheinen mir direkt in die Seele zu blicken, das ist wirklich ein einzigartiges Kerlchen.«

»Auf dem hellbraunen Fell sind die für Vuitton typischen Muster und sein Initial. Ich habe ihn für sechzehntausend Euro ersteigert«, gab Franz stolz Auskunft und betrachtete seine Ehefrau zärtlich. Mit den Jahren waren ihre Kurven üppiger geworden, doch sie war immer noch die dunkelhaarige Schönheit, in die er sich vor langer Zeit verliebt hatte. Franz genoss es, sie zu überraschen und zu verwöhnen. Das mehrstöckige

Haus und ein beachtliches Vermögen hatte er von seinem Vater geerbt, der bis zu seinem Tod hier gelebt und in der großen Werkstatt Schaustellerwagen produziert und andere Auftragsarbeiten erledigt hatte. Nachdem er von ihnen gegangen war, hatten er und Tina ihre Erwerbstätigkeiten aufgegeben und waren in der Welt herumgereist. Nach der Reisephase hatten sie ihre Liebe zu großen Hunden entdeckt, für die sie mittlerweile auf Fernreisen verzichteten.

Sein Blick wanderte durch die offenstehende Verbindungstür zum Wohnzimmer. Auf der Kuscheldecke neben dem Ledersofa lümmelte sich Marie, eine imposante Komondor-Dame, die sie liebevoll Mariechen nannten. Dicht an sie gerückt lag die Bobtail-Hündin Maggy. Ein zufriedenes Lächeln schlich sich auf sein Gesicht. Das Leben meinte es gut mit ihnen, er konnte sich weiß Gott nicht beklagen. Er hakte Tina unter, öffnete die Küchentür und zog sie in den kleinen Flur. Zu ihrer Linken befand sich die Gästetoilette und vor ihnen die Tür zum Treppenhaus. »Komm, wir gehen rauf ins Museum. Der Doudou hat einen Ehrenplatz verdient.«

Franz teilte die Leidenschaft seiner Ehefrau für Teddybären. Nachdem auch seine Mutter gestorben war, hatten sie die gesamte oberste Etage zum Sammelplatz für die flauschigen Gesellen umfunktioniert. Inzwischen führten sie offiziell ein Teddybären-Museum, das nicht nur im Wuppertaler Stadtteil Cronenberg bekannt war, sondern sich in ganz Wuppertal und Umgebung einen Namen gemacht hatte.

»Okay, ran an den Aufstieg.« Ohne den Bären aus der Hand zu lassen, trat Tina ins Treppenhaus.

Die Treppe war steil, und Franz wusste, dass das Erklimmen der Stufen seiner Frau aufgrund ihrer Knieschmerzen, unter denen sie seit Monaten litt, Probleme bereitete. Aus diesem Grund besuchte sie ihr Museum für gewöhnlich nur bei Führungen, bei Presseterminen oder um für einen Neuzugang einen geeigneten Platz zu finden. Er folgte ihr gemächlich, und sie gelangten zur ersten Etage. Dort hatte Franz sein Billardzimmer eingerichtet. Die Innenausstattung orientierte sich an der Gründerzeit. Plastisch modellierte Wände waren in verschiedenen Rottönen gehalten, und an der Decke hing ein Kronleuchter. Wenn er an den Abenden im roten Zimmer auf dem rotsamtigen Billardtisch die Kugeln versenkte, war der Raum in ein mystisches Licht getaucht. Außerdem beherbergte diese Etage einen Raum, in dem Tina ihrer zweiten Leidenschaft nachging: Sie erschuf zauberhafte Miniaturwelten. Winzige Teddybären besuchten Apotheken, kleine Paläste waren von Miniaturdamen und -herren bevölkert.

Als sie nach dem mühsamen Aufstieg endlich das Dachgeschoss erreicht hatten, stand Tina der Schweiß auf der Stirn.

Franz öffnete die Museumstür und trat über die Schwelle. Das Museum bestand aus mehreren Zimmern, die unterschiedlichen Themen zugeordnet waren. Linker Hand konnten die Besucher im größten Raum eine bunte Mischung aus Teddybären bestaunen, die auf Regalen, Stühlen und auf dem Boden saßen. Eine Seitentür führte in ein geringfügig kleineres Zimmer, das Werbezimmer, wie die Kösters es nannten. Dort warteten

Haribo-, Lego- und andere Werbebären auf ihren großen Auftritt. Die wertvollsten Bären hingegen wurden im Zimmer direkt gegenüber der Eingangstür aufbewahrt, und in dieses führte die Kösters am heutigen Tag ihr Weg. Gut gelaunt betraten sie die Welt der Bären aus Asien, Afrika und Europa.

»Wir setzen ihn neben Hulk, unseren Reisebä…«, entsetzt brach Tina ab. »Was, was …«, stammelte sie fassungslos.

Auch Franz blieb wie angewurzelt stehen und wollte seinen Augen nicht trauen. In der Mitte des Raums lag Riku, ein Teddybär, den sie auf einer ihrer Japanreisen ergattert hatten. Ein großes, schwarzes Küchenmesser steckte in seinem Leib.

Eine Weile stand Franz schockstarr neben seiner Frau. Obwohl er die Temperatur im Dachgeschoss im Winter nur auf konstanten zehn Grad hielt, brach auch ihm der Schweiß aus. Aus dem Augenwinkel heraus sah er, dass Tina am ganzen Leib zitterte und ihr der Doudou aus den Händen zu gleiten drohte. Behutsam nahm er ihr den wertvollen Teddybären ab, schwankte die paar Meter zum Fenster und setzte ihn neben den Lieblingsbären seiner Frau auf eine Bank.

»Du musst mich festhalten«, hörte er Tina keuchen.

Rasch kehrte er an ihre Seite zurück und legte ihr den Arm um die Hüfte. Anschließend führte er sie wortlos zum Ausgang und geleitete sie die Stufen hinunter. Immer wieder mussten sie anhalten, weil Tinas Knie zitterten und sie zu stolpern drohte. Nach einer gefühlten Ewigkeit waren sie endlich im Parterre angelangt. Als Franz seine Frau wohlbehalten auf das Wohnzimmersofa gesetzt hatte, atmete er erleichtert auf. »Kann ich dich einen Moment allein lassen?«, erkundigte er sich und strich ihr behutsam über die Wange. »Ich muss mich um diese Sache kümmern.«

Tina nickte zustimmend, und er machte sich ein zweites Mal an diesem Morgen auf den Weg ins Museum. Wieder im Dachgeschoss angekommen, zog er sein Smartphone aus der Hosentasche und fotografierte den massakrierten Bären von allen Seiten.

*

Wütend verließ Franz das Polizeipräsidium an der Friedrich-Engels-Allee in Wuppertal-Barmen und nahm die Treppenstufen hinunter zur Straße. Der diensthabende Beamte hatte ihn mit knappen Worten abgespeist. Franz hatte ihm deutlich seinen Unglauben angemerkt, seinen unterschwelligen Verdacht, dass Franz seine Versicherung betrügen wollte. Weil es keine Anzeichen für einen Einbruch gebe, solle er sich gefälligst selbst in seinem Umfeld nach dem Übeltäter umsehen und die Polizei nicht mit Belanglosigkeiten von ihrer Arbeit abhalten. Schlussendlich hatte Franz eine Anzeige gegen Unbekannt gemacht. Er vergrub die eiskalten Hände in den Taschen seiner Daunenjacke. Jemand hatte sich uneingeladen Zutritt zu seinem Haus verschafft und sollte ungestraft davonkommen? Er eilte die Straße entlang zum Platz, an dem er seinen Dacia Logan abgestellt hatte. »Was zum Teufel …« Entgeistert schlug er die Hände vor der Brust zusammen. Eine schlanke Frau mit graumelierten, kurzen Haaren, die einen olivgrünen Parka trug und eine schwarze Hündin mit weißen Vorder- und Hinterläufen an der Leine hielt, beugte sich über seine Motorhaube und fluchte vor sich hin. Franz schätzte sie auf Mitte sechzig. »Das fehlt mir heute noch«, ärgerte er sich. Die Stoßstange seines Wagens wies eine deutliche Delle auf, und auch der Berlingo, der in der Lücke davor parkte, hatte am Heck Schaden genommen.

»Sind Sie der Autohalter? Gut, dass Sie da sind. Ich habe bereits im Präsidium Bescheid gegeben. Die Beamten werden in wenigen Minuten vor Ort sein und den Unfall aufnehmen.« Die Frau hielt eine Schirmmütze in der Hand, die sie jetzt aufsetzte, um sich vor dem einsetzenden Schneeregen zu schützen. »Es tut mir sehr leid, ich hatte es eilig … tja, das Ein- und Ausparken ist nicht meine Stärke.«

»Was ist das für ein furchtbarer Tag«, empörte sich Franz. »Ich war völlig umsonst im Präsidium, um zu melden, dass jemand in unser Haus eingedrungen ist und einen unserer Teddybären aufgeschlitzt hat. Der Beamte hat mich nicht ernst genommen, und jetzt ist auch noch mein Auto kaputt.« Im Stillen beglückwünschte er sich zu seiner Entscheidung, heute den Zweitwagen genutzt und den BMW in der Garage gelassen zu haben.

»Das ist nur eine kleine Delle, beruhigen Sie sich«, sagte die Frau. »Das repariert Ihnen ein KFZ-Mechaniker in wenigen Minuten, und meine Autoversicherung wird für den Schaden aufkommen.«

»Frau Krähenfuß, was machen Sie für Sachen?«, vernahm Franz eine Männerstimme. Er drehte sich um und sah einen Polizisten und eine Polizistin auf sie zukommen. »Schauen wir mal, was wir hier haben.«

»Beim Ausrangieren ist mir ein Malheur passiert«, gab Frau Krähenfuß Auskunft. »Sie haben mich aber auch zugeparkt, Herr …?« Sie blickte Franz fragend an.

»Köster«, brummte er missmutig.

Zu seiner Erleichterung war der Verkehrsunfall nur wenige Minuten später aufgenommen, und der Beamte und die Beamtin verabschiedeten sich.

»Krähenfuß«, murmelte Franz und überlegte, woher ihm der Name bekannt vorkam. Plötzlich fiel es ihm wie Schuppen von den Augen. Er war Abonnent des Politmagazins *Wupperspiegel* und hatte dort mit großem Interesse ihre bissigen Artikel verfolgt. Er bedauerte es bis heute, dass sie vor einigen Jahren in Rente gegangen war. Bekannte hatten ihm erzählt, dass sie nun als freie Mitarbeiterin für die *Ronsdorfer Gazette* schrieb.

»Wie bitte?« Mathilde Krähenfuß blickte ihn mit hochgezogenen Augenbrauen an und schob die randlose Brille zurecht, die ihr auf die Nasenspitze gerutscht war.

»Eigentlich sollte der Valentinstag so schön werden, und jetzt …« Mit wenigen Worten schilderte er ihr die Ereignisse des Vormittags im Teddybärenmuseum.

»Ihnen wurde nichts entwendet? Merkwürdig. Haben Sie Anzeige gegen Unbekannt wegen Hausfriedensbruch gestellt?«

»Ich habe nur die Fotos des kaputten Bären als Beweis. Ansonsten gibt es keinerlei Anzeichen für einen Einbruch. Aber klar, ich habe natürlich eine Anzeige gemacht«, erwiderte Franz seufzend.

»Ach je. Ich wünsche Ihnen trotz der Umstände einen schönen Nachmittag. Auf mich wartet Arbeit. Auf Wiedersehen.« Mathilde öffnete den Kofferraum des

Berlingo und ließ die Hündin hineinspringen. Anschließend stieg sie ein und fuhr davon.

*

Mathilde brannte darauf, ihrer Haushälterin von ihrem Aufenthalt im Polizeipräsidium Bericht zu erstatten, als sie die Opphofer Straße verließ und in die Elberfelder Wohnsiedlung *Mirker Höhe* einbog. Diese war aus einem ehemaligen Kleingartenverein entstanden, und die Häuser waren allesamt winzig. Aus diesem Grund nannte sie die Siedlung liebevoll *Miniaturwelt*. In den Vorgärten standen ovale Tanks, die das Flüssiggas beinhalteten, mit dem die Anwohner bei Kälte heizten. Sie selbst hatte ihr *Knusperhäuschen* vor zwanzig Jahren erworben und nach ihren Vorstellungen umgebaut. Zeitgleich hatte sie Martha Awolowo eingestellt. Die lebenslustige, zehn Jahre jüngere Afrikanerin war ihr mit den Jahren eine gute Freundin und enge Vertraute geworden.

Mathilde parkte in der Auffahrt, weil der Berlingo nicht durch das Garagentor passte. Zum Leidwesen ihrer Haushälterin nutzte sie die Garage als Abstellkammer und bewahrte dort unter anderem ein altes Grammophon, einen defekten Schaukelstuhl und einen Retrokühlschrank auf. Es fiel ihr schwer, sich von den Lieblingsstücken ihrer verstorbenen Großmutter zu trennen. Von ihr hatte sie auch die altmodische, goldene Armbanduhr geerbt, die noch aufgezogen werden musste. Mathilde weigerte sich standhaft, sich eine moderne Uhr zuzulegen, obwohl sie das Aufziehen ab und zu vergaß.

Sie ließ ihre Mischlingshündin aus dem Wagen springen und klopfte kurz aufs Autodach. »Bis später, Ingo. Ruh dich aus, ich brauche dich heute noch.« Mathilde ging zur Haustür, stellte ihre Beuteltasche, die Martha scherzhaft *das Ungetüm* nannte, auf der Fußmatte ab und beugte sich zu ihr hinunter. »Wo ist bloß der Haustürschlüssel?«, murmelte sie und holte nacheinander Fernglas, Knirps, BlackBerry, ein Paket Tempotaschentücher und Kopfschmerztabletten hervor. Als sie den Schlüssel endlich in den Händen hielt, öffnete sich die Haustür bereits und Marthas rundes Gesicht erschien im Türrahmen. Sie hatte sich die krause Haarpracht mit einem roten Tuch aus der Stirn gebunden, und goldene Creolen baumelten an ihren Ohrläppchen. »Ich bin stolz auf dich, Lotte«, sagte sie zur aufgeregt mit ihrer Rute wedelnden Hündin.

»Musst du ihr so ein unnützes Zeug beibringen?«, knurrte Mathilde, indessen sie die Tasche wieder mit Inhalt füllte. »Welcher Hund schellt schon?«

»Schelle«, hörte sie eine krächzende Stimme rufen.

»Besuch«, fügte eine weitere hinzu.

»Peter und Paul regt die Türklingel bloß unnötig auf«, fuhr Mathilde verärgert fort. Peter und Paul waren ihre Graupapageien, die in einer großen Voliere im Wohnzimmer lebten und oft frei durchs Haus flogen.

»Wo warst du überhaupt so lange? Du bist seit zehn Uhr weg. Mittlerweile ist es halb eins.« Martha nahm Mathildes Parka entgegen und hängte ihn an die Garderobe neben dem Eingang. Gäste, die Mathilde zum ersten Mal besuchten, staunten häufig über den fehlenden Eingangsbereich, denn sie gelangten nach dem Eintreten direkt in die Küche.

»Im Präsidium bei Herbert.« Kriminalhauptkommissar Herbert Mucke war der Sohn ihrer zwei Jahre jüngeren Schwester Roswitha und leitete die Mordkommission. »Es ist etwas Schreckliches passiert. Ich kann es immer noch nicht recht glauben. Machst du Kaffee? Ich brauche dringend eine Stärkung.« Sie öffnete die Tür zum Wohnzimmer und ging hinein.

Zehn Minuten später saß sie ihrer Haushälterin gegenüber am mit buntem Patchwork bedeckten Wohnzimmertisch. Nachdenklich ließ sie ihre Blicke über die gelb und orangefarben gestrichenen Wände schweifen. Ihrer Ansicht nach verbreiteten diese Farben gute Laune, doch heute konnte sich diese Wirkung bei ihr nicht entfalten. Die Tür zur Voliere stand offen, und die Papageien trippelten über den Fußboden auf der vergeblichen Suche nach Krümeln.

»Was ist geschehen? Du bist ganz blass um die Nase«, stellte Martha fest, während sie Mathilde Kaffee einschenkte.

»Um kurz nach drei Uhr, also am sehr frühen Morgen, ging in der Redaktion der *Cronenberger Woche* die Alarmanlage an. Du weißt schon, eine der zwei Cronenberger Wochenzeitungen«, begann Mathilde und nahm einen Schluck Kaffee. »Die Cronenberger Polizeidienststelle in der Rathausstraße ist in der Nacht nicht besetzt, und die diensthabenden Streifenbeamten in der Nähe dachten zunächst, dass bei einer gewissen Frau Müller etwas angebrannt wäre. Die ist durcheinander und macht die Nacht zum Tage, deswegen haben ihre Kinder ihr eine Alarmanlage installiert. Und die meldet sich angeblich in regelmäßigen Abständen. Also sind die Streifenbeamten zuerst dorthin aufgebrochen und haben ihr Augenmerk relativ spät auf die Redaktion gerichtet. Dort standen die Beamten vor verschlossener Tür und konnten keinerlei Anzeichen auf ein gewaltsames Eindringen entdecken. Das Licht war aus, nur das Schrillen der Alarmanlage deutete auf etwas Ungewöhnliches hin.«

»Haben sie die Tür aufgebrochen?«, wollte Martha neugierig wissen.

»Natürlich nicht. Es hätte ein Fehlalarm sein können. Der Chefredakteur trudelte kurz darauf ein und schloss auf. Tja, und dann …« Mathilde runzelte die Stirn.

»Was? Mach es nicht so spannend.« Marthas Augen waren vor Aufregung weit aufgerissen.

»Die Beamten entdeckten eine Männerleiche, die auf den Schreibtischstuhl des Chefredakteurs gefesselt war. In seiner Brust, mitten im Herzen, steckte ein Küchenmesser. Merkwürdigerweise fanden die Beamten im gesamten Büro keine Blutspuren. Sie haben unverzüglich die Mordkommission verständigt und Herbert aus dem Bett geschellt. Der wiederum hat Jörg Tauben von der Spurensicherung und Dr. Mathis von der Gerichtsmedizin alarmiert.«

»Heilige Jungfrau Maria und alle afrikanischen Tiergeister.« Entsetzt kraulte Martha Peter den Kopf, der auf ihrer runden Schulter gelandet war. »Weiß man schon Genaueres über das Opfer?«

»Oh ja.« Ernst schob Mathilde ihre Brille zurecht. »Er hatte einen Zettel um den Hals hängen, darauf standen sein Name, seine Anschrift und sein Alter. Bernd Bauer, Neuenhofer Straße 5b, fünfundsiebzig Jahre alt. Herbert ist in der Begleitung einiger Streifenbeamten noch in der Nacht zur angegebenen Adresse gefahren. Bauer lebte in einem kleinen, freistehenden Einfamilienhaus. Außer ihm scheint niemand in dem Haus zu wohnen. Im Briefkasten steckte die Post von etwa fünf Tagen. Wir gehen davon aus, dass er seit dieser Zeit verschwunden ist. Eine passende Vermisstenanzeige liegt nicht vor. Herbert hat die Tür aufbrechen lassen und den Computer des Toten konfisziert. Eine nähere Untersuchung des Hauses erfolgt später.«

»Etwas wundert mich sehr.« Martha erhob sich und stemmte die Hände in ihre üppigen Hüften. »Herbert hat dir das alles so mir nichts dir nichts erzählt? Das ist gar nicht seine Art.« Sie ging zum Wohnzimmerschrank gegenüber der Voliere und entnahm der Schublade zwei Knusperstangen.

»Ich habe nach dem Frühstück auf dem Blog der Cronenberger Woche die Schlagzeile über den Einbruch gelesen, ich studiere selbstverständlich sämtliche Wuppertaler Zeitungen.«

»Und du hast mir nichts gesagt?« Martha zog vorwurfsvoll die Stirn in Falten.

»Ich wusste doch nichts Genaues. Sie haben online nur sehr ausweichend berichtet. Ich wollte erst mehr Details erfahren. Herbert konnte mir nichts verschweigen, ich muss schließlich auch in der Gazette berichten. Das werde ich im Übrigen sofort in Angriff nehmen. Ich habe genaue Vorgaben darüber, was ich veröffentlichen darf und was nicht.« Mathilde stand auf, ging zu ihrem Schreibtisch, ließ sich auf ihren Stuhl fallen und fuhr den Computer hoch. »Nichts wird mich davon abhalten,

Herbert bei seinen Ermittlungen mit Rat und Tat zur Seite zu stehen. Dafür interessiert mich dieser Fall viel zu sehr.« Sie öffnete ein leeres Dokument und tippte mit fliegenden Fingern ihren Artikel.

»Irgendwelche Fingerabdrücke oder DNA-Spuren?« Martha ging zur Voliere und legte die Knusperstangen ins Innere. »Komm, Peter, komm, Paul. Hinein, hinein.« Sie schnalzte mit der Zunge, um den immer noch über den Boden trippelnden Paul in die Voliere zu locken. Im Anschluss daran beugte sie ihre Schulter zum Törchen hinunter, damit Peter hineinklettern konnte. Wenig später saßen beide Papageien einträchtig nebeneinander auf einem der Haselnussäste und knabberten an ihren Stangen.

»Jörg Tauben von der Spurensicherung hat Herbert in meiner Anwesenheit angerufen. Die vom Toten entnommenen Fingerabdrücke und DNA-Spuren liefern keine Treffer in den Datenbanken. Zudem war der Mörder äußerst vorsichtig, wird Handschuhe getragen haben«, erzählte Mathilde. »Die Obduktion der Leiche ist noch in vollem Gange. Kann ich Lotte bei dir lassen, wenn ich gleich nach Cronenberg fahre? Ich möchte mich in der Neuenhofer Straße umsehen. Vielleicht gelingt es mir, einen Nachbarn des Toten zu sprechen.«

»Ich kümmere mich um Lotte. Außerdem werde ich die Papageien duschen«, erwiderte Martha. »Der Duschkäfig ist ja leider in der Garage, also muss ich in deine Rumpelkammer. Ja, ja, ich weiß schon, deine verstorbene Großmutter …«

»Ach Martha.« Mathilde verdrehte die Augen. »Es ist mein Haus und meine Garage. Auch wenn du das zeitweilig zu vergessen scheinst.«

Martha brummte etwas Unverständliches.

Mathilde lud ihren Artikel für die Ronsdorfer Gazette auf den Server der Redaktion hoch und streichelte Lotte beiläufig über den Kopf. Daraufhin erhob sie sich und ging zur Durchgangstür.

»Denkst du daran, dass wir um halb vier mit Tido und Erwin zum Skypen verabredet sind? Ich kann immer noch nicht glauben, dass die zwei nach Botsuana gereist sind und sie sechs Wochen bei meiner Cousine Shari in Gaborone verbringen«, rief Martha ihr nach, und vor Mathildes innerem Auge tauchten die Bilder der beiden ungleichen Männer auf. Tido Chidozie war von kleiner, zierlicher Statur und hatte krause, weiße Haare. Er war mit einer verstorbenen Schwester von Martha verheiratet gewesen. Der Philosophie-Professor Erwin Wunderlich hingegen war groß und muskulös, trug seine langen, weißen Haare zumeist zum Pferdeschwanz gebunden und war auch im Winter immer leicht gebräunt. Er war ein glühender Verehrer von Mathilde, und Martha hatte sich zu Beginn schwer damit getan, ihn als Mathildes Freund zu akzeptieren. Mathilde musste bei dem Gedanken daran schmunzeln, wie Erwin durch seinen ausgezeichneten Appetit und die Würdigung ihrer Kochkünste Marthas Gunst gewonnen hatte.

»Bist du etwa eifersüchtig auf Shari?« Sie zwinkerte ihrer Haushälterin zu.

Diese beugte sich zu Boden, um eine Vogelfeder aufzuheben. »Quatsch«, murmelte sie.

*

Mathilde stellte ihren Berlingo an der Hahnerberger Straße ab, auf dem Parkplatz des American-Diner-Restaurants *Truck Stop*. Die knapp zweihundert Meter zur Neuenhofer Straße wollte sie zu Fuß gehen. Sie nahm ihre Schirmmütze vom Beifahrersitz und setzte sie auf. Im Laufe des Tages war der Schneeregen in Schneefall übergegangen. Als sie die Häuser mit den Nummern 5a bis 5c erreichte, sah sie zu ihrer Überraschung drei Frauen, die eng nebeneinander unter einem großen Regenschirm standen und miteinander tuschelten. Sie räusperte sich mehrmals, um ihre Aufmerksamkeit zu erlangen. »Entschuldigen Sie bitte, mein Name ist Mathilde Krähenfuß, Ronsdorfer Gazette«, stellte sie sich vor, während sie in ihrer Handtasche nach ihrem Portemonnaie suchte.

»Da sind Sie hier falsch«, entgegnete eine Frau mit schulterlangen, dunkelrot gefärbten Haaren, die Mathilde auf Anfang fünfzig schätzte. »Sie befinden sich in Cronenberg und sind im verkehrten Stadtteil.«

Innerlich musste Mathilde schmunzeln. Es war in Wuppertal allgemein bekannt, dass die Cronenberger, die *Dörper*, wie sie sich selbst scherzhaft nannten, ein Völkchen für sich waren. Ihr *Dorf* besaß zwei eigene Zeitungen, die Cronenberger Woche und den Cronenberger Anzeiger, beide spezialisiert auf Themen rund um Cronenberg.

»Die Ronsdorfer Gazette berichtet nicht nur über Ronsdorfer Belange«, erwiderte sie, während sie den Knirps unter den Arm nahm und ihr BlackBerry unters Kinn quetschte. »Ah. Da bist du ja.« Zufrieden zog sie das Portemonnaie hervor und ließ den Schirm zurück in die Tasche fallen.

Der Schneefall ließ mit einem Mal deutlich nach, und die alte, weißhaarige Frau mit dem spitzen Kinn schloss den Schirm. »Sind Sie wegen Herrn Bauer hier?«, fragte sie und schürzte die Lippen.

»Richtig«, entgegnete Mathilde, während sie den Presseausweis aus dem Portemonnaie zog und den drei Damen unter die Nasen hielt. »Darf ich fragen, mit wem ich spreche?«

»Ich bin Nina Spitz, und …«, die Rothaarige deutete mit der Hand auf die alte Frau, »das ist meine Mutter Maria. Wir wohnen in 5a.«

»Fischbach«, stellte sich die dritte im Bunde vor, eine korpulente Frau um die sechzig mit einem burschikosen Kurzhaarschnitt und einer dicken Hornbrille auf der Knubbelnase. »Annette Fischbach. 5c.«

»Wunderbar«, entfuhr es Mathilde begeistert. »Genau zu Ihnen bin ich unterwegs. Gerne würde ich Sie bezüglich Ihres verstorbenen Nachbarn befragen.«

»Ich habe die Nachricht am Morgen gelesen«, meldete sich wieder Annette Fischbach zu Wort. »Online in der Cronenberger Woche. Wie der Herr Bauer mit einem Messer in der Brust in der Redaktion landen konnte, ist uns ein Rätsel.«

»Was war Bernd Bauer für ein Mensch?« Mathilde blickte die Frauen fragend an.

»Er ist bereits seit dreißig Jahren mein Nachbar, trotzdem kann ich Ihre Frage nicht beantworten. Er lebte sehr zurückgezogen«, machte sich Maria Spitz bemerkbar. »Als er noch gearbeitet hat, sah ich ihn morgens gegen halb acht das Haus verlassen, pünktlich um siebzehn Uhr kehrte er zurück. Gemeinsam mit seiner Frau ist er einmal in der Woche einkaufen gefahren, immer samstags, um zehn Uhr am Vormittag.«

Während Mathilde aufmerksam zuhörte, packte sie das Portemonnaie in ihre Tasche und schaltete die Aufnahmefunktion ihres BlackBerrys ein. »Ich kann mir nicht alles merken«, erklärte sie, und ihre Gesprächspartnerinnen zuckten mit den Achseln. »Ihre Beobachtungen beschreiben einen sehr strukturierten, ordnungsliebenden Menschen.«

»Von wegen ordentlich«, warf Nina Spitz ein. »Sie müssen sich mal seinen Garten anschauen. Eine einzige Wildnis. Wir können vom Dachbodenfenster alles genau sehen. Der Steinweg ist komplett von Unkraut überwuchert, der Rasen ist kniehoch. Mähen? Nicht der Bauer.«

»Wissen Sie, was Herr Bauer beruflich gemacht hat?«, hakte Mathilde nach.

»Er war Unternehmensberater«, gab Maria Auskunft und zog bedeutungsvoll die Augenbrauen hoch. »Er hat den reichen Firmenchefs erklärt, wie sie die Angestellten möglichst klein halten können und trotzdem beliebt bleiben. So einer war das. Aber in Urlaub gefahren ist er in den ganzen dreißig Jahren, die er hier gewohnt hat, nicht. Das mit den Unternehmen habe ich von seiner Frau erfahren, eine traurige, einsame Frau, die gegen einen kleinen Plausch vor der Haustür nichts einzuwenden hatte.«

»Was ist mit Besuchern?«, erkundigte sich Mathilde und beobachtete aus dem Augenwinkel heraus, dass Nina Spitz Annette Fischbach einen flüchtigen Blick zuwarf.

»Als die arme Hannah noch lebte, kam manchmal eine Freundin von ihr, aber zu ihm? Wie bereits erwähnt, er lebte sehr zurückgezogen«, fuhr Maria fort und strich sich mit Daumen und Zeigefinger über ihr spitzes Kinn. »Er bekommt nie Besuch.«

»Komm, Mama, wir wollen bei der Wahrheit bleiben«, mischte sich Nina ein. »Er bekam sehr wohl Besuch. Vergangenen Samstag sogar noch.«

»Besuch? Na ja, wenn du diese Person als Besuch bezeichnen möchtest.« Angeekelt rümpfte Maria die Nase.

»Für sein Alter schien er beachtlich …«, Annette Fischbach brach kichernd ab.

»Jeden Samstag um sechzehn Uhr kam eine Frau in ihrem roten Cabrio angefahren«, berichtete Nina. »Ich schätze sie auf Anfang dreißig, etwa zwanzig Jahre jünger, als ich es bin. Lange, blonde Korkenzieherlocken, im Sommer sehr freizügig gekleidet, im Winter trug sie meist einen schwarzen Ledermantel. Sie war auffällig stark geschminkt.«

»Eine Prostituierte«, entrüstete sich ihre Mutter.

»Wissen Sie zufällig ihren Namen?«, wollte Mathilde, hellhörig geworden, wissen.

»Als wenn mich der Name so eines Weibsstücks interessieren würde«, sagte Maria ungehalten.

»Ich kenne das Autokennzeichen«, meinte Annette und fuhr sich mit der Hand durch die kurzen Haare. »Schließlich parkte sie regelmäßig vor der Haustür. ME-VL-123, sehr leicht zu merken.«

»Hervorragend, danke schön«, sagte Mathilde begeistert. »Vielleicht hilft uns das weiter.«

»Wen meinen Sie mit uns?«, fragte Maria Spitz neugierig. Ihre Augen funkelten. Sie schien die Aufregung sichtlich zu genießen.

»Ich recherchiere nicht nur für die Zeitung, sondern unterstütze die Mordkommission bei ihren Ermittlungen. Haben Sie bitte einen Augenblick Geduld.« Sie stoppte die Aufnahme und schickte ihrem Neffen eine ausführliche Textnachricht per WhatsApp. Lieber hätte sie eine Tonaufnahme versendet, doch in Anbetracht der neugierigen Damen verzichtete sie auf die bequemere Variante. Anschließend startete sie die Aufnahme wieder. »Hatte Herr Bauer Feinde? Und haben Sie in letzter Zeit etwas Ungewöhnliches bemerkt?«

»Woher sollen wir das wissen? Wer keine Freunde hat, hat wahrscheinlich auch keine Feinde«, meinte Annette achselzuckend und warf einen Blick auf ihre Armbanduhr. »Ich muss los.«

»Und wie wir etwas Ungewöhnliches bemerkt haben«, stellte Nina fest. »Seit April des letzten Jahres fuhr er am Dienstag- und am Freitagvormittag für ein paar Stunden weg. Ich arbeite im Schichtdienst, deswegen bekam ich das mit. Als er mir einmal nicht ausweichen konnte, habe ich ihn gefragt, wohin er fährt.« Sie zog verschwörerisch die Augenbrauen hoch. »Zur Universität, hat er geantwortet«, prustete sie los. »Der alte Kerl hatte plötzlich seine Liebe zur Philosophie und zur Geschichte entdeckt.«

»Vielleicht ist es ihm auf seine alten Tage doch noch langweilig zu Hause geworden«, sagte Maria spitz. »Ich friere und sehne mich nach einer Tasse Tee. Gibst du mir bitte den Haustürschlüssel, Nina?«

»Gehen Sie ruhig rein. Ich möchte Sie nicht weiter aufhalten. Vielen Dank für das Gespräch.« Mathilde verabschiedete sich und ging gedankenverloren zurück zum Auto.

*

»Ich kann immer noch nicht glauben, dass der Albtraum von letzter Nacht Wirklichkeit ist. Nachdem Ihre Leute von der Spurensicherung gegangen sind, habe ich hier alles gründlich desinfiziert. Ich kann schließlich deswegen nicht den Laden dicht machen.« Reinhard Brenneisen, der Chefredakteur der Cronenberger Woche, saß auf dem Stuhl hinter seinem Schreibtisch und trommelte nervös mit den Fingerkuppen auf die Tischplatte. »Ein bestialischer Mord in unserem Büro, es ist eine Katastrophe.«

»Nein, nein, das stimmt so nicht«, sagte Florian Vogel kopfschüttelnd, und Kriminalhauptkommissar Herbert Mucke betrachtete seinen zehn Jahre jüngeren, hochaufgeschossenen, rothaarigen Kollegen mit den unzähligen Sommersprossen wohlwollend. Er selbst hatte vor Kurzem seinen vierzigsten Geburtstag gefeiert, hatte einen leichten Bauchansatz, braune Haare und einen mit grauen Strähnen durchzogenen Schnurrbart, den er zwirbelte, wenn er nicht weiterwusste. »Bauer war bereits tot, als er mit dem Messer im Herzen hier hingeschleppt wurde. Deswegen konnten wir im Büro keine Blutspuren entdecken«, hörte er Florian fortfahren. »Die Obduktion der Leiche hat ergeben, dass der Tod durch einen zielsicheren Stich ins Herz verursacht wurde und gegen halb zwei am Morgen eintrat. Exakt anderthalb Stunden bevor die Alarmanlage anging. Weil das Messer nicht aus der Leiche entfernt wurde, soll, so meint jedenfalls Dr. Mathis, der Blutfluss gestoppt worden sein. Der Täter kennt sich erschreckend gut aus. Und er hat dem Toten frische Sachen angezogen, Stoffhose und Hemd. Das hat er ordentlich aufgeknöpft, um …«, er räusperte sich unbehaglich, »um dort das Messer perfekt zu platzieren. Den Anblick haben wir Ihnen in der Nacht wohlweislich erspart.«

Herbert registrierte, dass jegliche Farbe aus Reinhard Brenneisens Wangen wich.

»Der Mörder muss die Leiche in Ihr Büro transportiert, sie auf Ihrem Stuhl dramatisch in Szene gesetzt, ordentlich hinter sich abgeschlossen und nachfolgend das Weite gesucht haben«, ergänzte Herbert, der sich eingehend in dem Raum mit den in zwei Hinterzimmer führenden Türen umsah. Eine große Fensterfront ließ Licht herein, und das Büro war zweckmäßig eingerichtet. Neben der Eingangstür lagen, sorgfältig im Regal aufeinandergestapelt, Ausgaben der Cronenberger Wochenzeitung, und es standen zwei weitere Schreibtische im Zimmer.

»Wer macht so etwas und warum?« Reinhard rang sichtlich um Fassung.

»Nehmen Sie die Frage bitte nicht persönlich, aber was haben Sie in der Zeit zwischen ein und drei Uhr heute Morgen gemacht?«, wollte Herbert wissen und zog sich einen Stuhl vom Nebentisch heran.

»Ich? Was wollen Sie damit andeuten, ich, ich, ich …«, stammelte Reinhard erschüttert. »Ich habe natürlich geschlafen. Meine Frau wird Ihnen das bestätigen können.« Er griff nach dem vor ihm auf dem Tisch liegenden Mobilphone. »Ich rufe sie an, damit sie in die Redaktion kommt.«

»Sparen Sie sich die Mühe«, wiegelte Herbert ab. »Das Wort Ihrer Frau würde nicht als Alibi gelten.«

»Ich habe geschlafen und bin nach dem Anruf der Sicherheitsfirma unverzüglich zur Redaktion aufgebrochen. Ich kenne den Toten noch nicht einmal«, regte sich Reinhard auf.

»Wer außer Ihnen hat einen Schlüssel für das Büro, Herr Brenneisen?«, hakte Herbert nach, während er seinen Mitarbeiter dabei beobachtete, wie er um den Schreibtisch herumging und hinter den Chefredakteur trat.

»Alle Mitarbeiter natürlich«, gab Reinhard zögerlich Auskunft und wischte sich mit einem Stofftaschentuch den Schweiß von der Stirn.

»Schreiben Sie mir bitte per E-Mail eine Namensliste mit Telefonnummern und Adressen«, ordnete Herbert an und reichte Reinhard seine Visitenkarte.

»Herbert?« Florian blickte ihn über den Kopf des Chefredakteurs hinweg an. »Wo haben die Kollegen von der Spurensicherung in der Nacht eigentlich den rosafarbenen Miniatur-Teddybären gefunden?«

»Er baumelte an der Lehne von Herrn Brenneisens Schreibtischstuhl«, gab Herbert mit gerunzelter Stirn Auskunft. »Noch so ein Rätsel. Was das bloß soll? Ich habe am Vormittag vergessen, Mathilde von dem Bären am Tatort zu erzählen.«

»Was würden wir heutzutage ohne WhatsApp machen.« Florian grinste schief. »Du hast doch ein Foto gemacht, das du ihr schicken kannst.«

»Hier war ein Verrückter am Werk.« Wie von der Tarantel gestochen sprang Reinhard auf. Er quetschte sich an Florian vorbei und lief wie ein Tiger im Käfig durch das Büro. »Ein Verrückter, wir haben es mit einem Verrückten zu tun.«

»Komm, Florian«, murmelte Herbert, »wir fahren zurück zur Wache.«

»Alles klar«, erwiderte dieser und drückte, während sie das Gebäude verließen, auf den Autoschlüssel. Augenblicklich entriegelten sich die Türen von Herberts Dienstwagen, der dunkelblauen BMW 5er Limousine, die Florian direkt vor dem Redaktionsgebäude abgestellt hatte.

*

Behutsam entfernte Franz Köster die Kette, die Rikus Hals schmückte. Sie war schlicht, goldfarben und hatte keinen Anhänger. Sein geschulter Blick erkannte sofort, dass sie von Armani war. Er konnte sich nicht daran erinnern, wann seine Frau sie dem Bären umgehängt hatte. Tina schenkte den Bären gerne ab und an kleine Schmuckstücke, allerdings waren diese eher von ideellem Wert und nicht besonders kostspielig. Er steckte die Kette in seine Hosentasche und machte sich mit Riku in der Hand auf den Weg nach unten. Er würde sein Bestes geben, um den Bären aus Japan zu flicken. Anschließend konnte Tina ihm ein neues Shirt anziehen, und keiner würde mehr etwas von dem Messerstich bemerken.

*

Als ein Piepton eine eingehende WhatsApp-Nachricht ankündigte, lenkte Mathilde Ingo an den Straßenrand, hielt an und griff auf den Beifahrersitz. Weil sie ständig mit einer Nachricht von ihrem Neffen rechnete, hatte sie das Smartphone, um es schneller zur Hand zu haben, nicht in ihre Tasche gepackt. Neugierig öffnete sie seine kombinierte Bild- und Textnachricht und runzelte alsbald die Stirn.

»Ein rosafarbener Miniatur-Teddybär? Der Fall wird immer mysteriöser«, murmelte sie vor sich hin. Sie legte ihr Telefon zurück auf den Beifahrersitz und griff zum Autoschlüssel. Doch plötzlich hielt sie in der Bewegung inne, dachte einen Moment nach und ließ den Schlüssel wieder los. Ihr war die Begegnung vom späten Vormittag mit dem Herrn, dessen Auto sie beim Ausparkversuch beschädigt hatte, in den Sinn gekommen. Erneut nahm sie ihr BlackBerry in die Hände, öffnete Google und gab *Teddybärenmuseum Wuppertal* ein. Direkt auf der ersten Seite wurde sie fündig. »Sieh einer an«, entfuhr es ihr überrascht. »Teddybärenmuseum«, las sie laut vor. »Das Historische Museum in der Berghauser Straße 12 in Wuppertal-Cronenberg beherbergt mehr als tausend Teddybären. Cronenberg?« Sie stutzte. »Das kann kein Zufall sein.« Unverzüglich warf sie das BlackBerry wieder auf den Beifahrersitz, startete den Wagen und wendete. Von der Neuenhofer Straße aus, in der Bernd Bauer gelebt hatte, musste sie ein gutes Stück weiter ins Zentrum von Cronenberg fahren. Rasch gab sie die Adresse in ihr eingebautes Navigationssystem ein und folgte den Anweisungen der Frauenstimme, die sie scherzhaft Hannelore nannte. Ihr Weg führte sie an der Kemmanstraße vorbei, in der die Redaktion der Cronenberger Woche ihren Sitz hatte. Als sie wenige Augenblicke später links abbog, registrierte sie aus dem Augenwinkel heraus kleine Geschäfte, Gastronomie und die Ticketzentrale des TiC-Theaters. »In hundert Metern haben Sie Ihr Ziel erreicht«, informierte Hannelore sie in ihrem typischen emotionslosen Tonfall. Zu Mathildes Erstaunen traf sie das Museum in unmittelbarer Nachbarschaft des nächtlichen Tatorts an.

Sie parkte Ingo in der zu einem beeindruckenden Schieferhaus mit klassischen, grünen Schlagläden vor den Fenstern gehörenden Einfahrt und stieg aus dem Wagen. Augenblicklich setzte wüstes Hundegebell ein, und sie hörte eine mahnende Frauenstimme rufen: »Mariechen, Maggy, aus.«

Daran störten sich die Hunde allerdings nicht im Geringsten, denn das aufgeregte Gebell ging munter weiter. Noch bevor Mathilde die Schelle betätigen konnte, öffnete sich die Haustür.

»Frau Krähenfuß? Was machen Sie denn hier?« Franz Köster war die Überraschung deutlich anzusehen. »Machen Sie sich Sorgen wegen des Dacia? Ich bringe ihn morgen in die Werkstatt. Es wird gewiss nicht teuer.«

»Nein, nein, ich bin nicht wegen des Unfalls hier«, wiegelte Mathilde ab. »Es geht um den Bären, von dem Sie mir am Vormittag erzählt haben.«

Franz' Gesicht erhellte sich. »Möchten Sie darüber in der Ronsdorfer Gazette berichten? Sehr schön, so eine bodenlose Frechheit, hier einzudringen und den armen Riku zu erstechen.«

»Darf ich vielleicht eintreten? Zwischen Tür und Angel und in der Kälte spricht es sich schlecht«, bat Mathilde.

»Sicher, gerne«, erwiderte Franz strahlend.

Mathilde hatte bereits den Fuß über die Schwelle gesetzt, als ihr einfiel, dass sie ihr BlackBerry im Wagen vergessen hatte. »Entschuldigen Sie mich bitte eine Sekunde. Ich muss mein Telefon aus dem Auto holen, weil ich Fotos vom Museum und von Ihrem Riku machen möchte.«

»Einen solchen Hund habe ich noch nie gesehen«, stellte Mathilde kurz darauf fest, während sie staunend über das fast bodenlange, verfilzte Fell der Komondor-Hündin strich. Mit der anderen Hand kraulte sie die Bobtail-Dame hinter den Ohren.

»Das ist Mariechen. Der Komondor ist ein reiner Hütehund, der darauf achtet, dass auch das letzte Schaf den Weg zurück in den Stall findet. Sein Fell ist eine Art Panzer, der ihn vor Wolfsangriffen schützt. So schnell kann einen Komondor nichts verletzten«, erklärte Franz Köster und fuhr sich über den blonden Drei-Tage-Bart. »Aber setzen Sie sich doch.« Er deutete mit der Hand auf die Eckbank.

»Hübsch haben Sie es hier«, stellte Mathilde fest, rutschte auf der Bank am Küchentisch vorbei und nahm Platz.

»Möchten Sie einen Kaffee oder einen Espresso?«, erkundigte sich Franz höflich und nickte seiner Frau auffordernd zu.

»Gerne einen Espresso.« Mathildes Blick richtete sich auf den auf dem Tisch liegenden Teddybären. Er trug eine blau-graue Lederjacke und eine dazu passende Kappe. Seine Beine steckten in einer Jeans, die von einem dicken, braunen Gürtel gehalten wurde. In seiner Körpermitte entdeckte sie das vom Messer zerstochene, helle Shirt. »Ziemlich rustikal gekleidet für einen Bären aus Japan. Ist er wertvoll?«

»Sagen wir mal so, Riku ist nicht das teuerste Exemplar unserer Sammlung, aber für uns hat er einen hohen ideellen Wert. Wir haben ihn auf einer Messe erworben, für die wir extra nach Tokio gereist sind«, berichtete Franz, während er sich ihr schräg gegenüber auf der Bank niederließ. Zwischen ihm und Mathilde saßen drei Teddybären, einer davon war unbekleidet, die anderen trugen Latzhosen, die mit Stickern des Wuppertaler Wahrzeichens, der Schwebebahn, geschmückt waren.

»Etwas äußerst Unheimliches geschieht in Ihrem Stadtteil«, stellte Mathilde fest und runzelte die Stirn.

»Ein Bärenmord auf'm Dorpe. Wäre ein guter Aufhänger für Ihren Artikel.« Franz sah sie erwartungsvoll an. »Ich werde gleich zu Herrn Brenneisen gehen, darüber wird er gewiss in der Cronenberger Woche berichten wollen.«

»Da bin ich mir nicht so sicher«, erwiderte Mathilde. »Es geht in dieser Angelegenheit nicht nur um einen Teddy mit einem Küchenmesser im Bauch. Das Messer müssen Sie im Übrigen der Polizei zur Verfügung stellen. Mein Neffe ist Kriminalhauptkommissar bei der Mordkommission.« Mathilde fotografierte den Bären von allen Seiten.

»Mordkommission? Heute Mittag hat der Beamte sich nicht für den Einbruch und für Riku interessiert.

Jetzt schaltet sich sogar die Mordkommission ein?«, erwiderte Franz verständnislos. »Na ja, unsere Bären sind für meine Frau und mich mehr als einfache Plüschtiere. Wir könnten den Fall Riku sehr wohl einen Bärenmord nennen.«

»Haben Sie nicht mitbekommen, was gestern Nacht passiert ist? Sie müssen den Lärm der Alarmanlage doch gehört haben.« Mathilde blickte den Mann mit dem von grauen Strähnen durchzogenen blonden Haar, das sich zu lichten begann, fragend an.

»In der Nacht? Alarmanlage?« Franz runzelte irritiert die Stirn. »Wir haben nichts gehört.« Er wies auf die zum Treppenhaus führende Tür. »Wir schlafen eine halbe Etage höher auf der anderen Seite in einem Zimmer, das uns von den Geräuschen der Straße und der Welt abschirmt.«

»In der Redaktion der Cronenberger Woche wurde am frühen Morgen eine Leiche vorgefunden. In ihr steckte exakt so ein Messer wie das, was hier vor uns liegt. Außerdem haben die Beamten von der Mordkommission einen winzigen, rosafarbenen Bären am Tatort entdeckt. Ich glaube nicht, dass wir es hier mit einem Zufall zu tun haben.« Dankbar nahm sie den Espresso entgegen, den Tina Köster ihr reichte. Anschließend nahm diese ihr gegenüber auf dem Küchenstuhl Platz.

»Haben Sie Feinde, Herr Köster?« Mathilde nippte an ihrem Espresso.

»Um Himmels willen, nein«, sagte Franz, nachdem er mehrfach tief ein- und ausgeatmet hatte. »Ein Wahnsinniger war bei uns im Haus.«

»Als wahnsinnig würde ich den Täter nicht bezeichnen«, fuhr Mathilde ungerührt fort. »Er hat einen Menschen mit einem exakt platzierten Stich ins Herz getötet, ihn in der Redaktion zur Schau gestellt, einen Teddybären am Tatort hinterlassen und ist in zwei Gebäude eingedrungen, ohne Spuren zu hinterlassen. Er muss sowohl einen Schlüssel für Ihr Museum als auch für das Büro der Cronenberger Woche besitzen.«

»Oder einen Dietrich«, warf Tina ein und stützte nachdenklich den Kopf auf den Händen ab.

»Ausgeschlossen«, erwiderte Mathilde kopfschüttelnd. »Mit einem Dietrich wäre er zwar hineingekommen, ordentlich wieder hinter sich abschließen hätte er damit jedoch nicht gekonnt. Mich wundert, dass der Täter sich dafür die Zeit genommen hat, nachdem der Alarm anging.«

»Der Täter hat noch etwas Mysteriöses gemacht«, meldete sich Tina leise zu Wort.

»Wie bitte?«, fragten Mathilde und Franz im Duett.

Tina entnahm ihrer Hosentasche einen Gegenstand und legte ihn neben den Teddybären auf den Tisch.

»Franz, *ich* habe keine Armani-Männerkette im Internet für Riku bestellt«, flüsterte sie. »Der Psychopath muss sie ihm angelegt haben, bevor oder nachdem er ihm das Messer ins Fell gestoßen hat.«

Mathilde registrierte, dass Tinas Finger zitterten. Rasch machte sie ein Foto von dem Schmuckstück. Nachfolgend schickte sie ihre Aufnahmen Herbert per WhatsApp. »Würden Sie mir die Kette und den Bären bitte zur Verfügung stellen? Sie sind ein Fall für die Spurensicherung.«

»Ich soll Ihnen Riku überlassen?« Franz riss entsetzt die Augen auf. »Ich möchte ihn gleich flicken. Erhalten wir jetzt eigentlich Polizeischutz?«

»Diese Frage kann ich Ihnen leider nicht beantworten«, bedauerte Mathilde. »Das wird mein Neffe entscheiden.«

Die ersten Töne der Ouvertüre der Wagner-Oper *Die Walküre* erklangen, und Mathilde warf einen Blick auf das Display ihres BlackBerrys. »Mist«, entfuhr es ihr. Sie hatte völlig die Zeit vergessen, und mittlerweile war es kurz vor sechzehn Uhr. Sie tippte auf den grünen Telefonhörer und hielt sich das Handy ans Ohr. Eine Weile lauschte sie ergeben der Schimpftirade ihrer Haushälterin. Als diese endlich eine Pause zum Luftholen einlegte, sagte sie: »Du musst eben ohne mich nach Botsuana skypen. Der aktuelle Mordfall geht vor. Ich muss Prioritäten setzen.« Sie verdrehte die Augen. »Martha. Es reicht. Grüße Erwin und Tido von mir. Bis später.« Resolut beendete sie das Telefonat und schenkte ihre Aufmerksamkeit wieder den Kösters. Sie klickte auf ihre Fotogalerie und öffnete das von Herbert geschickte Bild mit dem Miniatur-Teddybären. »Schauen Sie mal bitte, Frau Köster. Ist das ein Bär aus Ihrer Sammlung?«

Tina Köster schob sich die Haare hinter die Ohren und nahm das BlackBerry entgegen. »Mein Gott«, flüsterte sie entsetzt. »Ja, das ist ein Bär aus meiner Miniaturen-Sammlung.«

»Ich möchte alle Räumlichkeiten in Augenschein nehmen. Berühren dürfen wir selbstverständlich nichts, damit die Beamten von der Spurensicherung eine Chance haben, obwohl ich befürchte, dass sie wie in der Redaktion der Cronenberger Woche nichts finden werden«, erklärte Mathilde, rutschte am Tisch vorbei nach rechts und erhob sich von der Bank. Sie nahm Tina ihr Handy ab und wählte die Nummer ihres Neffen.

»Herbert? Seid ihr noch in Cronenberg?« Erwartungs-voll hielt sie den Atem an. »Okay, dann nehmt die näch-ste Ausfahrt und wendet. Ihr müsst zum Teddybärenmu-seum in der Berghauser Straße 12 kommen. Der kleine Teddybär, den ihr am Tatort entdeckt hat, gehört den Kösters, den Inhabern des Museums. Hier ist, wenn wir es so nennen wollen, ein weiterer Mord geschehen. Ein Bärenmord. Wir haben es mit zwei Tatorten, zwei Kü-chenmessern und zwei Bären zu tun. Jetzt beeilt euch, damit wir uns das Museum gemeinsam anschauen kön-nen.« Sie beendete das Telefonat und nahm wieder auf der Bank Platz. »Wir werden auf meinen Neffen warten. Die Beamten sind unterwegs.«

*

Fluchend stapfte Kriminalkommissar Hans Flachs durch den Schneematsch. Er hatte die Hände tief in den Jackentaschen vergraben und staunte darüber, wie gut gelaunt die Studierenden über den Campus liefen und der Kälte trotzten. Er hatte sein schütteres Haar unter einer Wollmütze versteckt und den Kragen hoch-gezogen. Sein Ziel war die Uni-Kneipe im Fachbereich Produktsicherheit und Qualität. Dort hatte er sich mit Professor Dr. Mohn verabredet, einem der Philosophie-Dozenten der Bergischen Universität Wuppertal.

»Schade, dass der Freund von der Adlerkralle auf Safari ist. Mit ihm würde ich mich heute lieber austauschen«, grummelte er vor sich hin. Hans und sein jüngerer Kol-lege Florian nannten Mathilde unter sich immer bei ihrem Spitznamen, den sie ihr gegeben hatten, weil sie sich ungefragt in ihre Ermittlungen einmischte und in sie verbiss. Doch der Name war nicht abfällig gemeint, denn nach vier gemeinsam gelösten Mordfällen hatten sie den raubtierartigen Weitblick von Herberts Tante zu schätzen gelernt.

Als er die Kneipe erreichte, war es siebzehn Uhr dreißig. Er entdeckte munter miteinander plaudernde junge Frauen und Männer, die an den kleinen Tischen im Eingangsbereich saßen, sich an ihren Milchkaffees die Hände wärmten oder eine Kleinigkeit aßen.

»Herr Flachs?« Ein hagerer Mann mit Glatze, den Hans auf Anfang vierzig schätzte, begrüßte ihn mit einem Glas Bier in der Hand.

»Der bin ich, guten Tag. Sie sind Professor Mohn?«, wollte Hans wissen. In der Kneipe war es sehr warm, und er schlüpfte schnell aus seiner Jacke und hängte sie sich über den Arm.

»Richtig. Kommen Sie, dort am Fenster habe ich uns zwei Plätze gesichert.« Er zeigte mit der Hand auf einen Tisch in der Nähe der Eingangstür.

Kurze Zeit später saßen sie sich gegenüber, und der Professor erklärte: »Die Sache mit Bernd Bauer geht mir ziemlich nahe. Was für ein schrecklicher Tod. Ich treffe selten auf Studierende in diesem Alter, die ihr Studium mit Martin Heidegger beginnen. Herr Bauer hat sich äußerst interessiert an dessen Gedankengängen gezeigt«, bemerkte Mohn und trank einen Schluck Bier.

»Gibt es etwas Ungewöhnliches in Bezug auf Herrn Bauer, das Ihnen in der letzten Zeit aufgefallen ist?« Hans griff nach seiner über der Stuhllehne hängenden Jacke und entnahm der Tasche ein Notizbuch.

Nachdenklich runzelte Mohn die Stirn. »Nicht dass ich wüsste. Ich kenne ihn erst seit etwa einem halben Jahr. Das vor wenigen Tagen zu Ende gegangene Wintersemester war sein zweites. Bauer stellte präzise Fragen in den Seminaren und schrieb bei den Vorlesungen emsig mit.« Mohn setzte das Bierglas erneut an die Lippen, nahm einen großen Schluck und stellte es wieder ab. »Zu den jüngeren Kommilitoninnen und Kommilitonen hatte er, soweit ich es mitbekommen habe, keinen engeren Kontakt. Meines Erachtens war ihm nicht an zwischenmenschlichen Beziehungen gelegen, sondern es ging ihm ausschließlich um fachliche Informationen. Aber, Moment …«, er tippte mit dem Zeigefinger auf die Tischplatte, »da war doch etwas. Sie wissen, dass Martin Heideggers Beziehung zum Nationalsozialismus umstritten, gar ungeklärt ist?«

Hans nickte zustimmend. Er begeisterte sich für Philosophie, bildende und darstellende Kunst sowie klassische Musik.

»Diesen Winter habe ich ein Seminar zu dem Thema angeboten, ob und wie Heideggers Gedankengut unabhängig von seiner politischen Orientierung zu lesen ist. Dort geriet Bauer mehrmals mit einem Kommilitonen aneinander. Justus Farmer ist engagiertes Mitglied bei den Jungsozialisten der SPD. Er regt sich ständig darüber auf, dass Heidegger in Wuppertal überbewertet wird«, fuhr Mohn fort.

»Warum belegte er dann Ihr Seminar?« Hans machte sich eifrig Notizen.

»Philosophie lebt von kontroversen Diskussionen«, entgegnete Mohn achselzuckend. »Allerdings gingen

Farmers Äußerungen manchmal am Thema vorbei und unter die Gürtellinie. Er hat Bauer wiederholt vorgeworfen, ein Nazi zu sein, ihn als braunen, alten Sack beschimpft. Natürlich bin ich eingeschritten, aber es ist gut möglich, dass die Auseinandersetzung außerhalb des Campus weiterging.«

»Können Sie mir die Adresse des jungen Mannes nennen?«, bat Hans.

»Er steht selbstverständlich auf der Seminarliste, die habe ich jedoch nicht dabei. Sie werden einen Umweg über das Sekretariat machen müssen«, erwiderte Mohn bedauernd.

Hans bedankte sich bei dem Professor für die ihm geschenkte Zeit, verabschiedete sich und verließ die Uni-Kneipe.

*

»Was meinst du zu dem Fall?« Nachdenklich zog Herbert an seiner Havanna. Er saß, in eine dicke Decke gewickelt, neben seiner Tante in ihrem kleinen, an den Hang gebauten Garten. Von der Plattform aus hatten sie einen weiten Blick über die Stadt und die abgetrennten Parzellen, auf denen Martha im Frühjahr Tomaten und Salat und im Herbst Kürbisse zog. Sie untersagte Mathilde und ihm strikt, im Inneren des Hauses Zigarre zu rauchen, deswegen mussten sie auch im Winter nach draußen ausweichen.

»Wir haben einen in Szene gesetzten Mord und einen Täter mit einer gestörten Beziehung zu Teddybären«, fasste Mathilde zusammen. »Der Ermordete führte anscheinend ein Einsiedlerdasein, ausgenommen von dem wöchentlichen Besuch seiner Stammprostituierten.«

»Ob die Dame diesem Gewerbe nachgeht, gilt es erst zu klären«, warf Herbert ein. »Auf das Geschwätz der Nachbarinnen gebe ich nicht allzu viel.«

»Er war seit über zehn Jahren Rentner und hat mit fünfundsiebzig Jahren seine Leidenschaft für die Philosophie, insbesondere für den mit dem Nationalsozialismus in Verbindung gebrachten Philosophen Martin Heidegger entdeckt.« Sie schnippte etwas Asche von ihrer Zigarre und hielt sie gedankenverloren zwischen Daumen, Zeige- und Mittelfinger. »Herbert?«

»Ja?« Er blickte Mathilde fragend an.

»Ich glaube, nein, ich bin mir sogar ziemlich sicher, dass der Mörder uns mit dem Schauspiel etwas sagen möchte. Sein Ziel ist es, dass wir das Drama interpretieren wie Schüler im Kunstunterricht ein Gemälde.« Sie wickelte sich fester in ihre Decke und zog an ihrer Zigarre. Im Gegensatz zu ihm bevorzugte sie den würzigen Geschmack der Davidoff.

»Und, was interpretiert das Schulmädchen in die Inszenierung hinein?«, wollte Herbert wissen und zwinkerte Mathilde zu.

»Er demonstriert Macht und zeigt uns, dass er sich überall Zutritt verschaffen kann. Er möchte, dass Polizei und Bürger von seiner Tat erfahren. Denn das werden sie, weil es morgen in jeder Tageszeitung zu lesen sein wird, von der Online-Berichterstattung ganz zu schweigen«, überlegte Mathilde weiter. »Das Opfer ist ein alter Mann, Teddybären bringe ich mit Kindern in Verbindung. Er legt uns absichtlich aufs Kreuz.« Sie hielt einen

Moment inne und kniff die Augen zusammen. Sekunden später öffnete sie ihre Lider wieder. »Ein Kreuz …«, murmelte sie gedankenverloren. »Denk mal gut nach. Erkennst du das Kreuz in der Geschichte, mein Lieblingsneffe?« Mathilde blickte ihn eindringlich an.

»Ich bin dein einziger Neffe«, erwiderte Herbert trocken, bevor auch er die Lider schloss und vor seinem geistigen Auge jede Kleinigkeit erneut durchging. Nach einer Weile gestand er kopfschüttelnd: »Ich sehe zwar Bären, aber kein Kreuz.«

Mathilde legte die glühende Zigarre am Aschenbecherrand ab. »Ich werde es dir beweisen. Warte bitte einen Moment.« Sie warf die Decke über die Stuhllehne, sprang auf und verschwand durch die Terrassentür im Inneren des Hauses.

Fünf Minuten später trat sie wieder auf die Plattform, schaltete die Außenbeleuchtung an und kam mit einem Blatt in der Hand zu ihm. Neugierig nahm er den Zettel in Empfang und studierte ihn eingehend. In der oberen Bildmitte sichtete er die Skizze eines Bären mit einem Messer im Leib. Ein Pfeil führte von ihm senkrecht nach unten und zur Männerleiche inklusive des Messers. Herbert wandte seinen Blick zu einem winzigen Bärchen, das Mathilde an einen Punkt etwas oberhalb der Mitte des linken Bildrands skizziert hatte. Von dort aus ging wiederum ein Pfeil ab: dieses Mal ein waagerechter zum gegenüberliegenden Rand, der zu einer Herrenkette wies. Plötzlich fiel es ihm wie Schuppen von den Augen. »Er hat dem Ermordeten etwas aus dem Museum mit an den Tatort gegeben und …«

»Und dem symbolisch getöteten Teddybären etwas von Bauer um den Hals gehängt, nämlich seine Kette, wie ihr anhand seiner Online-Bestellungen bei Amazon feststellen konntet. Es war hilfreich, dass der Account im Browser-Cache war. Das hat deinen Leuten die Arbeit erleichtert. Sonst hätten sie versuchen müssen, sein Passwort zu knacken.«

»Wenigstens etwas, das in der Angelegenheit leicht zu lösen war«, erwiderte Herbert seufzend.

»Fällt dir noch etwas an meiner Skizze auf?«, fragte Mathilde und legte den Kopf schief.

Jetzt erst registrierte er, dass sie kein quadratisches, sondern ein rechteckiges Stück Papier ausgesucht hatte. »Du hast das Kreuz der christlichen Symbolik gewählt«, stellte er fest.

»Was bringst du mit dem christlichen Kreuz in Verbindung?« Mathilde blickte ihn fragend an.

»Natürlich die qualvolle Hinrichtung eines Unschuldigen, des Gottessohnes«, bemerkte er achselzuckend.

»Das kommt auf die Perspektive an.« Mathilde schürzte die Lippen. »Der römische Präfekt Pontius Pilatus war zwar nicht von der Schuld Jesu überzeugt, ließ sich jedoch von den Hohepriestern politisch unter Druck setzen und ihn trotzdem neben zwei Schwerstverbrechern kreuzigen. Obwohl Pilatus seine Hände symbolisch in Unschuld gewaschen hat, demütigte er ihn öffentlich, ganz so wie unser Täter Bernd Bauer. Die Mehrzahl der Menschen damals *glaubten* an Schuld, nicht an Unschuld. Diese Exekution ist eine maximale Strafe.« Energisch drückte sie ihre Zigarre aus. »Wir können bei unserem Mörder ein religiöses Motiv nicht ausschließen.«

»Ist das nicht etwas weit hergeholt?« Herbert runzelte zweifelnd die Stirn. »An Fantasie mangelt es dir jedenfalls nicht.«

»Ich würde es eher als Intuition bezeichnen«, widersprach Mathilde. »Mein Bauchgefühl hat dir bereits des Öfteren geholfen, wenn ich dich daran erinnern darf.«

»Wie auch immer. Irgendwo müssen wir zu ermitteln beginnen. Aktuell haben wir zwei Personen, die wir uns näher ansehen sollten. Diese angebliche Prostituierte und den jungen Studenten. Ich schicke Florian nach Velbert-Neviges, das Autokennzeichen konnten wir eindeutig einer gewissen Sabina Döring zuordnen. Magst du Justus Farmer unter die Lupe nehmen? Ich sehe mir morgen mit Hans und Jörg von der Spurensicherung das Haus des Toten gründlich an. In diesem mysteriösen Fall möchte ich bei der Durchsuchung persönlich dabei sein.«

»Abgemacht. Auf diesen Studenten bin ich sehr gespannt.« Mathilde gähnte ausgiebig. »Und jetzt braucht deine alte Tante eine Mütze voll Schlaf. Es war ein langer und ereignisreicher Tag.«

Freitag, 15. Februar

Mysteriöser Todesfall in Wuppertal Cronenberg

In der Nacht zum Donnerstag fanden die diensthabenden Streifenbeamten der Polizei in der Redaktion der Stadtteil-wochenzeitung **Cronenberger Woche** *eine Männerleiche vor.*

Von Mathilde Krähenfuß

CRONENBERG. Gestern ging um kurz nach drei Uhr im Redaktionsgebäude der Cronenberger Woche die Alarmanlage an. Die diensthabenden Beamten der Polizei gingen zunächst von einem Alarm in einem anderen Gebäude in der Kemmanstraße aus. Nach Bemerken des Irrtums standen die Polizisten bei der Redaktion der CW vor verschlossener Tür. Im Inneren des Gebäudes war es dunkel. Als sich der von der Sicherheitsfirma alarmierte Chefredakteur Zugang verschafft hatte, entdeckten die Beamten eine auf einen Stuhl gefesselte Männerleiche.

Die Obduktion hat ergeben, dass das Opfer bereits einige Stunden tot gewesen war. Die Polizei ermittelt wegen Mordes.

Mathilde hatte gegenüber den Kriminalbeamten den Vorteil, sich bei einem Besuch nicht vorher telefonisch ankündigen zu müssen. Weil sie auf den Überraschungseffekt am frühen Morgen setzte, hatte sie sich von Martha um halb sieben statt um halb neun Uhr wecken lassen und zu einer Tasse Kaffee lediglich eine

Scheibe Toast mit Marmelade verspeist. Zu ihrer Erleichterung hatte ihre Haushälterin sich wegen der nicht eingehaltenen Skype-Verabredung wieder beruhigt und war kommentarlos bereits um sechs Uhr in der Mirker Höhe erschienen. Mathilde hatte sie gebeten, mit Lotte einen ausgiebigen Spaziergang zu unternehmen, während sie den Studenten Justus Farmer auf Herz und Nieren prüfen wollte.

Pünktlich um acht Uhr stand sie vor einem der Hochhäuser in Wuppertal-Elberfeld im Bezirk Uellendahl-Katernberg und studierte die Namensschilder an den Türschellen. Das Gebäude, das dem Einkaufszentrum Röttgen und dem Stadtteilbad gegenüber lag, hatte beachtliche vierzehn Stockwerke. Mathilde entdeckte den Namen des Studenten an siebter Position. Sie betätigte die Schelle und wartete.

»Ja, bitte?«, erklang kurz darauf eine angenehm tiefe Männerstimme aus der Gegensprechanlage.

»Mathilde Krähenfuß, Ronsdorfer Gazette«, stellte sie sich vor. Martha hatte ihre Tasche am Morgen mit der Begründung auf dem Küchentisch ausgekippt, dass sie einer Reinigung bedürfe, deswegen hatte sie den Presseausweis, ihr BlackBerry und das altmodische Diktiergerät, in das noch kleine Kassetten eingelegt werden mussten, griffbereit in den Taschen ihres Parkas. Befragungen nahm sie bevorzugt mit dem Diktiergerät auf, weil sie die einfache Rück- und Vorspultechnik schätzte. »Entschuldigen Sie bitte die frühe Störung. Im Auftrag der Gazette möchte ich Sie zu Bernd Bauer befragen. Haben Sie einen Moment Zeit für mich?«

»Meine Freundin und ich sitzen am Frühstückstisch, aber von mir aus können Sie gerne heraufkommen.« Es summte laut, und Mathilde drückte ihren Körper fest gegen die Eingangstür. Sie verzichtete auf den Aufzug und erklomm die Treppe. Japsend erreichte sie schließlich die geöffnete Wohnungstür und vernahm den verlockenden Duft frisch aufgebrühten Kaffees.

»Guten Morgen«, begrüßte sie ein großer, muskulöser Mann Mitte zwanzig, der zu einem schlichten, weißen Sweatshirt eine schwarze Jogginghose trug. Er hatte kantige, aparte Gesichtszüge und blickte sie aus stahlblauen Augen aufmerksam an. Tiefschwarze Locken, die er schulterlang trug, bildeten dazu einen auffälligen Kontrast. »Folgen Sie mir in die Küche.«

Mathilde erwiderte seinen Gruß und ging hinter ihm her durch den Flur, in dem sie zur Linken die Garderobe entdeckte, an der die verschiedensten Männerjacken und eine Damenjacke hingen. Sie traten durch die Tür und erreichten die großzügig geschnittene Küche. Vor einer viel Tageslicht hineinlassenden Fensterfront saß eine sehr junge, dunkelhäutige Frau mit kurzen, krausen und blondierten Haaren am Küchentisch und lächelte ihr freundlich zu.

»Das ist meine Freundin Jennifer«, stellte Justus Farmer sie vor. »Jen, Mathilde Krähenfuß, Ronsdorfer Gazette.«

»Guten Morgen, Jennifer.« Mathilde reichte ihr die Hand, und Justus deutete mit dem Finger auf einen freien Stuhl Jennifer gegenüber. Sie zog ihren Parka aus, hängte ihn über die Lehne des hellen Holzstuhls und nahm dankbar Platz. »Ah, Sie lesen die Ronsdorfer Gazette!« Sie blickte erstaunt auf die aufgeblätterte Printausgabe und exakt auf ihren heute erschienenen Artikel.

»Natürlich. Weil ich versuche, mich auf allen Kanälen umfassend zu informieren, lasse ich sie mir liefern«, erwiderte Justus und holte eine Tasse aus dem auf Tisch und Stühle optisch abgestimmten Küchenschrank.

»Liefern? Soweit ich weiß, wird die Gazette nur in Ronsdorf an die Haushalte verteilt. In den anderen Stadtteilen liegen die Printausgaben an den Tankstellen und in den Rewe-Märkten zum Selbstabholen«, bemerkte Mathilde irritiert.

»Eine Nachbarin hier im Haus legt sie mir auf die Fußmatte, nachdem sie morgens Brötchen geholt hat. Cooles Format übrigens. Bemerkenswert, dass sich eine kostenlose Tageszeitung in Wuppertal hält«, stellte Justus fest. Er ließ sich auf den Stuhl neben seiner Freundin fallen.

»Trinken Sie Milch und Zucker in Ihrem Kaffee?«, erkundigte sich Jennifer höflich.

»Nur Milch, danke«, entgegnete Mathilde und entnahm ihrer Jackentasche das Diktiergerät. »Haben Sie etwas dagegen, wenn ich unser Gespräch aufzeichne?«

Justus und Jennifer schüttelten übereinstimmend die Köpfe.

Mathilde schaltete das Gerät ein und betrachtete staunend den reich gedeckten Frühstückstisch. Beim Anblick der Rühreier mit Speck, des frischen Obstes, der Käse- und Brotauswahl und des Multivitaminsafts lief ihr das Wasser im Mund zusammen.

»Wir sind Leichtathleten«, erklärte Jennifer, die ihrem Blick anscheinend gefolgt war. »Justus ist Zehnkämpfer, meine Disziplin ist der Siebenkampf. Für unser Kraftausdauertraining benötigen wir sehr viele Kalorien. Mit der Aufnahme beginnen wir bereits am Morgen.«

»Sie sind ein Allround-Talent, Herr Farmer«, stellte Mathilde überrascht fest. »Politisch engagieren Sie sich bei der SPD, Sie studieren und betreiben Leistungssport.«

»Und Sie sind gut informiert.« Justus warf seiner Freundin einen flüchtigen Seitenblick zu.

»Sie auch«, konterte Mathilde und wies mit der Hand auf weitere Zeitungen, die auf dem Tisch verstreut lagen, um einen hochgefahrenen Laptop herum. »Die Cronenberger Woche ist heute erst erschienen und liegt schon am frühen Morgen bei Ihnen als Elberfelder auf dem Tisch?«

»Meine Mutter wohnt in Cronenberg, arbeitet aber in Elberfeld an der Rezeption des Bethesda-Krankenhauses und hat sie mir wie immer vorbeigebracht«, erwiderte Justus achselzuckend.

»Ach?« Mathilde runzelte nachdenklich die Stirn. »Sie gehören anscheinend nicht zu den Fans der Online-Ausgaben.«

»Es geht nichts über das auf Papier gedruckte Wort«, stellte Justus fest.

»Quatsch. Justus ist ein Online-Junkie«, bemerkte Jennifer grinsend.

»Online-Junkie«, wiederholte Justus kopfschüttelnd. »Wer ist das heutzutage nicht, Jen?«

»Ich zum Beispiel.« Mathilde legte den Kopf schief. »In meinem Alter ist es schwer, sich mit diesem neumodischen Kram anzufreunden.«

»Wenn Sie einmal Hilfe benötigen, dürfen Sie sich gerne an mich wenden«, erwiderte Justus augenzwinkernd. Schwungvoll klappte er den Laptop zu. Durch den entstandenen Luftzug flatterte ein Zettel, der auf der

Tastatur gelegen hatte, vor Mathildes Tasse. Geistesgegenwärtig griff sie danach und warf einen Blick darauf. *CLc/OmPJ,ker/NÜ2*R.

Mein Gott, da ist aber einer pedantisch, dachte Mathilde im Stillen, während sie sagte: »Manchmal wünsche ich mir die gute alte Schreibmaschine zurück. Hier ...«, sie reichte Justus das Stück Papier.

»Frau Krähenfuß, kommen Sie bitte zur Sache.« Justus nahm den Zettel entgegen und schob ihn unter die Bildschirmplatte. »Sie sind nicht hier, um mit mir über die Vor- und Nachteile der Digitalisierung zu plaudern.« Der leicht genervte Tonfall war nicht zu überhören. »Davon haben Sie wahrscheinlich sowieso nicht viel Ahnung.«

»Da haben Sie leider recht. Also, Professor Mohn erzählte, dass Sie im Wintersemester ein Seminar über Martin Heidegger belegt haben, obwohl Sie ihn vehement ablehnen. Warum haben Sie sich das freiwillig angetan?«, begann Mathilde ihre Befragung.

»Warum? Leider kommt in Wuppertal kein Studierender des Fachbereichs Philosophie an ihm vorbei, selbst wenn Philosophie nur ein Nebenfach ist«, entgegnete Justus. »Ich studiere im Hauptfach Geschichte und arbeite an meiner Masterarbeit. Wie Sie sich denken können, strebe ich eine politische Karriere an, und Kenntnisse über die Geschichte und die politische Philosophie sind Voraussetzungen dafür.«

»Warum haben Sie Herrn Bauer als Nazi, als braunen, alten Sack beschimpft?«, hakte Mathilde nach.

»Hat Ihnen das alles der Mohn verraten? Hätte ich ihm nicht zugetraut, dass er einer Frau von der Presse etwas über seine Studenten erzählt«, ärgerte sich Justus. Wütend schob er seinen erst halb geleerten Teller beiseite.

»Da muss ich Ihren Professor in Schutz nehmen«, beschwichtigte Mathilde den aufgebrachten jungen Mann. »Mein Neffe ist der im Mordfall Bauer ermittelnde Hauptkommissar, und er hat seinen Kollegen zur Universität geschickt. Aber Polizei und Zeitung arbeiten Hand in Hand.«

»Ach? Das ist mir neu«, entgegnete Justus unwirsch. »Ich gehe eher davon aus, dass Sie von Ihrem verwandtschaftlichen Verhältnis profitieren.«

»Zusätzlich zu meiner redaktionellen Arbeit unterstütze ich meinen Neffen. Sie können frei vor mir sprechen, vielleicht erspart Ihnen das erst einmal eine Vorladung ins Präsidium.«

»Was soll das hier werden? Ich dachte, ich soll Ihnen etwas über Bauer erzählen? Wollen Sie mir etwa unterstellen, dass ich etwas mit dem Tod dieses Drecksacks zu tun habe?«, eiferte sich Justus, und Jennifer legte beschwichtigend ihre schmale Hand auf seine.

»Das haben Sie jetzt gesagt, nicht ich«, berichtigte Mathilde ihn und zog bedeutungsvoll die Augenbrauen hoch. »So, jetzt erzählen Sie mir bitte, was Sie gegenüber dem Toten derart aufgebracht hat, dass Sie ihn … ich wiederhole … während eines laufenden Seminars einen braunen Sack genannt haben.«

»Ich zumindest habe mich getraut, meine Wut offen zum Ausdruck zu bringen. Professor Mohn kennt nur seine Dozentenperspektive, seine intellektuelle Welt. Ich jedoch kannte Bauers wahres Gesicht.« Energisch zog er seine Hand unter Jennifers weg. »Sie hätten mal hören sollen, was der für Sprüche vom Stapel gelassen hat, wenn das Seminar zu Ende war oder bevor es losging.« Justus ballte die Hände zu Fäusten.

»Verraten Sie mir diese Sprüche bitte«, bat Mathilde und nippte an ihrem Kaffee.

»Er äußerte zum Beispiel einmal, dass Deutschland sich von der EU lösen und eine Mauer bauen solle, damit alle Menschen, die das deutsche Volk verwässern würden, ausgesperrt werden könnten. Alle Schwarzen sollten gefälligst wieder in den afrikanischen Busch zurück, daher wären sie schließlich gekommen. Hey, meine Freundin ist dunkelhäutig. Jennifer ist hier geboren, ihre Eltern sind es schon …«, regte sich Justus auf. »Er hat mich ständig provoziert. Sagte, ich sei nur der Sohn einer einfachen Arbeiterfamilie und solle mich auf meine Herkunft besinnen, bevor ich die Politik noch schlechter machen würde, als sie bereits sei. Netter Zeitgenosse, nicht wahr?«

»Ich habe ihn kennengelernt, als ich Justus an der Uni abgeholt habe«, machte sich Jennifer bemerkbar. »Er hat mich als Schlampe bezeichnet, die nur etwas zum Sex tauge. Ich würde weißen Menschen in Deutschland einen Arbeitsplatz stehlen. Dieser Hass in seinen Augen, ich bekam richtig Angst. So ein widerlicher alter Mann.«

»Haben nur *Sie* diese Worte mitbekommen oder weitere Kommilitonen?«, hakte Mathilde nach und schob ihre Brille zurück.

»Er hat das mehr gezischt als gesagt«, warf Justus bitter ein. »Das konnte er gut, der Feigling. Nein, andere haben das meines Wissens nicht gehört.«

Mathilde beobachtete, dass Jennifers sorgfältig manikürten Finger zu zittern begannen. »Vor einigen Wochen hat er mir hier aufgelauert. Er und vier weitere Männer haben sich beim Imbiss neben dem Schwimmbad Döner gekauft, die sie auf den Stufen vor dem Bad gegessen haben. Ich stand zufällig auf dem Balkon. Sie haben zu mir hochgeschaut, Frau Krähenfuß.«

»Also bitte, Jennifer.« Mathilde schüttelte den Kopf. »Ich wüsste nicht, was daran ein Vergehen sein sollte, sich etwas zu essen zu besorgen.«

»Er und seine Begleiter waren wegen mir hier, da bin ich mir sicher. Eigentlich wollte ich eine Freundin besuchen, aber aus Angst habe ich ihr abgesagt und die Wohnungstür mehrfach abgeschlossen und verriegelt. Justus war an der Uni, und ich hatte an diesem Tag nur bis dreizehn Uhr Unterricht. Ich habe einen Zweitschlüssel, wohne fast schon hier, gemeldet bin ich jedoch bei meinen Eltern.«

Gedankenverloren rührte Mathilde in ihrem Kaffee. Sie blickte die junge Frau intensiv an und dachte nach. Schließlich sagte sie: »Ich verstehe Sie. Es ist grausam und erniedrigend, wegen der Herkunft beschimpft und gedemütigt zu werden.« Tatsächlich konnte sie sich sehr gut in Jennifer hineinversetzen. Zum Glück hatte Martha in Deutschland bessere Erfahrungen gemacht. »Trotzdem kann der Besuch des Imbisses ein Zufall gewesen sein. Herr Farmer, haben Sie sich bei Professor Mohn oder beim Uni-Rektor beschwert?«

»Ich hatte keinerlei Beweise. Außerdem schätzte der Professor Bauers Arbeiten«, berichtete Justus. »So unsympathisch der Bauer auch war, er hatte Talent und konnte die Gedankengänge der Philosophen gut nachvollziehen. Professor Mohn war sehr auf seine Hausarbeit über Heidegger gespannt. Zum Rektor bin ich nicht gegangen, weil ich keinen Stress wollte. Im schlimmsten Fall hätte er mir üble Nachrede unterstellt. Ich muss an meine politische Laufbahn denken.«

»Wie alt sind Sie, Jennifer, wenn ich fragen darf?« Mathilde nahm den letzten Schluck Kaffee.

»Sie dürfen. Ich werde im März neunzehn, bereite mich auf mein Abitur vor«, gab die Angesprochene bereitwillig Auskunft.

»Ich danke Ihnen für das Gespräch und den Kaffee, Herr Farmer.« Sie reichte dem jungen Mann ihre Visitenkarte. »Scheuen Sie sich nicht, mich oder die Kriminalpolizei zu kontaktieren, wenn Ihnen etwas zum Mordfall Bauer einfällt.« Sie verabschiedete sich, warf einen letzten gedankenversunkenen Blick auf die Zeitungen, die alle an einer Seite aufgeschlagen waren, auf der über den Mord an Bernd Bauer berichtet wurde, und verließ die Wohnung.

*

Florian Vogel parkte die BMW 5er Limousine auf dem großen Parkplatz im Zentrum des Velberter Stadtteils Neviges. Er hielt Ausschau nach Sabina Döring, mit der er sich zu einem Spaziergang in Richtung des Schlosses Hardenberg verabredet hatte. Sie lebte in einer Mietwohnung in der Elberfelder Straße direkt neben dem Restaurant *Alte Gaststube* und hatte angegeben, die Mittagszeit für das Ausführen ihres Hundes zu nutzen. Florian warf ungeduldige Blicke aus dem Autofenster. Nach einer Weile schaute er genervt in den Rückspiegel und zuckte augenblicklich zusammen. Eine Frau war wie aus dem

Nichts hinter Herberts Dienstwagen aufgetaucht und hielt einen Wolf an der Leine. Ein eiskalter Schauder lief über Florians Rücken. Die Frau sah vollkommen anders aus, als er sie sich vorgestellt hatte. Sie trug eine dicke, braune Wildlederjacke für Herren, eine gleichfarbige Baskenmütze und hatte die langen blonden Haare zum Zopf geflochten und über die linke Schulter gelegt. Er reichte ihr bis zur Hüfte. Die schlanken Beine steckten in schlichten, schwarzen Jeans. Sie war von einer wilden Schönheit, die Florian aufs Äußerste beeindruckte, denn er wusste weibliche Reize sehr wohl zu schätzen. Er öffnete die Wagentür und stieg langsam aus, seinen Blick auf das hochbeinige Tier an Sabinas Seite gerichtet.

»Florian Vogel, Kriminalpolizei«, stellte er sich vor und zog seinen Dienstausweis aus der Jackentasche. »Ihr Hund sieht aus wie ein Wolf.« Zögerlich deutete er mit der Hand auf das wolfsgraue Wesen.

»Voltaire ist ein Wolf«, erwiderte Sabina gelassen und warf ihren Zopf zurück. »Er ist das Ergebnis der Kreuzung einer Wölfin mit einem Deutschen Schäferhund. Die Rasse nennt sich Saarlooswolfhund. So einen Hund wollte ich mir schon seit Jahren zulegen. Ich habe mich im Vorfeld gut über diese Rasse informiert.« Sie ging die paar Schritte zum Bürgersteig, und Florian folgte ihr beeindruckt. »Voltaire ist ein sehr treuer Begleiter, der in mir den Leitwolf sieht. Er würde mir nie ein Leid zufügen. Anderen Menschen gegenüber ist er sehr wachsam, merken Sie, wie er Sie beobachtet?«

Florian nickte zustimmend. Er verspürte ein instinktives Unbehagen, denn Voltaire hatte ihn ständig im Visier, ganz so, als warte er darauf, dass Florian sein

Frauchen angreifen würde und er sie verteidigen müsse. »Aber Sie sind nicht hier, um über Wölfe und Hunde mit mir zu sprechen, sondern über Bernd.«

Florian und sie unterquerten das alte Eisenbahnviadukt und schritten zügig aus. Der Himmel war von dieser Art Grau, das baldigen Schneefall ankündigte. Sabinas Wangen waren zart gerötet, was ihre natürliche Attraktivität noch erhöhte. Von Make-up oder Lippenstift entdeckte er keine Spur.

»Ich muss Ihnen eine indiskrete Frage stellen«, kündigte er an.

»Nur zu.« Sie warf ihm einen flüchtigen Seitenblick zu und zwinkerte.

»Die Nachbarinnen des Ermordeten haben uns mitgeteilt, dass Sie Herrn Bauer einmal wöchentlich besuchten«, fing Florian an.

»Und? Was ist daran verwerflich?«, fragte Sabina und strich Voltaire beruhigend über den Rücken. Seine Nackenhaare hatten sich aufgestellt, und ein tiefes Knurren entsprang seiner Kehle. Florian registrierte auf der gegenüberliegenden Straßenseite eine imposante, schwarz-weiß gefleckte Deutsche Dogge. Sabina rief dem Hundehalter einen Gruß zu und hielt Voltaire dicht an ihrem Körper. »Mein Liebling hasst Hunde, die größer sind als er.«

»Frau Döring, hatten Sie ein intimes Verhältnis mit Herrn Bauer?«, hakte Florian nach.

Sabina lachte ein glockenhelles Lachen. »Ja, das hatte ich.«

»Haben Sie sich Ihre Liebesdienste vergüten lassen?«, bohrte Florian weiter und rückte ein Stück von Frau und Wolfshund ab.

Sabina lachte munter weiter. »Solange er meine …«, sie brach ab und zwinkerte ihm ein weiteres Mal zu, »meine Liebesdienste wünschte, hat er mich dafür bezahlt, natürlich. Aber Bernd war fünfundsiebzig, der hatte in den letzten Jahren kein Interesse mehr an Liebesspielchen. Bis zu seinem siebzigsten Geburtstag hat er durchgehalten, anschließend wollte er nur noch reden und ein wenig kuscheln. Mir war das nur recht, leicht verdientes Geld eben.«

»Also arbeiten Sie als Prostituierte?«, wollte Florian wissen, als sie das Schloss Hardenberg erreichten.

»Heutzutage heißt das Sexarbeiterin. Aber so möchte ich mich ungern bezeichnen«, entgegnete Sabina, hielt in der Bewegung inne, beugte sich zu Boden und griff nach einer auf dem Bürgersteig liegenden leeren Bierflasche. Nachfolgend entnahm sie ihrer Jackentasche einen dünnen Stoffbeutel und packte die Flasche hinein. »Ich bin eine Allround-Gesellschafterin für wenige Stunden.«

»Wie viele solcher …«, Florian zögerte eine Sekunde, »Klienten oder Freier haben Sie?«

»Ach, das variiert«, sagte Sabina ausweichend. Sie hielt an, blickte nach allen Seiten und überquerte schließlich die Straße. »Unser Schloss, wie sehr ich es liebe.« Sie schaute verträumt auf das graue Gebäude und die zugehörige Vorburg. »Na ja, machen wir uns auf den Rückweg. Sie werden nicht ewig Zeit haben.«

»Welche finanzielle Gegenleistung für Ihre …«, Florian legte den Kopf schief und zog die Augenbrauen hoch, »Ihre Bemühungen erwarten Sie von den Männern?«

»Wie viel Geld verdienen *Sie* als kleiner Beamter?« Sabina schenkte ihm ein zuckersüßes Lächeln. »Ich sage es mal so: Meine Klienten wähle ich mit Bedacht aus, das bedeutet, sie müssen mich sehr gut bezahlen. Und das Wichtigste ist für mich, dass die Herren mich *gerne* finanziell unterstützen.«

»Als welchen Menschen haben Sie Bernd Bauer erlebt?«, fragte Florian und vergrub die Hände in den Jackentaschen.

Erneut vernahm er ihr glockenhelles Lachen. »Als wir noch Intimitäten austauschten, waren die nicht spektakulär. Ganz normaler Blümchensex.«

»Und darüber hinaus? Was können Sie mir über ihn erzählen?«, bohrte Florian weiter.

»Er zeigte sich mir gegenüber *sehr* großzügig«, gab Sabina bereitwillig Auskunft. »Wissen Sie, seine Frau verstarb vor etwas mehr als zehn Jahren. Bernd hat sie sehr geliebt und viel von ihr gesprochen. Die Ehe blieb kinderlos, und er sah in mir mehr als nur eine bezahlte Geliebte. Ich war auch so etwas wie eine Ersatztochter für ihn. Mehrmals scherzte er, mich adoptieren zu wollen. Irgendwie hat er das zum Ende hin sogar gemacht – nicht offiziell, versteht sich.« Sie unterquerten zum wiederholten Mal das Viadukt. »Sie werden es früher oder später sowieso erfahren, ich kann es Ihnen ebenso gut selbst erzählen. Er hat mir eine beachtliche Summe vermacht, die ich reinen Gewissens annehme. Schließlich hat er niemanden außer mir gehabt.«

Florian blieb wie angewurzelt stehen. »Sie haben Bernd Bauer beerbt?«

»Richtig«, stellte Sabina ungerührt fest. »Bereits heute Nachmittag habe ich einen Termin mit dem Notar. Es hat sich für mich ausgezahlt, dass ich Bernd seit meinem vierundzwanzigsten Lebensjahr zu Diensten war.«

»Wie ist der Kontakt eigentlich zustande gekommen?« Florian bemerkte den Glanz in ihren Augen, der vom Hochgefühl kündete, das sie dem Anschein nach erfüllte.

»Wie?« Sabina lachte. »Durchs Internet. Ich habe auf den gängigen Seiten inseriert und ihm auf Anhieb gefallen. Voltaire und ich werden in sein Haus in Wuppertal,« sie strahlte übers ganze Gesicht, »in *mein* Haus umziehen und es uns gut gehen lassen. Als Erstes bestelle ich einen Gärtner, denn Bernd hat alles verkommen lassen, seit seine Frau tot ist.«

»Er hat Ihnen sein Haus vererbt? Und wie hoch ist *die beachtliche Summe*, die er Ihnen vermacht hat?«, fragte Florian, obwohl er die Antwort bereits ahnte.

»Sein gesamtes Vermögen.« Kichernd kraulte sie Voltaire hinter den Ohren, und der Rüde presste seinen Kopf an ihr Bein. »Und das ist mehr als ausreichend für die nächsten Jahre. Voltaire und ich haben das große Los gezogen.«

»Könnten Sie das bitte konkretisieren? Sprechen wir nur von Geld? Oder gibt es weitere Immobilien, die er Ihnen vermacht hat?«, hakte Florian nach.

»Er …«, Sabina zögerte, »Bernd besitzt Anteile an diversen Unternehmen, an Aktiengesellschaften. Das wird eine neue Herausforderung für mich werden. Und …«, sie hielt abermals inne, »ich denke, ich darf mich eine Fast-Millionärin nennen.«

»Wie kam Bauer zu diesem Vermögen? Wissen Sie das? Meine Güte, er konnte sich selbst und jetzt auch noch

Ihnen ein sorgenfreies Leben ermöglichen«, wunderte sich Florian.

»Dazu kann ich Ihnen leider nichts sagen«, erwiderte Sabina und richtete ihren Blick auf die Straße.

»Noch eine Frage: Wenn Sie jetzt reich sind, würde ein schickeres Haus nicht besser zu Ihnen passen als das in Wuppertal-Cronenberg?«

»Das Leben hat mich eins gelehrt, Herr Vogel. Wie gewonnen, so zerronnen. Ich werde mein Geld gewiss nicht unnötig vergeuden, mich beraten lassen und es gut anlegen.«

»Frau Döring, wo waren Sie in der Nacht zum Valentinstag?« Florian blieb stehen und schaute sie ernst an. Eine Gänsehaut überzog seinen Rücken.

»Im Bett, wo sollte ich mich ansonsten um diese Zeit aufhalten?« Sie sah ihn mit Unschuldsmiene an.

»Kann das irgendjemand bestätigen?« Sie hatten den Parkplatz erreicht, und Florian entnahm der Hosentasche den Autoschlüssel. Er brannte darauf, Herbert Bericht zu erstatten. Und der Adlerkralle würde er noch auf dem Parkplatz eine ausführliche Sprachnachricht per WhatsApp schicken.

»Fragen Sie Voltaire, er verbringt die Nächte neben meinem Bett«, entgegnete Sabina schulterzuckend.

»Ist eine Mietwohnung nicht komplett ungeeignet für einen derart großen …«, Florian holte tief Luft. Der Saarlooswolfhund ließ ihn nicht aus den Augen.

»Voltaire wird im März ein Jahr alt«, berichtete Sabina. »Die ersten Monate konnte ich gut in der Elberfelder Straße mit ihm leben. In nächster Zeit hätte ich mich nach einer größeren Wohnung mit Gartennutzung umgesehen, aber das hat sich jetzt von selbst erledigt.«

»Berührt Sie der Tod Ihres Stammfreiers und Gönners nicht?« In Florians Magen breitete sich ein mulmiges Gefühl aus.

»Nein«, sagte sie wie aus der Pistole geschossen. »Natürlich empfinde ich nichts für meine Klienten.« Plötzlich stutzte sie. »Sie haben doch nicht mich in Verdacht, Bernd um die Ecke gebracht zu haben? Ich bin jung, er war alt und wollte keinen Sex mehr, hat mich gut bezahlt … Warum hätte ich mir seinen Tod wünschen sollen?«

»Ich würde gerne die Kollegen von der Spurensicherung zu Ihnen schicken, damit sie sich Ihre Wohnung ansehen können«, entgegnete Florian, anstatt Sabinas Frage zu beantworten. »Brauche ich dafür einen richterlichen Durchsuchungsbefehl, oder erklären Sie sich ohne damit einverstanden?«

»Von mir aus, ich habe nichts zu verbergen, allerdings …«, sie warf einen bedeutungsvollen Blick auf den Rüden, »bekommt Voltaire nicht gerne Besuch. Und der Termin mit dem Notar ist um siebzehn Uhr dreißig.«

»Um den Zeitplan brauchen Sie sich nicht zu sorgen.« Florian zückte sein Smartphone und schaute auf das Display. »Es ist erst kurz vor eins. Das schaffen die Jungs locker bis zu Ihrer Verabredung. Außerdem werden Sie gewiss dazu in der Lage sein, Ihren Halb-Wolf zu bändigen, oder stellt er eine Bedrohung für sein Umfeld dar?«

»Ach Quatsch, das war nur ein Witz«, sagte Sabina beschwichtigend.

»Gut, Frau Döring. Ich werde Sie zu Ihrer Wohnung begleiten. Lange wird es nicht dauern, bis die Kollegen von der Spurensicherung vor Ort sind. Sie werden verstehen, dass es für Sie von Vorteil ist, wenn Sie vorher keine Gelegenheit hatten, potentielles Beweismaterial verschwinden zu lassen.« Florian zog die Brauen hoch und schaute Sabina fest in die Augen.

Diese zuckte resignierend mit den Schultern.

»Entschuldigen Sie mich bitte einen Augenblick.« Florian kehrte ihr den Rücken und ging schnellen Schrittes zum Dienstwagen. Dort angekommen, setzte er sich hinters Steuer, den Blick unverwandt auf Frau und Hund gerichtet. Rasch informierte er Jörg Tauben darüber, dass er in Velbert-Neviges eine Wohnung zu durchsuchen habe, und sprach eine ausführliche Nachricht, die er per WhatsApp an seinen Chef und dessen Tante weiterleitete. Anschließend trat er erneut in die Kälte, um Sabina und Voltaire zur Elberfelder Straße zu begleiten.

*

»Weißt du, wie diese Jennifer mit Nachnamen heißt?«, fragte Martha, während sie mit bebenden Fingern die Tomatenhackfleischsoße auf die Nudeln verteilte. »Über Tote soll nicht schlecht gesprochen werden, das bringt Unglück, aber in dem Fall muss ich eine Ausnahme machen.«

Selten hatte Mathilde ihre Freundin derart verstört gesehen. »Ich mach das schon.« Sie nahm Martha den Schöpflöffel aus der Hand. »Nein, nach dem Nachnamen habe ich nicht gefragt.«

»Afrikaner sollen zurück in den Busch.« Marthas Augen füllten sich mit Tränen. »Was geht in den Köpfen solcher Menschen nur vor? Ich werde gleich meine Schwestern anrufen und fragen, ob sie eine schwarze, junge Frau mit blondierten Haaren kennen, die Leichtathletin ist und Jennifer mit Vornamen heißt.«

»Liebe Martha, ich verstehe deinen Kummer und war bei meinem Gespräch mit Justus Farmer und seiner Freundin ebenfalls über das fremdenfeindliche Verhalten entsetzt, dennoch wurde Bauer Opfer eines grausamen Gewaltverbrechens, das es aufzuklären gilt. Du darfst deinen Schwestern nicht sagen, warum dich Jennifer interessiert, das sind Interna der Mordkommission. Ich vertraue dir, du bist meine beste Freundin«, erwiderte Mathilde und schüttete Schwarzbier in ihr Glas. »Ich werde die Situation neutral analysieren und mich nicht von Gefühlen beeinflussen lassen. Fakt ist, dass Bernd Bauer sehr zurückgezogen lebte und im vergangenen Wintersemester mit Justus Farmer aufgrund ihrer unterschiedlichen politischen Gesinnungen aneinandergeriet. Wenn wir Jennifers Angaben Glauben schenken, wurde sie von dem alten Mann gedemütigt, und er lauerte ihr auf.«

»Er war nicht allein«, fügte Martha nachdenklich hinzu. »Jennifer hat dir erzählt, dass vier weitere Menschen auf den Stufen vor dem Imbiss gesessen und zu ihr heraufgeschaut hätten.«

»Gut, Martha, sehr aufmerksam«, lobte Mathilde ihre Freundin. »Wir haben somit vier weitere Kontakte, vier weitere Personen, mit denen Bauer Umgang pflegte. Deren Identitäten müssen wir recherchieren. Schauen wir uns Justus genauer an. Der junge Mann ist muskulös, in guter Kondition, intelligent, politisch engagiert und konnte den Verstorbenen nicht ausstehen. Auf den Tod nicht ausstehen?«

»Was ist mit Sabina Döring?« Martha legte den Löffel am Tellerrand ab. »Sie profitiert enorm von Bauers Tod.«

»Jörg Tauben konnte bei der Wohnungsdurchsuchung heute Nachmittag nichts Auffälliges entdecken«, murmelte Mathilde nachdenklich. »Außer vielleicht, dass sie zwei Schränke besitzt, in denen sie ihre Kleidung aufbewahrt. In einem hängt die Arbeitskleidung, in dem anderen komplett gegenteilige Garderobe. Derbe Hosen und Wildlederjacken stehen im Kontrast zu Miniröcken, High Heels und Spitzenblüschen. Das Merkwürdigste an ihr ist dieser Hund. Ich habe den Saarlooswolfhund gegoogelt. Der Niederländer Leendert Saarloos kreuzte in den 1920er Jahren einen sibirischen Wolf mit einem Deutschen Schäferhund, um mehr Urtümlichkeit in den Hund zurückzuholen. Ein Wolf mit den Vorteilen eines Hundes. Der faszinierende Versuch, bessere Polizeihunde zu bekommen, schlug jedoch fehl. Die neu entstandene Rasse war zu scheu und eigenwillig, um für den Polizeieinsatz genutzt werden zu können. Trotzdem ist der Saarlooswolfhund mittlerweile eine von der FCI anerkannte Hunderasse.«

»Eine meiner Schwestern hatte vor Jahren eine Hündin dieser Rasse. Aber sie ist mit ihr nicht fertiggeworden. Das Tier war wunderschön, brauchte jedoch eine festere Hand als die meiner Schwester. Wer einen Saarloos zum Freund haben möchte, muss ganz klare Grenzen setzen. Wer das schafft, ist eine starke Persönlichkeit. Sabina wusste, dass Bauer sie als Erbin eingesetzt hatte.« Martha schob ihren nur halb geleerten Teller beiseite. »Ist viel Geld nicht ein klassisches Motiv für einen Mord?«

»Natürlich, aber um einen Menschen mit der Präzision eines Chirurgen zu erstechen, braucht es Kraft und Sachverständnis. Außerdem, warum sollte Sabina so einen Aufwand betreiben? Sie hätte ihn eleganter umbringen und verschwinden lassen können. Warum sollte ihr daran gelegen sein, den Toten öffentlich in Szene zu setzen? Wenn ich an die Präsentation der Leiche in der Redaktion der Cronenberger Woche und den Spuk mit den Teddybären denke, kann ich mir eine zarte Frau beim besten Willen nicht dabei vorstellen. Bei Justus Farmer hingegen sind starke Emotionen im Spiel, und er besitzt die nötige Kraft. Hass als Motiv für eine öffentliche Demütigung ist für mich wesentlich nachvollziehbarer.« Mathilde erhob sich und schnappte sich die über der Stuhllehne hängende Hundeleine. »Ich werde einen Abendspaziergang mit Lotte unternehmen, um einen klaren Kopf zu bekommen.«

»Mach das. Ich erledige fix den Abwasch, anschließend gehe ich zur Bushaltestelle. Wir sehen uns morgen früh«, sagte Martha und stapelte die Teller aufeinander.

Samstag, 16. Februar

»Ist das kalt«, stöhnte Katarina Horvat, als sie um die Ecke bog und die letzten Meter zur Metzgerei eilte. Das Ladenlokal der Cronenberger Filiale des Familienunternehmens *Metzgerei Kaufmann* befand sich im Erdgeschoss eines hübschen Fachwerkhauses in der

Hauptstraße, schräg gegenüber der Ticketzentrale des TiC-Theaters, eines aus Laiendarstellern bestehenden Schauspielhauses mit vier Spielstätten.

Katarina schloss die Tür auf und betätigte den Lichtschalter. Augenblicklich erhellte gleißendes Licht die Finsternis der frühen Stunde. Es war noch keine sechs Uhr am Morgen, und Katarina war mal wieder als Erste im Geschäft. Müde ging sie an der noch leeren Fleischtheke vorbei, wandte sich nach rechts und startete beim Vorbeigehen routiniert das Kassensystem. Während sie die Kühlräume und den Abstellraum passierte, registrierte sie das Geräusch der sich öffnenden Eingangstür und die Stimmen ihrer Kolleginnen. Sie nahm die paar Stufen ins Kellergeschoss, in dem sich die Spinde und die Halle verbargen, in der früher die Schweine geschlachtet wurden. Die alte Wanne, in der das Blut aufgefangen worden war, stand noch dort, wo sie immer gestanden hatte, obwohl in dieser Filiale keine Tiere mehr zerlegt wurden und sie das Fleisch von einem anderen Zweiggeschäft geliefert bekamen. Katarina öffnete ihren Spind und schlüpfte in ihren roten Kittel mit den weißen Besätzen und ihrem Namensschild.

»Morgen, Kattek«, vernahm sie die Stimme ihrer Kollegin. Ihre Kolleginnen nannten sie bei ihrem Spitznamen, den ihr Mann ihr verpasst hatte. Sie war Kroatin und Kattek die Verniedlichung ihres Vornamens.

»Moin, Caro«, erwiderte sie den Gruß und machte den Platz vor den Spinden frei, damit Caro sich umziehen konnte. Auf dem Rückweg zum Ladenlokal begegnete sie der jungen Auszubildenden, die mit einem feuchten Tuch über die Glasscheiben der Fleischtheke wischte.

»Fleißig, fleißig«, lobte sie die Siebzehnjährige. Mit der stets fröhlichen, pausbäckigen jungen Frau war sie sehr zufrieden. Lächelnd entnahm sie ihrer Kitteltasche den Schlüssel zum vorderen Kühlraum. Der Raum war von zwei Seiten zugänglich und musste nur von außen aufgeschlossen werden. Der Austritt aus der Kältekammer war durch Knopfdruck möglich, damit nicht versehentlich ein Mitarbeiter dort eingeschlossen wurde. Sie drückte fest gegen die Tür und wappnete sich innerlich gegen die Kälte, die dafür sorgte, dass Fleisch und Wurst nicht verdarben. Sie schaltete das Licht an und griff routiniert nach den Handschuhen auf der Ablage. Doch mitten in der Bewegung hielt sie inne.

»Was ... Oh Gott ... prokleto sranje ...«, stammelte sie entsetzt. Einige Sekunden lang starrte sie bewegungslos und mit rasendem Herzen auf die Fleischerhaken. Schließlich löste sie sich aus ihrer Schockstarre und begann, aus vollem Hals zu schreien: »Caro, komm sofort in den Kühlraum.«

»Was ist los, Frau Horvat?«, hörte sie die Auszubildende fragen. »Kann ich Ihnen helfen?«

»Nein!« Energisch schloss Katarina die Tür bis auf einen winzigen Spalt. »Du bleibst draußen. Schick bitte Caro zu mir. Und ruf die Polizei. Etwas Schreckliches ist geschehen. Sag, dass es bei uns in der Metzgerei einen Toten gibt.«

*

Mathilde sah die blinkenden Lichter der Streifenwagen bereits von Weitem. Sie düste mit Tempo siebzig durch die leere Hauptstraße und direkt auf den abgesperrten Bereich zu. Dort angekommen, machte sie auf dem Bürgersteig vor der Ticketzentrale des Theaters in Cronenberg eine Vollbremsung und sprang aus dem Wagen. Zwischen den Polizeifahrzeugen entdeckte sie den Privatwagen ihres Neffen, einen roten Peugeot Rifter, der mit eingeschalteter Warnblinkanlage direkt vor dem Eingang der Metzgerei Kaufmann abgestellt war.

Mathilde trat ins Geschäft, in dem Jörg Tauben und zwei weitere Kollegen eifrig nach aufschlussreichen Spuren suchten. Ein pummeliges Mädchen mit einem dicken Bauernzopf saß auf einem Stuhl neben der Eingangstür und wimmerte verstört vor sich hin.

»Was denkt der Mistkerl sich eigentlich? Möchte der uns veräppeln?«, drang die wütende Stimme ihres Neffen an ihre Ohren.

»Lassen Sie mich bitte durch«, bat sie die Beamten.

»Wer …«, begann ein verschlafen wirkender junger Beamter, wurde jedoch augenblicklich von Jörg Tauben, dem Leiter der Spurensicherung, unterbrochen: »Es ist schon okay, Elias. Frau Krähenfuß ist von der Ronsdorfer Gazette und die Tante des Hauptkommissars. Herr Mucke hat sie an den Tatort bestellt.« Er wandte sich Mathilde zu. »Gehen Sie in den Kühlraum hinter der Kasse.«

Das ließ sich Mathilde nicht zweimal sagen und eilte an der Fleischtheke vorbei. Der Anblick, der sich ihr beim Betreten der Kältekammer bot, verschlug ihr zunächst die Sprache.

Ein kahlköpfiger Mann, den sie auf Mitte siebzig schätzte, mit einem extrem massigen Unterkiefer hing an einem der Fleischerhaken. Um seinen Hals war ein dickes Seil gebunden, das an dem Haken befestigt war. Genau wie bei der in der Redaktion der Cronenberger Woche vorgefundenen Leiche steckte auch in dieser ein exakt ins Herz platziertes, schwarzes Küchenmesser.

»Gut, dass du gekommen bist«, wurde sie von ihrem Neffen begrüßt, der ziemlich bleich um die Nase war. »Lass uns in den Vorraum gehen, hier ist es zu kalt für eine Vernehmung des Personals.«

»Guten Tag«, brachte sie heiser hervor.

»Der Mann heißt Otto Stein, wurde sechsundsiebzig Jahre alt und wohnte in der Germanenstraße 23e in Wuppertal-Wichlinghausen. Der Mörder war sogar so freundlich, uns die Etage zu nennen, in der sich die Mietwohnung befindet. Drittes Stockwerk.« Er hielt den Zettel in der Hand, der an Otto Steins Handgelenk befestigt gewesen war. »Sein Name und die Anschrift wurden uns wieder mitgeteilt. Einen Zufall schließe ich aus. Zwischen den zwei Morden hier in Cronenberg besteht zweifelsohne ein Zusammenhang.«

Mathildes Blick fiel auf eine Frau um die vierzig mit rot-braunen, zum Dutt gebundenen Haaren. Sie trug eine randlose Brille mit Bügeln aus rostrotem Horn und zitterte wie Espenlaub. »Haben Sie die Leiche entdeckt?«, erkundigte sie sich. »Mein Gott. Kann bitte jemand einen Stuhl für die Dame holen? Sie muss raus aus der Kälte.«

Minuten später ließ sich die unter Schock stehende Metzgereifachfrau neben ihrer Auszubildenden nieder. Mathilde richtete den Blick auf das an ihrem Kittel angebrachte Namensschild. »Frau Horvat, ich muss meine

Frage wiederholen. Haben Sie die Leiche als Erste entdeckt?«

»Ja, ja, ja ...«, stammelte Katarina verstört. »Ich wollte die Fleischtheke bestücken, wie jeden Morgen um diese Zeit. Ich ...«, sie brach ab und verbarg das Gesicht in den Händen.

»Frau Horvat, ich weiß, dass Sie unter Schock stehen«, fuhr Mathilde behutsam fort. »Kennen Sie den Mann?«

»Ich?« Sie hob ihr Gesicht an und sah sie mit vor Angst geweiteten Augen an. »Woher sollte ich ihn kennen? Zu unseren Stammkunden gehört er jedenfalls nicht. Wieso sollte er auch, wenn er in Wichlinghausen gelebt hat.«

»Die Metzgerei ist nicht alarmgesichert?«, hakte Mathilde nach, während sie aus dem Augenwinkel heraus registrierte, dass Jörg Tauben die Kältekammer betrat. Im gleichen Moment trugen zwei Leichenbestatter eine Bahre in die Metzgerei. Herbert signalisierte ihnen mit der Hand, wo sie den Toten finden würden.

»Natürlich nicht«, erwiderte Katarina kopfschüttelnd. »Die Kasse wird jeden Abend geleert, wer hätte Interesse daran, hier einzubrechen? In der Fleischtheke würde ein Einbrecher nachts nichts finden, und der Kühlraum ist doppelt geschützt. Der Schlüssel dazu liegt in meinem Spind.«

»Also muss der Mörder drei Türen geöffnet und wieder verschlossen haben, um ins Innere der Kältekammer zu kommen«, wunderte sich Herbert.

Katarina nickte zustimmend. »So sieht es aus. Die Eingangstür, die meines Spindes und die der Kältekammer.«

»Wie viele Spinde gibt es?«, erkundigte sich Mathilde und schob ihre Brille zurück.

»Fünf, aber jede Mitarbeiterin kann mit ihrem Schlüssel den eigenen und den der anderen öffnen, um im Notfall an den Schlüssel für die Kältekammer zu gelangen.«

»Danke für die Auskunft. Also muss der Täter nicht hellseherisch begabt sein oder Ihren Spind gekannt haben«, murmelte Mathilde vor sich hin.

»Meiner Ansicht nach tut dies nichts zur Sache«, warf Herbert ein und zwirbelte nervös seinen Schnurrbart. »Ich glaube, dieser Mensch hat mit keinem Schloss ein Problem und kann jede Tür öffnen.«

»Treffer«, hörte Mathilde Tauben ausrufen. »Hier hat er den Teddybären versteckt.«

Wenig später verließ er die Kältekammer und hielt eine kleine Plastiktüte in der Hand. »Den obligatorischen winzigen Teddybären habe ich neben dem mit Krautsalat gefüllten Plastikeimer gefunden.« Er ging an der Fleischtheke vorbei und kam auf Herbert, Mathilde und die Verkäuferinnen zu. »Hier«, er hielt seinen Fund Herbert hin, »dieser Teddybär ist als Weihnachtsmann verkleidet.«

»Der Mörder liebt die Abwechslung«, stellte Herbert sarkastisch fest.

»Ich muss unbedingt mit meiner Chefin telefonieren. Ich weiß nicht, wie es heute hier weitergehen soll.« In Katarinas Wangen war die Farbe zurückgekehrt. Mathilde ging davon aus, dass dies daran lag, dass ihr der weitere Anblick der Leiche erspart geblieben war. Die Bestatter hatten den Toten mittlerweile aus dem Kühlraum entfernt und zum Gerichtsmediziner Dr. Mathis überführt.

»Wir werden uns mit Ihrer Vorgesetzten zeitnah in Verbindung setzen«, kündigte Herbert an.

»Ich wünsche Ihnen viel Kraft.« Mathilde lächelte Katarina zu. An ihren Neffen gerichtet, sagte sie: »Ich schlage vor, wir statten dem Teddybärenmuseum einen Besuch ab. Meinst du, der Täter hat auch dort einen zweiten Einbruch gewagt? Was ist eigentlich mit Polizeischutz für die Kösters?«

»Dafür habe ich nach dem ersten Mordfall keinen Grund gesehen, schließlich ist dem Ehepaar kein körperlicher Schaden zugefügt worden. Sollte jetzt ein weiterer Teddybär mit einem Messer im Leib entdeckt werden, sieht die Sache selbstverständlich anders aus«, entgegnete Herbert. Plötzlich stutzte er und neigte den Kopf. »Was hast du denn da für ein komisches Kleid an?«

»Du stellst Fragen.« Mathilde schürzte beleidigt die Lippen. »Das ist ein japanischer Schlafkimono, den ich vor langer Zeit auf einer Japan-Ausstellung in der Historischen Stadthalle ergattert habe. Als du mich um kurz nach sechs angerufen hast, habe ich noch tief und fest geschlummert und nicht lange gefackelt. Ich bin die Treppe hinuntergelaufen, schnell in den Parka geschlüpft und habe mich unverzüglich auf den Weg nach Cronenberg gemacht. Wie spät ist es jetzt eigentlich?« Sie gähnte und warf einen Blick auf ihre Armbanduhr. »Mist, ich habe vergessen, sie aufzuziehen.«

»Es ist kurz nach acht. Kauf dir endlich eine neue Uhr.« Herbert schüttelte verständnislos den Kopf.

»Ich habe Großmama Auguste bei ihrem Tod versprochen, dieses Schmuckstück aufzubewahren und in Ehren zu halten, und ich pflege meine Versprechen zu halten. Und jetzt auf zu den Kösters.« Mathilde winkte

Katarina Horvat flüchtig zum Abschied und verließ das Ladenlokal.

*

»Ich bin gespannt, ob Herr Vogel etwas Aufschlussreiches in Otto Steins Wohnung findet«, sagte Mathilde, während sie darauf warteten, dass die Kösters ihnen öffneten.

»Vielleicht ist der Mörder doch komplett verrückt und ein Psychopath?«, überlegte Herbert.

»Psychopathen sind per Definition nicht verrückt, sondern handeln extrem zielorientiert und mit völliger emotionsloser Rücksichtslosigkeit, dabei nur den eigenen Vorteil im Sinn habend«, belehrte Mathilde ihren Neffen. »Was könnte für unseren Täter ein Vorteil sein, diese beiden alten Männer mit einem Messer im Leib öffentlich zu präsentieren? Und all diese merkwürdigen Dinge, das ordentliche Abschließen aller geöffneten Türen, die Teddybären-Scharade ...«

Herbert hatte keine Zeit mehr, ihr zu antworten, denn das Gesicht von Tina Köster erschien im Türrahmen.

»Guten Morgen, Herr Mucke. Schon wieder Besuch von der Mordkommission?«, empfing Tina sie überrascht. Mathilde registrierte, dass sie bereits fertig angezogen war. Sie trug eine dunkelblaue Stoffhose und einen weiten Strickpullover.

»Guten Morgen, Frau Köster, entschuldigen Sie bitte die erneute und frühe Störung, aber es gibt in Cronenberg einen weiteren Mordfall, wieder bei Ihnen um die Ecke. Dürfen wir eintreten?«, fragte Herbert höflich.

»Sicher, natürlich«, erwiderte Tina, die schlagartig blass um die Nase geworden war. Sie trat beiseite, um ihnen Platz zu machen. »Sie kennen unsere Hunde bereits. Die zwei sind groß, aber sehr lieb. Vor ihnen brauchen Sie sich nicht zu fürchten, aber Franz kann sie gerne wie bei Ihrem letzten Besuch ins Wohnzimmer sperren.«

»Sie dürfen sie laufen lassen, ich fürchte mich nicht vor Hunden«, versicherte Herbert, nahm nach Mathilde die drei Stufen zur Erdgeschosswohnung der Kösters und begrüßte die aufgeregt durch den Eingangsbereich hin und her wuselnden Hündinnen.

»Wie siehst du denn aus, Mariechen?«, wunderte sich Mathilde. Von den langen, verfilzten Zotteln der Komondor-Dame war nichts mehr zu sehen, und das Fell fühlte sich unter ihren Händen an wie das eines Pudels.

»Guten Tag zusammen«, sagte Franz Köster und warf einen erstaunten Blick auf den Kommissar. »Wir haben Mariechen scheren lassen, damit sie beweglicher ist und im Sommer weniger unter den hohen Temperaturen leidet. Es hat viele Jahre gedauert, bis ihr Fell diese Länge erreicht hatte, jetzt lassen wir es erst einmal kurz.«

»Guten Morgen. Herr und Frau Köster, Sie beide müssen mir bitte gut zuhören.« Mit wenigen Worten fasste Herbert die Ereignisse des frühen Morgens für das Ehepaar zusammen.

»Um Himmels willen«, entfuhr es Tina. Sie hielt sich entgeistert die Hand vor den Mund.

»Waren Sie heute schon oben in Ihrem Museum?«, erkundigte sich Mathilde.

»Dafür gab es keinen Grund, kein Neuzugang, keine Führung, kein Presse-Termin«, erwiderte Franz und runzelte besorgt die Stirn. »Sie meinen, es könnte wieder jemand bei uns eingedrungen sein?«

»Diese Frage werden wir unverzüglich klären«, sagte Herbert bestimmt. »Wir müssen uns gründlich bei Ihnen umsehen.«

Klassische Musik erklang, und Mathilde zuckte zusammen. »Martha«, sagte sie und schlug sich mit der flachen Hand vor die Stirn. Sie stellte ihre Handtasche auf dem Küchentisch der Kösters ab und suchte fieberhaft nach ihrem BlackBerry. Als sie es endlich gefunden hatte, war die Melodie verstummt. Rasch drückte sie die Rückruftaste und hielt sich das Handy ans Ohr. »Martha, reg dich bitte nicht auf.« Mathilde trat von einem Bein auf das andere. »Nein, mir ist nichts passiert.« Sie sah, dass Herbert grinste, und verdrehte die Augen. »Was hat Lotte gemacht? Das darf nicht wahr sein.« Mathilde zwinkerte ihrem Neffen zu, wurde jedoch schnell wieder ernst. »Es gibt eine weitere Leiche. Herbert hat mich zum Tatort gerufen. Und schimpf bitte nicht mit Lotte. Es ist schließlich meine Schuld.« Sie beendete das Telefonat, zog die Schultern hoch und sagte erklärend in die Runde: »Ich habe in der Hektik heute früh die Haustür nicht richtig hinter mir zugezogen, und meine Hündin hat einen kleinen Ausflug ins Wäldchen gemacht. Dort gibt es ein Schlammloch, in dem sie sich gewälzt hat. Meine Haushälterin, die jeden Tag um kurz vor acht ihren Dienst bei mir antritt, ist darüber nicht amüsiert.« An Herbert gewandt, fügte sie hinzu: »Du wirst dir vorstellen können, wie es bei mir jetzt aussieht.«

»Ich schlage Ihnen vor, Sie sehen sich auch das Billard- und das Miniaturen-Zimmer an, aus dem der rosafarbene Miniatur-Bär entwendet wurde.« Franz Köster führte sie die Treppe hoch zur ersten Etage und öffnete die Tür. Sie gelangten in einen Raum, der etwa so groß war wie die Küche der Kösters. In ihm stand ein Tisch, über dem ein Kronleuchter hing. Sie folgten Franz ins daran anschließende Billardzimmer, das Herbert sichtlich beeindruckte. »Wären die Umstände unserer Begegnung nicht so dramatisch, würde ich Sie glatt um eine Partie bitten«, stellte er fest. Aber dann seufzte er und schüttelte den Kopf. »Ich habe in meiner Laufbahn viele menschliche Abgründe kennengelernt, doch ein Fall von solcher Grausamkeit ist mir bisher nicht untergekommen.«

Tina öffnete die Tür zum angrenzenden Raum mit ihren Miniaturen, und Herbert und Mathilde sahen sich neugierig um. An die tapezierten Wände waren selbstgezimmerte Tische geschoben, die mit etwa hundert Zentimetern Höhe deutlich höher als gewöhnliche Tische waren. Das diente dazu, dass Besucher sich nicht bücken mussten, um alle kleinen Häuser zu bestaunen, die unterschiedlichste Welten beherbergten. Mathilde entdeckte eine entzückende Buchhandlung mit einer winzigen, altmodischen Kasse sowie einem goldenen Telefon. Die Tische, auf denen die detaillierten, liebevoll in Szene gesetzten Arrangements auf Gäste warteten, waren ringsum vor allen vier Wänden platziert.

»Wie bezaubernd«, entfuhr es Mathilde fasziniert. »Sie und Ihr Mann sind äußerst kreativ. Herbert, Herr Köster hat die Einrichtung des Billardzimmers im Gründerstil selbst gestaltet.«

»Wir haben alle Zeit der Welt, und die nutzen wir«, bemerkte Franz, der im Türrahmen stehen geblieben war.

»An finanziellen Mitteln mangelt es Ihnen allem Anschein nach nicht.« Mathilde ließ ihre Blicke weiter über die Miniaturen schweifen.

»Mein Mann hat geerbt. Wir brauchen uns nicht zu beklagen«, entgegnete Tina schlicht.

»Diese Apotheke ist ein Meisterwerk.« Mathilde schob ihre Brille zurecht und studierte eingehend die winzigen Holzschränke mit den Tiegeln für in der Apotheke angemischte Tinkturen und Salben. Sie waren allesamt aus blau-weißem Porzellan. »Doch zurück zum Grund unserer Anwesenheit. Vermissen Sie einen kleinen, als Weihnachtsmann verkleideten Bären?«

Zielsicher ging Tina auf ein Miniatur-Winterwunderland zu, warf einen prüfenden Blick darauf und japste erschrocken nach Luft. »Franz, Frau Krähenfuß hat recht, es fehlt wieder eine Bären-Miniatur.« Sie sank auf den Stuhl vor der mitten im Raum aufgestellten Arbeitsfläche.

»Vermissen Sie sonst noch ein Bärchen?«, mischte sich Herbert ernst ein. »Nicht, dass …«

»Sprechen Sie nicht weiter«, unterbrach Tina ihn ängstlich.

»Es tut mir sehr leid, Frau Köster, aber es ist nicht auszuschließen, dass wir es mit einem Serientäter zu tun haben«, erwiderte Herbert schonungslos. »Ab heute stehen Sie unter Polizeischutz. Das bedeutet, dass zu jeder Stunde ein Streifenbeamter um Ihr Museum und in der Umgebung Patrouille fahren wird. Ich leite das unverzüglich in die Wege.«

»Lass uns rasch hoch ins Museum gehen, Herbert«,

machte sich Mathilde bemerkbar. »Frau Köster, ist alles in Ordnung mit Ihnen?« Besorgt schaute sie auf die sitzende Frau, der trotz der Kälte der Schweiß ausgebrochen war und die schweigend den Kopf schüttelte.

»Ich schlage vor, Sie gehen in Ihre Wohnung und begleiten uns nicht ins Museum. Ich befürchte …«, sie brach ab und warf einen eindringlichen Blick auf ihren Neffen, der Franz Köster die Hand auf die Schulter gelegt hatte und ihn sachte dazu bewegte, sich umzudrehen und das Zimmer zu verlassen. Mathilde lächelte Tina flüchtig zu und ging hinter den Männern her.

»Was befürchten Sie, Frau Krähenfuß?«, wollte Franz wissen, während sie sich auf den Weg ins Treppenhaus machten.

»Ich befürchte, wir werden einen weiteren zerstochenen Bären vorfinden. Es braucht einen zweiten Bären mit Messer im Leib, um ein weiteres Kreuz vom Täter fertigzustellen.«

»Kreuz?«, fragte Franz verständnislos, während sie die Treppenstufen nahmen.

»Das ist die Interpretation meiner Tante der vom Mörder aufgeführten Inszenierung. Sie besitzt reichlich Phantasie«, klärte Herbert ihn auf.

»Wer sich solche Dinge überlegt, der bezweckt damit schließlich etwas«, rechtfertigte sich Mathilde. »Meine Interpretation der Ereignisse mag falsch sein, aber sie ist zumindest ein erster Versuch, nur ansatzweise ein Motiv zu erahnen. Bringen wir es hinter uns.« Entschlossen drückte sie die Türklinke runter. »Wir müssen ins Museum.«

*

»Du hast richtig gehört, Martha«, stellte Mathilde fest, während sie ihr Stück Apfelkuchen dick mit Sahne bedeckte. Der von Martha gezauberte Kuchen war eigentlich für den Nachmittagskaffee bestimmt, doch weil Mathilde zwangsweise aufs Frühstück hatte verzichten müssen, servierte Martha ihn ihr bereits um zwölf Uhr als kleines Mittagessen. »Dieses Mal hat es einen Kapitänsbären erwischt. Der Bär hatte ebenfalls ein Messer im Körper und lag an derselben Stelle wie zuvor schon der Japan-Bär. Und wieder konnten wir an ihm ein Schmuckstück entdecken, das die Kösters ihm nicht umgehängt hatten. Ein goldener Armreif mit Gravur.«

»Und was steht drauf?«, wollte Martha neugierig wissen.

»Seine Initialen, sehr schlicht.« Mathilde trank nachdenklich einen Schluck Kaffee und stutzte. »Der schmeckt anders als sonst, oder bilde ich mir das nur ein?«

»Du merkst alles, ja, es stimmt«, bestätigte Martha. »Gestern Abend war ich zu aufgewühlt, um mich sofort auf den Heimweg zu machen. Ich bin am Hauptbahnhof umgestiegen und zu meiner Schwester gefahren. Ich musste unbedingt mit jemandem reden. Behati hatte am Vortag Kaffeekuchen gebacken, dafür verwendet sie eine ganz spezielle Sorte Kaffeebohnen aus Kenia, die sie selbst mahlt. Sie hat mir etwas davon mitgegeben, schmeckt gut, nicht wahr?«

»Sehr kräftig, lecker«, stimmte Mathilde zu. »Hast du zufällig etwas über Jennifer in Erfahrung bringen können?«

»Meine Nichte Kaya kennt sie vom Leichtathletiktraining her«, bestätigte Martha nickend. »Sie verstehen sich wohl sehr gut. Jennifer heißt mit Nachnamen Adesiyan und lebt noch bei ihren Eltern, eine ziemlich talentierte Fünfhundert-Meter-Läuferin. Jetzt staunst du sicher, was die liebe Martha alles herausgefunden hat. Bald mache ich dir Konkurrenz.«

Mathilde lachte gutmütig. »Wie hast du deiner Schwester dein Interesse an Jennifer erklärt?«

»Ich habe gesagt, ich hätte neben ihr und einer anderen jungen Frau an der Bushaltestelle gestanden und ein paar Gesprächsfetzen aufgeschnappt, die mich neugierig gemacht haben. So einfach war das. Keine Sorge, ich habe keine Interna der Polizei verraten.«

Eine Weile widmete sich Mathilde schweigend dem Backwerk.

»Herr Vogel hat in der Wohnung von Otto Stein Unmengen an Geschichtsbüchern entdeckt. Stein muss sehr an der Historie interessiert gewesen sein. Herr Vogel hat ihn gegoogelt und … Überraschung … er ist auch seit zwei Semestern als Seniorenstudierender eingeschrieben. Allerdings studierte er Geschichte in Kombination mit Biologie, nicht mit Philosophie. *Eine* Verbindung zwischen den Ermordeten gibt es schon einmal. Sonst konnte er nichts über Stein in Erfahrung bringen, kein Foto von ihm, nichts. Er hat eine verschwindend geringe digitale Identität.«

»Hat Herr Vogel die Nachbarn befragt?«, hakte Martha nach.

»In der Germanenstraße findest du eine Aneinanderreihung von Altbauten mit jeweils vier bis acht Parteien. Die Mieter kann Herr Vogel nicht alleine vernehmen. Herbert, Herr Flachs und ein paar weitere Beamte sind inzwischen auch vor Ort. Ich warte darauf, dass Herbert mich telefonisch über die Ergebnisse der Vernehmungen informiert.« Mathilde griff nach der Kuchengabel und stach sich ein Stückchen ab. Eine Zeit lang aß sie stumm. Gerade als sie den letzten Bissen verspeist hatte, meldete sich ihr BlackBerry. »Jetzt bin ich gespannt.« Sie griff nach dem neben dem Teller liegenden Smartphone und nahm das Gespräch entgegen. »Schieß los, Herbert.« Aufgeregt lauschte sie der ausführlichen Schilderung ihres Neffen. »Das ist ja ein Ding«, sagte sie schließlich, nachdem sie das Telefonat beendet hatte und ihre Haushälterin mit weit aufgerissenen Augen ansah. »Um Otto Stein ranken sich anscheinend einige Geheimnisse und Gerüchte. Er soll seit dreißig Jahren in der Germanenstraße gewohnt und ebenso zurückgezogen wie Bauer gelebt haben. Die Nachbarn haben nicht gesehen, dass er jemals zur Arbeit gegangen ist. Eine Dame gab Herrn Flachs gegenüber offen zu, mehrmals neugierig in seinen Briefkasten gelinst und Briefe herausgenommen zu haben. Nachdem sie herausgefunden hatte, wer die Absender waren, hat sie die Briefe fix wieder in den Briefkasten fallen lassen. Er soll keine Post von der Bundesagentur für Arbeit oder gar vom Sozialamt bekommen haben. Er musste somit irgendwelche unabhängigen Einnahmequellen gehabt haben.«

»Die Germanenstraße ist ein schönes altes Wuppertaler Viertel, aber keine Luxusgegend«, stellte Martha fest.

»Wer weiß, vielleicht kam Stein gerade so über die Runden? Auszuschließen ist es nicht, dass er seine Wohnung für irgendeine Erwerbstätigkeit nutzte«, überlegte Mathilde. »Obwohl es dann gewiss digitale Spuren im Internet gäbe.«

»Zwei Männer Mitte siebzig, die zuvor ein Eremiten-dasein führten und seit dreißig Jahren in ihren Wuppertaler Wohnungen lebten, beschließen aus heiterem Himmel und unabhängig voneinander, sich für ein Seniorenstudium einzuschreiben«, fasste Martha zusammen.

»Hm«, brummte Mathilde und schenkte sich gedankenverloren Kaffee nach. »Herbert möchte diesen Parallelen nachgehen, indem er seine IT-Experten auf sie ansetzt. Die besitzen ihre eigenen Möglichkeiten, das Netz zu durchforsten. Vielleicht haben Stein und Bauer doch irgendetwas im Internet hinterlassen und mehr gemein als nur die Uni.« Sie kraulte Lotte hinter den Ohren, die ihr den Kopf auf den Schoß gelegt hatte. »Einige Anwohner haben Herbert und seinen Kollegen berichtet, es gehe das Gerücht um, dass Stein eine Frau habe verschwinden lassen.«

»Was?« Martha schüttelt entsetzt den Kopf, und ihre grünen Creolen wippten hin und her.

»Es ist lediglich ein Gerücht.« Mathilde bewegte beschwichtigend die Hände auf und ab. »Vor zwei Jahren ist wohl eine Frau Anfang zwanzig bei ihm eingezogen. Eine Nachbarin hat mehrmals im Treppenhaus mit ihr gesprochen. Angeblich hatte sie Stein durch eine Zeitungsannonce in der WZ kennengelernt. Er suchte eine Frau, die bei ihm wohnen, für ihn einkaufen, kochen, putzen und waschen sollte. Dafür bot er ein großzügiges Taschengeld, freie Kost und Logis. Sie soll angeblich ein paar Schicksalsschläge hinter sich gehabt haben.« Mathilde musste beim Anblick ihrer Freundin, die sich weit über den Tisch beugte, unwillkürlich schmunzeln. Sie hing ihr wie gebannt an den Lippen. »Viele Nachbarn haben den schrecklichen Streit der beiden Anfang Januar mitbekommen. Es gab großes Geschrei, und die Türen knallten. Eine Stunde lang soll die Auseinandersetzung gedauert haben, dann war es plötzlich grabesstill. Von dem Tag an haben die Anwohner die Frau nicht mehr gesehen.«

»Sie kann einfach ausgezogen sein«, überlegte Martha achselzuckend.

»Wahrscheinlich werden wir die Wahrheit nie erfahren. Ich möchte jetzt Sabina Döring einen Besuch abstatten, ich muss sie unbedingt persönlich kennenlernen. Lotte nehme ich mit. Peter und Paul können ruhig frei fliegen, oder putzt du heute das Wohnzimmer?« Sie nahm ihr Smartphone zur Hand und wählte die Handynummer von Sabina Döring, die sie von Florian Vogel erhalten hatte.

»Ich nehme mir gleich das Badezimmer vor, die Jungs dürfen raus.« Martha stand auf, reckte sich und griff nach der blauen Schürze, die über der Stuhllehne lag.

Wenig später hatte sich Mathilde mit Sabina Döring in der Neuenhofer Straße verabredet.

»Herr Vogel hat in Velbert Erkundigungen bei dem von Frau Döring konsultierten Notar eingeholt. Die Legitimität ihres Erbes hat sich bestätigt. Sie darf alsbald in dem Haus von Bernd Bauer einziehen. Dort werkelt sie in diesem Moment«, erstattete sie Martha Bericht. »Außerdem gibt es eine mögliche Verbindung zu Otto Stein.« Sie legte eine bedeutungsvolle Pause ein. »Er scheint weibliche Gesellschaft vermisst zu haben. Die Nachbarn haben Herbert mitgeteilt, dass wieder eine blonde Frau, diesmal nicht ganz so jung, mit Stein verkehrt habe. Allerdings in wesentlich geringerem Umfang. Die Personenbeschreibung passt sehr gut zu unserer Sabina.«

»Meinst du nicht, du solltest Lotte lieber bei mir lassen?« Martha war sichtlich besorgt. »Du kennst den Saarlooswolfhund nicht, weißt nicht, wie er auf andere Hunde reagiert.«

»Voltaire ist ein Rüde, und Rüden und Hündinnen vertragen sich für gewöhnlich«, bemerkte Mathilde gelassen. »Komm, Lotte. Wir machen einen Ausflug.«

*

Er konnte die schweren Atemzüge seines Mitgefangenen hören. Zu gerne hätte er ein paar Worte mit ihm gewechselt, ihn gefragt, ob er eine Ahnung davon habe, was ihnen bevorstand. Sie lagen nur noch zu zweit in dem Hinterzimmer des Ateliers in der Eberfelder Straße 14 in Velbert-Neviges. Ihre Hände waren an die Gitterroste der Pritschen gefesselt, ihre Augen verbunden, und die Knebel in ihren Mündern erschwerten die Atmung. Er war Asthmatiker und hatte panische Angst davor, einfach unbemerkt zu ersticken. Die anderen beiden waren von ihrem Peiniger kommentarlos weggebracht worden, erst Bernd, wenig später Otto. Er hatte fast vollständig das Zeitgefühl verloren in dieser andauernden Dunkelheit. Wie lang war er schon hier eingesperrt, sieben Tage, acht oder mehr?

Nie hatte er geglaubt, einmal in eine derartige Situation zu geraten. Der Wärter sprach kaum noch mit ihnen, sondern gab nur knappe Anweisungen: »Toilette.«

»Aufstehen.« »Nicht sprechen, sonst gibt es nichts zu essen.« »Ihr sollt lernen, wie es sich anfühlt, gefangen und hilflos zu sein.«

Er fragte sich, wann ihre Qual, ihre Demütigung ein Ende nehmen würde, wann der Wärter sie genug bestraft hatte. Wie gerne würde er sich später für diese Freiheitsberaubung und Demonstration von Macht rächen, dann, wenn sein Peiniger das grausame Spiel lang genug gespielt hatte und ihn in die Freiheit entließ. Doch sowohl er als auch der Täter wussten, dass ihnen Rache unmöglich war. Warum nur hatte der Wärter Bernd und Otto ihm vorgezogen, sie eher von dieser Inhaftierung, dieser Selbstjustiz erlöst? Wie es den beiden jetzt wohl ging? Ob sie sich von der Gefangenschaft bereits langsam erholten? Sie alle traf dieselbe Schuld, eine Schuld, die er persönlich sowohl damals als auch heute nicht als Schuld empfand. Das grausame Schicksal hatte etwas zur Schuld gemacht, was in seinen Augen sein natürliches Recht gewesen war. Er stöhnte und versuchte den Druck auf sein Gesäß zu lindern, indem er sein Gewicht leicht verlagerte.

»Mmm, mmm mmmm mmmmm«, bemühte er sich vergeblich, mit dem vierten im Bunde zu kommunizieren. Frustriert gab er Sekunden später auf. Ihm blieb nichts anderes übrig, als in seinen Erinnerungen zu schwelgen, um sich die Zeit der Gefangenschaft erträglicher zu machen. Er sah sich am Klavier sitzen und im großen Schwimmbad seine Bahnen ziehen, noch den Geschmack der Südfrüchte auf seinen Lippen. Vor seinem inneren Auge zog er eins seiner kostbaren Bücher aus einem Regal seiner beachtlichen Bibliothek, die sich über die gesamte Wohnzimmerwand erstreckte. Ein Lächeln schlich sich auf sein Gesicht, als er seine kleine Tochter dabei beobachtete, wie sie aus dem umfangreichen Spielzeug-Sortiment eine sprechende Puppe wählte. Dabei strahlte sie übers runde Gesichtchen. »Papa, du bist der beste Papa der Welt.«

Zum Glück hatte er es ihr erspart, diese Welt, ihr Paradies, verlassen zu müssen. Auch seine geliebte Frau Frederike hatte er am geheimen Ort auf der Lichtung im Wald zurückgelassen. Es war richtig gewesen, davon war er immer noch überzeugt. Nur seine besten Freunde, seine engsten Kameraden hatte er mit auf die Reise genommen. Wieso holte ihn jetzt, nach über dreißig Jahren, die Vergangenheit ein?

*

Grimmig schloss Justus Farmer den Ordner, in dem er sämtliche Zeitungsartikel über den Mord an Bernd Bauer abgeheftet hatte. Dem alten Mistkerl gegenüber empfand er keinerlei Mitleid. Bauer würde seine Freundin nicht mehr wegen ihrer Hautfarbe diskriminieren. Die Zeit ihrer Angst war endgültig vorüber.

Ein Blick auf sein Smartphone verriet ihm, dass es kurz nach vierzehn Uhr war. Bis zum Trainingsbeginn blieb noch etwas Zeit. Justus klemmte sich den Ordner unter den Arm und verließ das Wohnzimmer. Er durchquerte den Flur und ging links in sein Arbeitszimmer. Dort angekommen, setzte er sich an seinen Schreibtisch, packte den Ordner in die Schublade und fuhr den Computer hoch. Mit zu Schlitzen verengten Augen checkte er seine E-Mails. Die PGP-verschlüsselte Nachricht von

Zorro123 würde er am Abend in Ruhe lesen. Er öffnete die Nachricht von *JusosYan*. In der Betreffzeile stand: *Klare Kante! Keinen Millimeter nach rechts!* Daneben prangte das Emoticon, dessen Daumen nach unten zeigte. Im Text stand: *Wir bekämpfen alle Formen des Rechtsextremismus, Antisemitismus, Rassismus und Nationalismus. Wir verteidigen die Demokratie gegen ihre Feinde. Genossen, wir versammeln uns am Montagabend ab neunzehn Uhr in unseren Räumen in der Robertstraße. Schwerpunkt dieser Versammlung wird die geplante Demonstration auf dem Laurentiusplatz sein. Wir bitten um zahlreiches Erscheinen. Grüße, Y.*

Justus ballte die Hände zu Fäusten. Selbstverständlich würde er bei dem Treffen anwesend sein.

Als Nächstes beschäftigte er sich mit der E-Mail des Historikers Prof. Dr. Meinhard Alt. Er zeigte sich vom Fortschritt seiner Masterarbeit recht angetan. Sie trug den vorläufigen Arbeitstitel: *Überwachen und Strafen.* Justus beschäftigte sich intensiv mit der Entwicklung der Gefängnisse im Laufe der Zeit. Sein Schwerpunkt lag auf der Beobachtung von Menschen in Gefangenschaft, insbesondere auf den Auswirkungen, die das Leben hinter Gittern auf die Psyche der Gefängnisinsassen im Wechsel der Zeit hatte.

Justus tippte eine kurze Antwort, fuhr den Computer wieder herunter und griff nach der bereits gepackten Sporttasche auf dem Boden neben dem Schreibtisch. Er freute sich darauf, gleich in der Halle alles geben zu dürfen, zu rennen, als sei der Teufel hinter ihm her.

*

Als Mathilde den Wagen in der Neuenhofer Straße parkte, war sie genervt und erleichtert zugleich. Sie hatte sich für die Fahrt über die Autobahn entschieden und war kurz vor dem Sonnborner Kreuz von starkem Schneefall überrascht worden. Zu Mathildes Entsetzen war ein Lkw mit einem Pkw kollidiert, der zunächst beide Fahrstreifen blockiert und den Verkehr komplett stillgelegt hatte. Über eine Stunde hatte es gedauert, bis Polizei, Feuerwehr und Rettungswagen die Situation unter Kontrolle bekamen und Mathilde weiterfahren konnte.

Jetzt freute sie sich, den roten Ford Mustang, einen hübschen Sportwagen mit dem Kennzeichen ME-VL-123, vor der Haustür stehen zu sehen. Sabina Döring schien vor Ort und noch nicht in ihre Nevigeser Wohnung zurückgekehrt zu sein.

»Hübsch, hübsch, das Auto«, murmelte Mathilde vor sich hin, als sie den Kofferraum öffnete und Lotte herausspringen ließ. »Aber nicht unbedingt das praktischste Fahrzeug, schon gar nicht, wenn ein Saarlooswolfhund mitfährt.« Sie schüttelte verständnislos den Kopf und ging ein paar Meter, damit sich Lotte nach der langen Fahrt erleichtern konnte. Anschließend betätigte sie die Schelle.

Kurz darauf stand Sabina Döring im Türrahmen und betrachtete sie eingehend von oben bis unten. »Hallo, Frau Krähenfuß. Danke für Ihre WhatsApp-Nachricht. Ich hoffe, bei dem Vorfall auf der Autobahn wurde niemand verletzt.«

»Soweit ich es mitbekommen habe, gibt es keine Schwerverletzten. Zum Glück«, erwiderte Mathilde und reichte Sabina die Hand. Sie fühlte sich kühl und zart an. Die Hand einer Frau, die vor harter körperlicher Arbeit bisher verschont geblieben war. Sie schob ihre Brille zurück, überlegte kurz, demnächst dem Optiker ihres Vertrauens einen Besuch abzustatten, verwarf den Gedanken jedoch sofort wieder. In der nächsten Zeit hatte sie Wichtigeres zu erledigen.

»Na, wer bist du denn?« Sabina beugte sich zu Lotte hinunter und strich ihr sanft über das Fell. Eine Weile verharrte sie in dieser Haltung, und die Hündin genoss die Streicheleinheiten sichtlich. Schließlich richtete sie sich wieder auf, schenkte Mathilde ein strahlendes Lächeln und sagte: »Kommen Sie.«

Mathilde folgte ihr ins Gebäude. Sie durchquerten den Flur und gelangten in einen großen Raum, der früher aus zwei abgetrennten Zimmern bestanden hatte und jetzt als geräumige Wohnküche fungierte. An den Wänden entdeckte Mathilde rechteckige, helle Flecken. Dort mussten Bauers Wandbilder oder Gemälde gehangen haben, die Sabina abgenommen und in Umzugskartons gepackt hatte.

»Wahnsinn«, entfuhr es ihr, während sie auf die zahlreichen gut gefüllten Kartons starrte. Sabina hatte ganze Arbeit geleistet und es anscheinend eilig, sich das Haus zu eigen zu machen und nach ihren Vorstellungen umzugestalten. Mitten in dem Chaos saß Voltaire und blickte Mathilde misstrauisch an.

»Lassen Sie Ihre Hündin ruhig laufen«, sagte Sabina ermutigend. »Voltaire wird sie entweder ignorieren oder freundlich behandeln.«

Vertrauensvoll leinte Mathilde Lotte ab, die sich dem Rüden vorsichtig näherte. Zunächst wedelte sie nur verhalten mit ihrer Rute, doch nachdem sie Voltaire ausgiebig beschnüffelt hatte, erhöhte sich die Frequenz. Es dauerte nicht lange, und die beiden Hunde lagen einträchtig nebeneinander.

Eine Weile plauderte Mathilde mit Sabina über Hunde und das Leben mit ihnen. Sie musste sich im Geheimen eingestehen, dass ihr die jüngere Frau auf Anhieb sympathisch war.

Sabina deutete mit der Hand auf den Tisch, den sie an die Wand vor das Fenster mit Blick auf den Garten geschoben hatte, um mehr Platz für ihre Aufräumarbeiten zu haben. »Der Kaffee ist noch warm.«

Mathilde blickte sich suchend nach einer Garderobe um, konnte jedoch nichts dergleichen entdecken. Schließlich zog sie ihren Parka aus und hängte ihn über die Stuhllehne. Ihre Schirmmütze, an der die Schneeflocken schmolzen, legte sie auf eine der auf dem Boden ausgebreiteten Zeitungen. »Das kann ich jetzt gut gebrauchen«, sagte sie und nahm dankbar die Tasse Kaffee entgegen, die Sabina ihr reichte. Eine Zeit lang schwiegen sie. Dabei blickte Mathilde Sabina Döring fest in die braunen Augen, die einen auffälligen Kontrast zu den blonden Haaren bildeten, die ihr, zu einem lockeren Bauernzopf geflochten, über den Rücken fielen. Mathilde registrierte, dass Sabina ungeschminkt war und weder Schmuck noch eine Armbanduhr trug.

»Frau Döring, die Polizei konnte Sie sowohl mit der bestialischen Hinrichtung Bernd Bauers als auch mit der von Otto Stein in Verbindung bringen«, bemerkte sie schließlich sachlich. »Was können Sie mir dazu sagen?«

»Mit den Hinrichtungen?« Sabina riss vorwurfsvoll die Augen auf. »Mich?«

»Ich wollte damit nur feststellen, dass Sie einer der wenigen Menschen sind, die in engerem Kontakt zu den Ermordeten standen«, räumte Mathilde ein.

Sabina zuckte mit den Schultern, nahm einen Schluck Kaffee und stellte die Tasse wieder ab. »Das ist tatsächlich ein merkwürdiger Zufall. Otto kenne ich aber noch nicht lange, das sollte ich vielleicht erwähnen.«

»Bevor Sie sich wiederholen, Herr Flachs von der Mordkommission hat mir ausführlich von dem mit Ihnen in Neviges geführten Gespräch berichtet. Sie profitieren ungemein vom Tod Bauers. Das ist eine unbestreitbare Tatsache«, erklärte Mathilde bestimmt. »Erzählen Sie mir bitte, wie der Kontakt zu Otto Stein zustande kam.«

»Das lese ich aber nicht morgen in der Gazette?« Sabina legte die Stirn in Falten.

»Seien Sie unbesorgt, ich bin keine Klatschreporterin, die das Privatleben der Leute breittritt«, sagte Mathilde beruhigend.

»Okay, nun zu Ihrer Frage.« Sabina lächelte zuckersüß. »Können Sie sich die Antwort darauf nicht selbst denken?« Sie vertiefte ihr Lächeln, sodass zwei Grübchen in ihren Wangen sichtbar wurden. »Haben Sie noch nicht von Mund-zu-Mund-Propaganda gehört? Ich habe Bernd gefragt, ob er jemand kennen würde, der an meinen Dienstleistungen interessiert sein könnte. Bernd und Otto studierten zusammen. Er hat mich Otto schlicht und ergreifend weiterempfohlen. Otto hatte angeblich vor einigen Wochen seine Lebensgefährtin verloren und dachte sich, warum nicht? Interessanter Typ, mit dem ich ganz gerne über Geschichte geredet habe.«

»Die Opfer kannten sich? Wissen Sie, ob dieser Kontakt flüchtig oder intensiv war?«, hakte Mathilde nach.

»Das hat mich zwar nicht interessiert, aber ich glaube, die beiden kannten sich schon vor dem Beginn des Seniorenstudiums«, gab Sabina bereitwillig Auskunft. »Otto bezeichnete Bernd einmal als *seinen alten Freund*.«

»Darf ich Sie etwas Persönliches fragen?« Mathilde nahm nachdenklich die Kaffeetasse in die Hände und wärmte ihre Finger an ihr.

Sabina nickte zustimmend. »Klar.«

»Sie wirken auf mich nicht wie eine klassische Prostituierte«, hob sie an, wurde jedoch augenblicklich von Sabina unterbrochen.

»Was ist eine klassische Prostituierte? Außerdem bezeichne ich mich nicht als solche. Ich bin eine Gesellschafterin wohlhabender Männer«, erwiderte sie bestimmt.

»Sie sind beredsam, tierliebend, gepflegt, interessieren sich für Geschichte, hätten Sie nicht etwas Besseres aus Ihrem Leben machen können? Was sagen Ihre Eltern zu Ihrer Berufswahl? Na ja, es steht mir nicht zu, Sie zu kritisieren.« Mathilde hatte unwillkürlich die Stimme erhoben, und Voltaire verließ den Platz an Lottes Seite, um neben Sabina Stellung zu beziehen. Er legte den Kopf auf den Tisch, knurrte leise und starrte Mathilde aus seinen mandelförmigen, gelben und leicht schräg platzierten Augen an. Sabina strich ihm beruhigend über die Stirn. »Alles gut, Voltaire. Von Frau Krähenfuß geht keine Gefahr aus.« Voltaire schleckte ihr flüchtig die Hand, warf einen letzten Blick auf Mathilde und legte sich zu Sabinas Füßen nieder. »Meine Eltern …« Sie schloss für einen Moment die Augen. »Ich habe keine Erinnerungen mehr an sie. Manchmal, in meinen Träumen, meine ich eine Frau zu sehen, eine Frau, die in einem Garten voller Blumen steht. Sie singt …« Sabina öffnete die Lider wieder und seufzte. »Ich war vier Jahre, als die Dörings mich adoptiert haben. Ich habe nur diese eine Traumsequenz von meiner leiblichen Mutter, an mehr kann ich mich nicht erinnern.«

»Wissen Sie gar nichts über Ihre Herkunft?« Aus dem Augenwinkel heraus bemerkte Mathilde, dass Lotte Voltaire mit der Nase anstupste und zum Spielen herausforderte. Der Rüde zögerte, schaute kurz zu Sabina und wedelte schlussendlich mit der Rute. Er erhob sich, senkt die Vorderläufe und bellte mehrmals hintereinander. Lotte tat es ihm begeistert nach, und sofort sprangen sie auf und umarmten sich auf diese besondere, für Hunde typische Art. Anschließend begann ihr munteres Toben durchs Haus.

»Fast nichts«, gab Sabina mit einem bedauernden Schulterzucken Auskunft. »Ich komme aus Eberswalde, das ist die Kreisstadt des Landkreises Barnim im Nordosten von Brandenburg.«

»Barnim …«, wiederholte Mathilde und überlegte.

»Ich lasse die Hunde in den Urwald da draußen, bevor hier noch etwas zu Bruch geht. Die zwei lieben sich ja heiß und innig«, bemerkte Sabina und erhob sich.

Wenig später kehrte sie zurück und bot Mathilde eine weitere Tasse Kaffee an.

»Gerne.« Mathilde goss etwas Milch in ihre Tasse und reichte sie Sabina an. »Wie sind Sie nach Westdeutschland gekommen? Ich vernehme in Ihrer Stimme nicht den leisesten Hauch eines Dialekts.«

»Das wundert mich nicht«, erwiderte Sabina und füllte Mathildes Tasse. »Wie gesagt, ich kann mich an die Zeit nicht erinnern. Das ist schließlich dreißig Jahre her, und ich war ein Kleinkind.«

»Das war zur Zeit der Wende, des Mauerfalls, wenn ich mich nicht irre«, entgegnete Mathilde.

»Ganz genau.« Sabina nickte eifrig. »Für mich war das Jugendamt im Landkreis Barnim zuständig, das mich zur Adoption freigab. Damals, so wurde mir berichtet, herrschte großes Chaos, die Menschen strömten gen Westen. Der eine Staat war weg, der andere noch nicht da. Für die Menschen im Osten war in diesem kurzen Jahr der verrückten Anarchie alles möglich. Ein Ehepaar aus Westdeutschland wollte mich adoptieren, in der Absicht, mir damit etwas Gutes zu tun. Mehr kann ich Ihnen nicht erzählen. Das ist alles, was ich weiß. Es ist so wie bei jeder Adoption, es gibt kaum eine Möglichkeit, Nachforschungen über die Vergangenheit anzustellen. Ich kann das mittlerweile gut akzeptieren, gehöre nicht zu den Menschen, die ihren leiblichen Eltern im Erwachsenenalter nachjagen.«

»So kamen Sie von Eberswalde nach Velbert-Neviges«, sinnierte Mathilde.

»Nein, nein, nicht nach Neviges«, widersprach Sabina und legte sich ihren Zopf über die Schulter. »Es hat mich aufs Land verschlagen. Genauer gesagt nach Allendorf in Hessen. An diesem Ort bin ich aufgewachsen.«

»Allendorf …«, Mathilde nahm einen Schluck Kaffee und zog grübelnd die Stirn in Falten. »Das ist in der Nähe von Frankenberg an der Eder. Dort kenne ich mich ganz gut aus. Meine Schwester wohnt im Örtchen Rosenthal. Leben Ihre Adoptiveltern noch in Allendorf?«

Sabina nickte. »Ja. Ich bin der Liebe wegen mit achtzehn Jahren nach Neviges gezogen. Die Beziehung ging nach wenigen Monaten in die Brüche, doch ich bin geblieben. Wegen Thomas habe ich das Gymnasium ohne Abitur verlassen, mit ihm in den Tag hineingelebt. Ich war schrecklich verliebt, habe den Fehler meines Lebens gemacht.« Ein bitterer Zug erschien auf ihren Lippen. »Das war das erste und zugleich letzte Mal, dass ich mich verletzlich gemacht und emotional auf einen Mann eingelassen habe. Wie Sie sehen, habe ich es aus eigener Kraft zu etwas gebracht. All das hier ist mein Verdienst, das Haus, der Garten, das geerbte Geld und Voltaire.«

Mathilde registrierte den Glanz in ihren Augen und den Stolz in ihrer Stimme. »Voltaire. Ein ungewöhnlicher Name für einen Hund.«

»Das stimmt. Voltaire ist etwas Besonderes und hat einen hervorstechenden Namen verdient«, erwiderte Sabina. »Also habe ich ihn nach einem Philosophen benannt, der einen wohlklingenden Namen trug.«

Mathilde schob ihre Brille zurecht und warf einen Blick auf ihre Armbanduhr, die sie am Morgen aufgezogen hatte und die ihr artig die Uhrzeit anzeigte. Sie fühlte sich wohl in Sabinas Gesellschaft, doch mittlerweile war es fast siebzehn Uhr, und sie musste noch einen Artikel zum Mordfall Otto Stein für die morgen erscheinende Sonntagsonlineausgabe der Ronsdorfer Gazette verfassen. Sie rief nach Lotte, doch zu ihrer Verwunderung hörte die Hündin nicht auf ihren Ruf. Sabina erhob sich, wies Mathilde an, ihr zu folgen, und ging zur Tür. Nach ein paar Schritten durch den Flur erreichten sie die Treppe, die hinunter zum Garten führte.

Sabina präsentierte ihr den von einer hohen Hecke umgebenen wilden Garten. »Tja, Bernd war alles andere als ein Gärtner. Er hat einfach alles wuchern lassen. Voltaire mag das, ich jedoch werde das Chaos hier schnellstmöglich in den Griff bekommen, auch wenn ich dafür professionelle Hilfe benötigen sollte. Aber schauen Sie sich die zwei Süßen an. Voltaire hält Ihre Hündin ganz schön auf Trab. Eigentlich ist er noch ein Baby. Er wird in wenigen Wochen ein Jahr alt.«

»Lotte wird neun«, berichtete Mathilde.

»Sie sollten mich wieder besuchen, Frau Krähenfuß«, sagte Sabina und lachte. »Voltaire und Lotte haben sich ineinander verliebt. Doch zunächst helfen Sie bitte der Polizei bei der Aufklärung der Mordfälle, damit wir uns wiedersehen können, ohne dass Sie mich als verdächtige Person betrachten, denn Sie misstrauen mir. Das sehe ich Ihnen an der Nasenspitze an, auf der schon wieder Ihre Brille hängt. Was halten Sie von Kontaktlinsen? Damit wäre Ihr Brillenproblem gelöst.«

Mathilde grinste und leinte Lotte an, die durch das anstrengende Spiel endlich müde zu werden schien.

»Die junge Spitz platzt schon wieder vor Neugierde«, bemerkte Sabina, machte eine Pirouette und winkte übertrieben mit der Hand. »Guten Tag, Frau Nachbarin«, rief sie laut.

Mathilde folgte ihrem Blick und sah in letzter Sekunde einen rothaarigen Kopf aus dem Dachbodenfenster des Nebenhauses verschwinden.

*

95

Sabina Döring führte Voltaire an der Leine, als sie am Kloster vorbeiging, in dem bis vor Kurzem Franziskanerbrüder gelebt hatten. Dass diese die Stadt und den Mariendom verlassen hatten, bedauerte Sabina. Obwohl sie nur auf dem Papier katholisch war, hatte sie die ruhigen Männer gemocht. Sie ging weiter die Elberfelder Straße entlang und hielt vor der seit August des letzten Jahres neu eröffneten Galerie *Alpha und Omega* an. Das Schiefergebäude schmiegte sich sanft ins Gesamtbild der Nevigeser Altstadt. Die Fensterrahmen und die zweiflügelige Tür waren frisch weiß gestrichen. Sie genoss den Anblick der Marienfiguren und der Gemälde, die allesamt biblische Thematiken präsentierten. Einen Moment lang überlegte sie, ob sie eintreten sollte, um etwas Zeit mit den Geheimnissen zu verbringen, die der Aussteller und Künstler erschaffen hatte. Doch ihr Magen knurrte, und sie war erschöpft von der harten Arbeit in Bernds Haus. Ein Lächeln schlich sich auf ihr Gesicht. Die Galerie konnte warten. Nichts dort drinnen würde weglaufen.

*

Nachdem sie sich von Sabina Döring verabschiedet hatte, war Mathilde spontan ins Zentrum von Cronenberg gefahren. Sie hatte vor der Redaktion der Cronenberger Woche geparkt, einen intensiven Blick durch die Fensterfront geworfen und anschließend mit dem Finger über das Türschloss gestrichen. Warum machte sich der Täter die Mühe, hinter sich abzuschließen? Er musste es schließlich eilig gehabt haben, als die Alarmanlage anging.

Die Räumlichkeiten der Redaktion waren gut überschaubar, der Schreibtisch des Chefredakteurs stand links in der Ecke. Der Täter, der sich in der Redaktion gut auskennen musste, hatte in der Dunkelheit der Nacht wahrscheinlich keine Probleme damit gehabt, Bernd Bauer auf dem Schreibtischstuhl zu fixieren, den rosafarbenen Miniatur-Teddybären an der Lehne zu befestigen und das Gebäude wieder zu verlassen. Er besaß ohne Zweifel einen Schlüssel, mehrere Schlüssel, die ihm die Wege in das Redaktionsgebäude, in die Metzgerei und ins Museum geebnet hatten.

Als sie Ingo in der Garagenauffahrt parkte, war sie in Gedanken immer noch in Cronenberg und in der richtigen Stimmung, um ihren Artikel für die Gazette zu verfassen. Beschwingt ging sie zur Haustür, ersparte sich die Mühe, in ihrer Tasche nach dem Haustürschlüssel zu suchen, und betätigte die Türschelle. Sie warf einen schrägen Blick auf Lotte. »Diesmal brauchst du nicht zu schellen. Unfassbar, was die gute Martha dir so alles beibringt.«

Mit Schwung öffnete sich die Haustür. »Mathilde, da bist du ja endlich«, wurde sie aufgeregt von ihrer Haushälterin begrüßt. »Wir haben Besuch.«

Mathilde lachte und löste Lottes Halsband. Augenblicklich flitzte die Hündin ins Innere. »Lotte und Voltaire haben sich prächtig verstanden, und Frau Döring ist eine interessante Gesprächspartnerin. Die Zeit ist wie im Flug vergangen.«

Im Inneren ihrer Küche bot sich Mathilde ein anrührender Anblick. Am Küchentisch saßen zwei junge, sehr attraktive dunkelhäutige Frauen vor geleerten Kuchentellern. Peter und Paul hatten auf ihren Schultern Platz genommen und zogen begeistert die krausen Haare in die Länge. Die Frauen kicherten, kraulten ihnen das Gefieder und ließen den Schabernack geduldig über sich ergehen.

»Frau Adesiyan«, rief Mathilde erstaunt aus, während sie sich von Martha aus dem Parka helfen ließ. Sie schaute flüchtig auf die Kuchenplatte und stellte zu ihrer Freude fest, dass Martha ihr zwei Stückchen Apfelkuchen aufbewahrt hatte.

»Die andere junge Dame ist meine Nichte Kaya, von der ich dir heute Vormittag erzählt habe«, klärte Martha Mathilde auf und setzte sich den Frauen gegenüber an den Tisch.

»Guten Tag, Kaya, schön, Sie kennenzulernen.« Mathilde nahm neben ihrer Haushälterin Platz und reichte Kaya über den Tisch hinweg die Hand. »Frau Adesiyan, darf ich Sie Jennifer nennen?« Fragend richtete sie ihr Augenmerk auf die Afrikanerin mit dem kurzen, blonden Haar.

»Selbstverständlich, Frau Krähenfuß«, entgegnete diese und lächelte freundlich.

»Was führt Sie zu mir?«, erkundigte sich Mathilde, während sie sich ein Stück Kuchen nahm und großzügig mit Sahne bedeckte.

Schlagartig wurden die jungen Frauen ernst.

»Ich … ich …«, nervös spielte Jennifer mit ihrer Kaffeetasse. »Ich habe durch Zufall im Internet einen Artikel über den zweiten Todesfall in Cronenberg gelesen und dass ein Zusammenhang mit dem Mord an Bauer vermutet wird. Also habe ich Otto Stein gegoogelt, einfach so, aus Neugierde.« Sie hielt inne und warf Kaya einen Blick zu. »Viel gibt das Internet nicht von ihm preis, wahrscheinlich haben Sie das bei Ihren Recherchen selbst herausgefunden, aber …« Sie brach wieder ab, schien ihre Worte sorgfältig abzuwägen. »Ich habe ein Foto von ihm gefunden. Er hat vor drei Jahren an einer Marktumfrage teilgenommen, in der es um DSL-Anbietervergleiche ging. Wahrscheinlich war es ihm nicht klar, aber irgendwie ist das Foto, das der Adresszeile seiner E-Mail hinzugefügt ist, deswegen im Internet verewigt.«

»Wie Sie soeben sagten, das ist alles sehr mager. Normalerweise findet man im Netz immer die eine oder andere Information über eine Person. Doch sowohl Bauer als auch Stein scheinen in der digitalen Realität fast gar nicht zu existieren. Na ja, sie waren über siebzig und wahrscheinlich nicht besonders internetaffin. Ich muss gestehen, das Foto nicht entdeckt zu haben. Und mein Neffe, der ermittelnde Kriminalhauptkommissar, anscheinend bisher ebenfalls nicht«, stellte Mathilde mit gerunzelter Stirn fest.

»Mir wurde es bei Google auf Seite dreiundzwanzig ziemlich weit unten angezeigt«, gab Jennifer Auskunft.

»Sie haben *einfach so* derart intensiv nach Otto Stein gesucht?« Mathilde steckte sich rasch ein Stück Kuchen in den Mund, bevor sie den Teller beiseiteschob und aufstand. »Ich möchte, dass Sie mich ins Wohnzimmer an meinen Schreibtisch begleiten und mir den Eintrag zeigen. Martha, wärst du bitte so lieb, Peter und Paul einzufangen und sie in die Voliere zu locken? Sie haben genug Haare gezupft.«

»Ich sehe kein Foto von Stein«, bemerkte Mathilde achselzuckend, während sie durch etliche Google-Seiten scrollte.

»Eigenartig«, murmelte Jennifer, die ihr über die Schulter blickte. »Ich habe es mit meinem Handy abfotografiert.« Um ihre Behauptung zu beweisen, zückte sie ihr Smartphone und suchte in der Fotogalerie. »Hier ist es.« Sie reichte Mathilde das Gerät.

»Hm.« Sie zog das Bild auseinander und vergrößerte es. »Wie kommen Sie darauf, dass es zur Adresszeile seiner E-Mail-Signatur gehört?«

»Also, ich habe nur das Foto abfotografiert, nicht den inhaltlichen Kontext. Anschließend habe ich es zum besseren Vergrößern ausgeschnitten.« Jennifer nahm Mathilde ihr Smartphone aus der Hand. »Sie müssen mir schon glauben.«

»Jetzt kommen Sie bitte zur Sache. Was ist das Besondere an diesem Foto?«, fragte Mathilde energisch, während sie aus Gewohnheit den Computer herunterfuhr, sich erhob und zum Wohnzimmertisch ging. Sie winkte die jungen Frauen zu sich und stützte schließlich nachdenklich den Kopf auf den Handballen ab.

»Wir kennen jemanden, der Stein gleicht wie ein Ei dem anderen. Und dazu gehört schon was bei dem ungewöhnlichen Äußeren«, mischte sich Marthas Nichte in das Gespräch ein. »George Williams könnte Steins Sohn sein. Er besitzt die gleiche breite untere Schädelpartie, die im Verhältnis zur oberen merkwürdig unproportional ist. George ist einer unserer besten Langstreckenläufer im Verein. Verstehen Sie uns nicht falsch, Frau Krähenfuß. Niemand stört sich daran, dass er irgendwie komisch aussieht. Er ist eben ein richtiger Charakterkopf. Wir wundern uns nur, dass er diesem Stein wie aus dem Gesicht geschnitten ist.«

»Haben Sie zum Vergleich ein Bild von Ihrem Sportskameraden?«, wollte Mathilde wissen. »Über das Aussehen des Ermordeten habe ich mir keine Gedanken gemacht. Wozu auch? Jeder ist, wie er ist. Dennoch stimmen mich Ihre Worte nachdenklich. Wenn ich Stein unter diesem Gesichtspunkt betrachte, ja, die Bezeichnung *Charakterkopf* trifft sein Erscheinungsbild am charmantesten.«

»Wenn Sie Ihren Computer wieder hochfahren, können Sie sich Bilder von George auf der Webseite des BTGs ansehen«, warf Jennifer ein.

»Das ist unnötig. Tante Martha hat ein Foto von ihm auf ihrem Handy«, bemerkte Kaya.

Sie hörten die Haushälterin in der Küche mit dem Geschirr hantieren, und Kaya musste mehrmals laut rufen, bis Martha endlich erschien. Sie hatte die blaue Schürze über ihr weites, fliederfarbenes, mit goldenen Sternchen bedrucktes Kleid gezogen, und die grünen Creolen wippten an ihren Ohrläppchen hin und her. »Ja, mein liebes Kind, was gibt es?« Sie blickte ihre Nichte liebevoll an.

»Hast du das Foto vom letzten Sommer noch? Das, was du mit deinem Handy nach dem Wettkampf geschossen hast?«, erkundigte sich Kaya erwartungsvoll.

»Natürlich, das würde ich niemals löschen. Ich bin so stolz auf dich. Doch leider scheint sich mein Telefon in Luft aufgelöst zu haben. Ich kann es einfach nicht finden«, erwiderte Martha bedauernd.

»Wie Großmama Auguste immer zu sagen pflegte: Das Haus verliert nichts. Wann hast du es zuletzt gesehen?« Ungeduldig trommelte Mathilde mit den Fingern auf den mit buntem Patchwork bedeckten Wohnzimmertisch.

»Ich meine, es hätte am Vormittag neben mir in der Küche gelegen, als ich die Sahne für den Kuchen geschlagen habe«, überlegte Martha.

»Hast du dabei – so wie jetzt – deine Schürze getragen?«, hakte Mathilde nach.

»Natürlich, ich wollte mein schönes Kleid nicht bekleckern.«

»Schau mal in deinen Schürzentaschen nach«, schlug Mathilde vor.

Marthas Miene erhellte sich. Sie steckte die Hände in die Taschen und sagte erleichtert: »So ein Glück, hier ist es.«

Kaya und Jennifer kicherten, und auch Mathilde konnte sich ein Grinsen nicht verkneifen.

»Lacht ihr nur.« Beleidigt schürzte Martha die Lippen. »Bitte schön.« Sie legte ihr Handy entsperrt in Kayas Hände. »Du darfst gerne meine Fotogalerie durchsuchen. Ich habe Arbeit.« Sie kehrte den Frauen den Rücken und verschwand in der Küche.

Kaya zwinkerte Jennifer und Mathilde zu, lachte und scrollte sich durch die Fotos. Schließlich reichte sie Mathilde das Gerät. »Hier können Sie George gut erkennen.«

»Verblüffend«, stellte Mathilde kopfschüttelnd fest. »Dieser George könnte tatsächlich mit Otto Stein verwandt sein. Wie alt ist er?«

»George ist fünfunddreißig«, gab Jennifer bereitwillig Auskunft. »In der Langstreckendisziplin ist er trotzdem noch lange nicht vom alten Eisen.«

Mathilde hielt einen Moment inne und zog die Stirn in Falten. »Da fällt mir etwas ein. Jennifer, als ich Ihnen zum ersten Mal in der Wohnung Ihres Freundes begegnet bin, sagten Sie, Sie hätten Bernd Bauer in Begleitung von vier Männern gesehen. Können Sie sich an deren Gesichter erinnern?«

Ein Schatten fiel über Jennifers Gesicht. »Ich habe nur einen kurzen Blick auf die Männer erhascht und mich vom Fenster abgewandt. Sie werden sich vorstellen können, dass ich schreckliche Angst hatte.«

»Ich danke Ihnen jedenfalls für den Hinweis«, sagte Mathilde gedankenverloren. »Jetzt muss ich langsam mit dem Artikel für die Sonntagsonlineausgabe beginnen. Nicht, dass ich Sie rauswerfen möchte …«

»Nichts für ungut, Frau Krähenfuß. Danke, dass Sie uns zugehört haben.« Jennifer stand auf, nickte Kaya auffordernd zu, und untergehakt verließen sie das Wohnzimmer.

Eine Weile blieb Mathilde ruhig sitzen und dachte nach. Schließlich griff sie nach ihrem BlackBerry und wählte die Nummer ihres Neffen.

Sonntag, 17. Februar

Er betrat seine Galerie in der Elberfelder Straße in Velbert-Neviges und schloss unverzüglich wieder hinter sich ab. Anschließend schaltete er das Licht an. Eine Weile betrachtete er sein Lebenswerk. Nachdem er geflohen und nur knapp dem Gewehrfeuer entkommen war, hatte er mit dem Malen der Ikonen und der biblischen

Szenen begonnen. Am Tag seiner Flucht war er noch lange gerannt, so lange, dass er vor Erschöpfung beinahe zusammengebrochen war. Er war ein Heimat- und Namenloser gewesen, der weder Familie noch Freunde hatte. Tatsächlich hatte ihm ein katholischer Geistlicher Obdach gewährt und keine Fragen gestellt. Er war gerne für mehrere Wochen in der Sakristei geblieben, dem Ort, an dem der alte Pfarrer die liturgischen Gewänder und Geräte aufbewahrte. Der alte Mann hatte ihm von Gott erzählt und von Jesus Christus, der am Kreuz gestorben und später von den Toten auferstanden war.

Er seufzte und fuhr mit dem Finger über das noch unvollendete Bild, das Jesus in einer Synagoge zeigte. Über ihm schwebten ätherische Engel.

»Engel«, sagte er und kostete das zauberhafte Wort aus. *Engel* war ein Wort, das er seinem Wortschatz neu hinzufügte, nachdem er all das Grauen hinter sich gelassen hatte.

Die Galerie war spartanisch eingerichtet. Er hatte die Wände weiß gestrichen, das Mobiliar bestand aus einem Ikea-Schreibtisch und vier Ikea-Stühlen. Nichts sollte die Besucher von seinen Kunstwerken ablenken. Zwei Originale hatte er bereits verkauft, und die Kunstdrucke für kleineres Geld liefen prächtig.

Er setzte sich an den Tisch und schaltete den Laptop ein. Als er die Artikel der Tages- und Wochenzeitungen las, die es sich nicht hatten verkneifen können, bereits am Samstag und am Sonntag online über den mysteriösen Todesfall in der Cronenberger Metzgerei zu berichten, verspürte er ein überwältigendes Glücksgefühl.

Zuletzt blieb sein Blick an dem Artikel einer kostenlosen Tageszeitung, der Ronsdorfer Gazette, hängen, von der er am Freitag zum ersten Mal durch seine Online-Recherchen erfahren hatte. Die Frau, die dort ab und zu schrieb, war ihm durch ihre Artikel im Wupperspiegel seit Langem bekannt. Er fand es einen charmanten Zufall, dass sie über ihn recherchierte.

Der Schlächter von Cronenberg versetzt die Bevölkerung in Angst und Schrecken!

Erneut wurde eine Männerleiche an einem öffentlichen Ort im Wuppertaler Stadtteil Cronenberg vorgefunden. Ist ein Serienmörder am Werk?

Von Mathilde Krähenfuß

*CRONENBERG. Gestern am sehr frühen Morgen entdeckte eine Metzgereifachverkäuferin in der Cronenberger Filiale des Familienunternehmens **Metzgerei Kaufmann** in der Kältekammer eine Männerleiche. Das Tatmuster passt zu dem Toten, der vor wenigen Tagen in der Redaktion der **Cronenberger Woche** vorgefunden wurde. Die Polizei schließt einen Zusammenhang zwischen den Mordfällen nicht aus. Der Tote konnte noch am Tatort identifiziert werden. Tatsächlich erweckt der Täter den Anschein, seine Hinrichtungen zu inszenieren, denn keiner der Toten wurde am Auffindungsort selbst getötet. Haben wir es mit einem psychopathischen Serienkiller zu tun?*

Ein wohliger Schauder lief über seinen Rücken, als er aufstand und zum kleinen Badezimmer ging. Der einzige

Wermutstropfen für ihn war, dass Frau Krähenfuß den Lesern Details erspart und mit keinem Wort das Teddybärenmuseum erwähnt hatte. Er öffnete die Tür und begutachtete die Badewanne. Sie war blitzblank sauber.

*

»Ich mag den Februar nicht. Die Kälte und das Grau schlagen mir aufs Gemüt«, beschwerte sich Herbert, der die Hände tief in seinen Jackentaschen vergraben hatte. »Immerhin schneit es heute Vormittag nicht.«

»Stell dich nicht so an. Wir haben es mit Schlimmerem zu tun als mit dem Wetter.« Mathilde drückte eine der Türschellen des Mehrfamilienhauses in der Rudolfstraße. Es dauerte nicht lange, bis der Summton ertönte und die Tür geöffnet werden konnte.

George Williams bewohnte die linke Wohnung im Parterre und erwartete sie im Türrahmen.

»Irre«, entfuhr es Herbert, als sie die vier Stufen hin zur Wohnung nahmen.

»Guten Morgen, Herr Kommissar«, begrüßte er sie und lächelte freundlich.

Mathilde schalt sich innerlich für den Vergleich, aber sein Gesicht ähnelte ihrer Vorstellung von einem Außerirdischen. George ließ sie eintreten und führte sie in ein gemütlich eingerichtetes Einzimmerapartment. An der Wand gegenüber des etwa vierzig Zoll breiten Flachbildschirms stand ein Schaukelstuhl aus Birkenholz, der Boden war mit einem roten Fransenteppich geschmückt, und vor der Kochzeile war ein schwarzer Esstisch platziert.

»Nehmen Sie bitte Platz«, sagte George und löste seinen Pferdeschwanz, sodass seine volle, braune Haarpracht vorteilhaft die unförmige Wangenpartie bedeckte. Während er sich ihnen gegenüber hinsetzte, bemerkte er ironisch: »Mir ist durchaus bewusst, dass meine äußere Erscheinung stark von der Norm abweicht, aber nicht, warum mich deswegen die Kriminalpolizei besucht.«

»Herr Williams, ich habe Ihnen bereits bei unserem Telefonat mitgeteilt, dass Sie starke Ähnlichkeit mit einem älteren Herrn aufweisen, der Opfer eines grausamen Mordes wurde«, stellte Herbert ungerührt fest. Er nickte Mathilde zu, die ihre Tasche auf den Tisch stellte und eine Weile in ihr suchte. Schließlich fand sie den Ausdruck des ihr von Jennifer per E-Mail geschickten Fotos. »Schauen Sie sich den Mann bitte genau an.« Sie reichte George das Blatt. »Kennen Sie ihn, oder sind Sie gar mit ihm verwandt?«

»Ups«, sagte George überrascht. »Das bin ich in etwa vierzig Jahren. Nein, ich kenne den Mann nicht. Von wem haben Sie das Foto?«

»Von Jennifer aus Ihrem Sportverein«, gab Mathilde Auskunft, während sie George mit Argusaugen beobachte. Sie war sich nicht sicher, ob seine Überraschung aufrichtig oder gespielt war.

»Vielleicht hat sich Jen einen Scherz erlaubt, wissen Sie, mit Photoshop ist eine Menge Bildbearbeitung möglich«, erwiderte George achselzuckend.

»Jennifer hat uns nur auf die Ähnlichkeit zwischen Ihnen und dem Toten hingewiesen. Wir selbst wurden mit Otto Stein am Tatort konfrontiert, nur haben uns dort weniger seine Gesichtszüge interessiert«, warf Herbert ein. »Sie werden zugeben müssen, dass die Übereinstimmung ihrer beiden Gesichter auffällig ist.«

»Leider muss ich Sie enttäuschen, ich stehe in keinem verwandtschaftlichen Verhältnis zu dem Toten. Er ist mir gänzlich unbekannt.« George erhob sich und kehrte ihnen den Rücken. »Warten Sie einen Moment.« Er ging zu einer Kommode neben dem Schaukelstuhl und entnahm ihr ein altmodisches Fotoalbum. Mit diesem in den Händen kehrte er an den Tisch zurück. Er legte es auf dem Tisch ab und blätterte eine Weile. »Hier. Das ist ein Bild, auf dem Sie meine beiden Großväter sehen können.«

Mathilde nahm das Album entgegen und studierte eingehend die Fotografie. »Wie alt waren Ihre Großväter auf diesem Bild?«

»Das Foto ist vor zehn Jahren von meiner Mutter aufgenommen worden an meinem fünfundzwanzigsten Geburtstag. Mein Großvater mütterlicherseits …«, er deutete mit dem Finger auf den grauhaarigen Mann mit einer Zigarette in der Hand, »war zu diesem Zeitpunkt zweiundsiebzig Jahre alt und Opa Max vier Jahre älter. Wie Sie sehen, habe ich von den beiden meinen Unterkiefer nicht geerbt.« Er nahm Mathilde das Album wieder aus der Hand und blätterte ein paar Seiten weiter. »Und hier sehen Sie meinen Vater.« Mathilde erblickte einen blonden Mann auf einem Pony, der einen Poloschläger in der Hand hielt und in die Kamera lächelte. »Auch meine Mutter ist mit einem schmal geschnittenen Gesicht gesegnet.« Er grinste und zeigte auf eine schlanke Frau mit feinen Zügen, die ein Sektglas an die rot geschminkten Lippen führte. »Jetzt haben Sie meine

Familie kennengelernt.« Er schlug das Album zu, zuckte erneut mit den Achseln und zog eine Augenbraue hoch.

»Sie sind nicht zufällig adoptiert worden?«, wollte Herbert wissen und fuhr sich über seinen Schnurrbart.

»Also bitte. Ich bin das leibliche Kind meiner Eltern, es sei denn, sie hätten mich mehr als dreißig Jahre lang belogen.« Er lachte und schlug die Hände zusammen. »Nein, nein, ich habe nichts, rein gar nichts mit diesem Otto Stein zu tun. Ich werde ein ernstes Wort mit Jen sprechen«, fuhr er augenzwinkernd fort. »Mir die Polizei auf den Hals zu hetzen, nur weil ich jemandem gleiche.«

Herbert stand auf, ging um den Tisch herum und legte George die Hand auf die Schulter. »Verzeihen Sie die Störung, aber wir müssen jede Spur verfolgen, so abwegig sie auf den ersten Blick erscheinen mag.«

»Diese Spur ist tatsächlich sehr abwegig«, erwiderte George. »Wir sind Engländer, was unschwer an meinem Namen zu erkennen ist. Sechs Jahre nach meiner Geburt zogen wir von High Peak nach Wuppertal, weil mein Vater eine Stelle beim Forschungskonzern Bayer angenommen hatte. Dort war er bis vor fünf Jahren tätig. Seit 2016 leben meine Eltern wieder in ihrer Heimatstadt. Ich habe mich dazu entschieden, in Wuppertal zu bleiben. Nicht nur wegen des Sports, den hätte ich auch in England ausüben können, sondern vor allem, weil ich hier in meinem erlernten Beruf eine gute Anstellung gefunden habe. Aber ich kann Ihnen gerne meine Geburtsurkunde zeigen.« Er erhob sich und kehrte wenig später mit dem Dokument in der Hand zurück.

»Hm«, brummte Herbert und studierte die Akte. »Im Unterschied zur Abstammungsurkunde, die leider abgeschafft worden ist, muss in einer Geburtsurkunde nicht zwingend auf eine Adoption verwiesen werden. Das liegt im Ermessen der Adoptiveltern.«

Mathilde schob ihre Brille zurecht, stand auf und griff nach ihrer Handtasche. »Wir werden Herrn Williams in dieser Angelegenheit wohl oder übel vertrauen müssen.«

Sie verabschiedeten sich und standen wenig später vor Herberts Zweitwagen.

»Ist es sinnvoll, die Staatsanwaltschaft einzuschalten und ein Ermittlungsersuchen nach England zu schicken?«, fragte Mathilde und zog den Reißverschluss ihres Parkas hoch.

»Das bringt uns kein Stück weiter, zumindest nicht in absehbarer Zeit. Solche Verfahren können sehr langwierig sein. Außerdem braucht es dafür einen sehr guten Grund. Dafür reicht ein wenig Ähnlichkeit nicht. Aber du als Reporterin kannst versuchen, mit den Eltern von George Kontakt aufzunehmen. Google mal nach *Williams Bayer Forschung* oder so ähnlich«, schlug Herbert vor, öffnete die Beifahrertür und deutete einladend auf den Sitz.

»Ich gehe das Stück von hier zur Mirker Höhe zu Fuß. Ein strammer Marsch wird mir guttun und helfen, meine Gedanken zu sortieren. Warum fährst du eigentlich immer deinen Zweitwagen?«, wollte Mathilde wissen und setzte ihre Schirmmütze auf.

»Florian liebt die BMW 5er Limousine, soll er sie ruhig für seine Einsätze nutzen. Er ist in einer anderen Sache unterwegs.« Herbert öffnete die Fahrertür des Fords. »Die Ähnlichkeit zwischen Williams und Stein ist so stark, ich mag nicht recht glauben, dass das ein Zufall ist.«

»Ach, habe ich dir erzählt, wer ein Adoptivkind ist?«
Mathilde schaute ihren Neffen fragend an.

»Nein, wer?« Herbert ließ sich auf den Fahrersitz fallen
und steckte den Schlüssel ins Zündschloss.

»Sabina Döring wurde im Alter von drei oder vier Jahren adoptiert, stammt ursprünglich aus Ostdeutschland.
Wir haben also bereits ein Adoptivkind«, stellte Mathilde
fest. »Außerdem stoßen wir in dieser Geschichte häufig
auf die Zahl Dreißig«, fügte sie nachdenklich hinzu.

»Die Zahl Dreißig«, wiederholte Herbert. »Also …
Bernd Bauer lebte seit dreißig Jahren in der Neuenhofer
Straße, und auch Stein lebte in etwa so lang in der Wohnung in der Germanenstraße. Zumindest sagen das die
älteren Nachbarn der beiden. Fakten sind etwas anderes,
aber nun gut.«

»Unser Adoptivkind Sabina ist vierunddreißig Jahre
alt, der junge Doppelgänger Steins ist fünfunddreißig.
Ausnahmen bilden Jennifer und Justus mit ihren achtzehn und fünfundzwanzig Jahren«, ergänzte Mathilde.
»Ich werde mich daheim als Erstes mit den Dörings und
den Williams' beschäftigen. Anschließend sehen wir weiter.«

Herbert nickte zustimmend und machte Anstalten, die
Autotür zu schließen.

»Eine Sekunde noch«, hielt Mathilde ihn von seinem
Vorhaben ab. »Deine Mutter kommt für eine Woche
nach Wuppertal. Sie reist übermorgen an. Natürlich
wird sie bei mir übernachten, aber ich hoffe, du wirst
etwas mit den Kindern und ihr unternehmen.«

Seufzend zwirbelte Herbert seinen Schnurbart. »Das
leidige Thema. Ich bin zu beschäftigt, um Mutter stän-

dig in Rosenthal zu besuchen. Das bringt mein Job als leitender Beamte leider mit sich.«

»Aber ein Telefon besitzt du, Lieblingsneffe«, sagte Mathilde mahnend. »Grüß Jasmin und die Kinder von mir. Ich melde mich, wenn ich etwas herausgefunden habe.«

*

»Bis später. Ich wünsche euch viel Spaß.« Franz Köster lächelte seiner Frau ein letztes Mal zu, bevor er die Autotür zuzog und den Rückwärtsgang einlegte.

Tina Köster lächelte zurück und machte sich an den Abstieg zur im Tal liegenden Hundeschule. Mariechen war zu Hause geblieben, die Komondor-Hündin hatte keinen ausgeprägten Bewegungsdrang und war in der Regel zufrieden mit ihrem Auslauf im Museumsgarten. Maggy hingegen war ein Wirbelwind, anderen Hunden gegenüber jedoch zunächst zurückhaltend. In der Hundeschule, die um das ehemalige Cronenberger Freibad Hütterbusch angesiedelt war, hatte Tina eine kleine Gruppe gefunden, mit der sie sich in regelmäßigen Abständen sonntags zum unbeschwerten Hundespiel traf. Im Sommer gab es für die Hunde sogar ein Schwimmangebot, im Winter jedoch war das Schwimmbecken leer.

Tina summte fröhlich vor sich hin und freute sich, dass es heute nicht schneite. Bei Schneefall konnte es hier im Wald ziemlich glatt sein. Sie sah die drei anderen Gruppenmitglieder mit ihren Hunden bereits auf der Wiese stehen und angeregt miteinander plaudern. »Maggy, du kannst jetzt laufen, der Bub und die Mädels warten schon auf dich.« Sie leinte die Hündin ab, ließ sie vorauslaufen und ging ihr ruhigen Schrittes hinterher.

»Hallo, ihr Lieben«, begrüßte sie die Sonntagsgruppe, als sie die kleine Gesellschaft erreicht hatte.

»Tina, meine Güte, wie geht es dir?«, rief Mareike Adam, die Besitzerin der braun-weiß gefleckten Jack Russel Terrier-Hündin Jacky. »Die Elfie hat mir alles erzählt. Die Polizei war bei euch. Oh mein Gott! Das hat ihr die Miriam berichtet, und die hat es von deiner Nachbarin. Das hat gewiss mit den Mordfällen im Dorf zu tun. Kannst du nachts überhaupt schlafen? Habt ihr Polizeischutz? Die Hunde schlagen doch beim geringsten Anlass Alarm. Wie konnte bei euch jemand ins Haus eindringen? Habt ihr wirklich nichts bemerkt?«

Schlagartig fiel ein Schatten über Tinas Gesicht. Sie hatte sich vom Hundetreff Ablenkung von ihren Sorgen erhofft, doch anscheinend würde sie sich auch hier mit der Geschichte auseinandersetzen müssen.

»Überfall Tina doch nicht so, Mareike«, mischte sich Sabina Döring ein. Tina mochte die Frau mit dem Saarlooswolfhund, die seit knapp drei Monaten Teil der Gruppe war, ausgesprochen gut leiden und lächelte sie dankbar an. Hier akzeptierten sie die ungewöhnliche Hunderasse, und der junge Rüde genoss die tierischen Kontakte merklich.

»Entschuldige bitte, Tina, aber ist es nicht schrecklich? Ich habe furchtbare Angst und einen Schlüsseldienst damit beauftragt, bei uns zusätzliche Riegel anzubringen«, plapperte Mareike aufgeregt weiter. »Schließlich ist unsere süße Jacky nicht als Wachhund zu gebrauchen. Sei froh, dass du in Velbert-Neviges wohnst, Sabina. Außerdem hast du Voltaire an deiner Seite. Wir hier in Cronenberg sind diesem frei herumlaufenden Psychopathen schutzlos ausgeliefert.«

»*Noch* wohne ich in Neviges, bald jedoch werde auch ich zur Cronenbergerin. Ich habe ein Haus in der Nähe des Truck Stop-Restaurants geerbt«, murmelte Sabina und warf ihren langen Zopf über die Schulter.

»Nein! Wirklich?«, mischte sich Ramona Volkmann in das Gespräch ein. Ihre vollen Wangen waren vor Aufregung und Kälte gerötet und ihre kurzen, dunkel gefärbten Haare unter einer Kunstfellmütze verborgen. »Sabina, das erzählst du uns erst jetzt?«

»Es ging alles ganz schnell«, fuhr Sabina zögerlich fort. »Mein Onkel ist völlig überraschend an einem Herzinfarkt verstorben, ja und jetzt bin ich frisch gebackene Hausbesitzerin.«

»Da werden deine Eltern sich gewiss sehr freuen«, stellte Mareike fest und zog den Kragen ihrer Jacke hoch, sodass ihre dünnen, halblangen Haare darin verschwanden.

»Mareike, wie kannst du so etwas sagen?«, entrüstete sich Ramona, deren Dalmatiner-Hündin Lucy mit den anderen Hunden ausgelassen über das Gelände tobte. »Dir fehlt jegliches Feingefühl. Sabina, mein herzliches Beileid. Wann ist denn die Beerdigung? Sind deine Eltern aus Hessen angereist?«

»Mein Onkel wurde verbrannt, und die Urne ist bereits beigesetzt«, entgegnete Sabina hastig. Sie wandte leicht den Kopf und rief: »Voltaire, nicht so wild. Du überrennst die kleine Jacky ja.«

»Ich wollte nicht unsensibel sein, meine liebe Ramona«, rechtfertigte sich Mareike. »Ich gönne es dir einfach,

Sabina. Du hast etwas Glück verdient, nachdem du seit Jahren hart in der ambulanten Krankenpflege schuftest. Wirst du jetzt zu einem Wuppertaler Pflegedienst wechseln?«

»Meine Arbeitsstelle werde ich zunächst behalten«, erwiderte Sabina ausweichend.

»Zurück zu dir, Tina.« Mareike wandte ihr Augenmerk wieder Tina zu. »Jetzt erzähl.«

»Die Situation ist einfach grauenvoll. Bei uns wurden Teddybären zerstört. Ja …«, sie senkte die Stimme, »die Polizei vermutet einen Zusammenhang mit den Toten in der Redaktion und der Metzgerei. Wer hat Interesse daran, unsere Bären aufzuschlitzen?« Tinas Augen füllten sich mit Tränen. »Wir haben Polizeischutz.« Sie ging die paar Schritte zur Bank, zog ein Taschentuch aus der Jackentasche und wischte damit über die Sitzfläche. Anschließend ließ sie sich seufzend darauf nieder. »Ich muss mich setzen, meine Knie bereiten mir wieder Probleme.«

Die anderen Frauen folgten ihr, und Mareike nahm neben ihr Platz. »Polizeischutz. Wie aufregend.« Ihre Augen glänzten vor Begeisterung. »Habt ihr Tag und Nacht einen Beamten zu Gast?«

»Quatsch.« Tina schüttelte leicht genervt den Kopf. »Zwei Streifenpolizisten fahren in regelmäßigen Abständen bei uns vorbei. Dabei haben sie gleichzeitig ein Auge auf die umliegenden Gebäude.«

»Unter Polizeischutz stelle ich mir etwas anderes vor«, mischte sich Sabina ein. »Was meinst du mit *in regelmäßigen Abständen*? Ich mache mir große Sorgen um euch.«

»Bei uns sind sie exakt um zehn Minuten vor jeder vollen Stunde. Einer steigt aus und geht einmal komplett um unser Haus herum. Wir befürchten, dass dieser Verrückte über die Terrasse hinter dem Haus einsteigt und direkt ins Wohnzimmer gelangt. Franz, die Hunde und ich schlafen für gewöhnlich etwas abseits. Unser Haus ist sehr groß. Das Schlafzimmer liegt außerhalb unserer Erdgeschosswohnung, eine halbe Treppe höher und zur anderen Straßenseite hin. Wir genießen die Ruhe dort. Aber das weißt du ja, du warst schließlich bereits dreimal bei uns«, gab Tina bereitwillig Auskunft. »Doch jetzt …«, sie machte eine bedeutungsvolle Pause, »jetzt schläft Maggy im Wohnzimmer. Wenn ab sofort ein Einbrecher versucht, ins Haus zu gelangen, hat er die Rechnung ohne sie gemacht.«

Aufgeregtes Hundegebell unterbrach die Unterhaltung. Mareike sprang auf und kreischte: »Jacky, ich glaube, sie hat sich im Gebüsch verfangen. Ramona, bist du so lieb und hilfst mir?«

»Soll ich …«, setzte Tina an.

»Nein, nein, denk an deine Knie. Mareike und ich schaffen das schon. Bleib sitzen«, wehrte Ramona ab. Sie hakte Mareike unter und ging mit ihr zum Waldrand.

»Was ist mit Mariechen?«, nahm Sabina den Faden wieder auf.

Tina freute sich über ihr Interesse. »Im Flur vor der Haustür haben wir ihr ein Übergangsbett eingerichtet. Sie wacht quasi vorne und Maggy hinten. Jetzt kommt keiner mehr rein.«

»Hör mal, Liebes. Soll ich morgen zum Mittagessen kommen?« Sabina lächelte sie liebevoll an. »Etwas quatschen wird dir guttun. Ich habe Zeit, mir Urlaub ge-

nommen, du weißt schon, die Beerdigung, das Haus …«
Sabina rollte mit den Augen.

»Was ist mit Dienstag?«, überlegte Tina. »Ich hätte Appetit auf Burgunderbraten in Rotweinsoße.«

»Eigentlich wäre mir direkt morgen lieber.« Sabina schenkte Tina erneut ihr hübsches Lächeln. »Aber wenn es dir zu viel ausmacht, morgen einkaufen zu gehen und zu kochen, dann passt mir auch der Dienstag.«

»Blödsinn«, wiegelte Tina ab. »Sagen wir morgen um zwölf Uhr?«

»Sehr gerne«, erwiderte Sabina, beugte sich zu ihr nieder und hauchte einen zarten Kuss auf Tinas Wange.

*

Konzentriert öffnete Justus Farmer sein E-Mail-Programm und suchte nach der PGP-verschlüsselten Nachricht von *Zorro123*. Er las sie ein weiteres Mal und schrieb endlich seine Antwort. Er hatte sämtliche Fotos und Videos der letzten Tage erneut angesehen und alles akribisch dokumentiert. Eine solche Gelegenheit würde er so schnell nicht wieder bekommen. Der Klingelton seines Smartphones riss ihn aus seinen Überlegungen. Er blickte aufs Display und runzelte die Stirn. Jennifer war schön, gut im Bett und ganz unterhaltsam, doch in diesem Moment nervte ihn ihr Anruf. Er stöhnte und atmete tief durch. »Hi, Jen, alles gut?«

»Hör mal, Kaya und ich haben etwas Interessantes herausgefunden«, hörte er Jennifer begeistert sagen. »Die Mordfälle hängen miteinander zusammen.«

»Wie bitte? Welche Mordfälle?«

»Justus, stell dich nicht doof. Natürlich die Morde an Bernd Bauer und Otto Stein.«

»Ich arbeite gerade hoch konzentriert an meiner Masterarbeit, was interessieren mich jetzt Dinge, um die sich die Kriminalpolizei zu kümmern hat? Bauer wird dich nicht mehr belästigen, das ist gut. Alles andere braucht uns nicht zu interessieren.«

»Warte mal ab, was ich zu erzählen habe. Kaya und ich waren bei Frau Krähenfuß.«

Justus sog scharf die Luft ein. »Und warum wart ihr bei der Pressetante, wenn ich fragen darf?«

»Ihre Haushälterin ist Kayas Tante, ist das nicht ein Ding? Die Welt ist klein. Ich habe im Internet ein Foto von Otto Stein entdeckt. Hab ein kleines bisschen Detektivin gespielt.«

»Detektivin. Du. Aha. Hast du keine anderen Sorgen?«

»Aber Justus, Stein sieht aus wie unser George aus dem Verein. Ehrlich. Die Ähnlichkeit ist voll krass.«

Justus trommelte ungeduldig mit den Fingern auf die Schreibtischplatte »Und? Was soll mir das sagen? Jeder Mensch hat irgendwo auf der Welt einen Doppelgänger herumlaufen.«

»Justus, *niemand* sieht aus wie George. Er ist ja nicht direkt hässlich und auf jeden Fall ein cooler Typ, aber diese Proportionen, dieser Kiefer, komm schon, das kann kein Zufall sein.«

»Halt dich einfach aus dieser Geschichte raus. Ich jedenfalls habe Wichtigeres zu tun. Meine Masterarbeit macht keine Semesterferien.« Grußlos beendete er das Telefonat.

*

Mathilde hatte Ingo am heutigen Abend ihrer Haushälterin zur Verfügung gestellt, damit diese morgen früh als Erstes ihren Einkauf tätigen konnte. Sie erwarteten Roswitha am Mittwoch, und Martha hatte bereits die Menüs für die kommenden Tage geplant. Bei dem Gedanken daran musste Mathilde schmunzeln. Ihre Schwester verstand sich gut mit ihrer Haushälterin, doch die beiden hatten unterschiedliche Vorstellungen von der Haushaltsführung und gerieten in der Küche schon mal aneinander. Für gewöhnlich besuchte Mathilde ihre Schwester an den Wochenenden in Rosenthal, um die Landluft und Roswithas Kochkünste zu genießen. Ein Gegenbesuch von Roswitha in Wuppertal kam eher selten vor. Meistens war der wahre Grund für ihre Anreise, dass sie ihre zwei Enkelkinder, ihren Sohn und ihre Schwiegertochter wiedersehen wollte.

»So, wollen wir mal schauen, was das Internet zu bieten hat«, murmelte sie vor sich hin und gab *Manfred und Erika Döring Allendorf* in die Suchmaschine ein. Sie erfuhr, dass Erika sich im Bürgerverein engagierte und ihr Mann Inhaber eines Modellbaugeschäfts war, dessen Schwerpunkt im maritimen Bereich lag. Die Fotos zeigten eine mollige Frau mit roten Wangen und altmodischem Kurzhaarschnitt mit Dauerwelle. Manfred Döring sah aus wie ein klassischer Bauer mit schütterem Haar und Schnurrbart. Im Telefonbuch fand Mathilde Nummer und Anschrift des Ehepaars. Sekunden später hatte sie Manfred Döring in der Leitung. Mit wenigen Worten schilderte sie dem Sechsundsechzigjährigen die Situation.

»Und wie kann ich Ihnen helfen?«, wollte Manfred wissen. »Hier auf dem Land sind wir weit ab vom Schuss.

Außerdem haben wir den Kontakt zu unserer Adoptivtochter abgebrochen, nachdem sie mit diesem Schuft durchgebrannt ist. Sie ist alt genug und muss sehen, wie sie zurechtkommt. Meine Frau ist schwer krank, muss mehrmals in der Woche zur Dialyse, lassen Sie uns bitte in Ruhe. Wir wollten Sabina ein gutes Leben ermöglichen, und jetzt arbeitet sie als Nutte.«

»Beruhigen Sie sich, Herr Döring«, erwiderte Mathilde. »Hier geht es nicht nur um Ihre Tochter, sondern darum, dass sie in irgendeiner Verbindung mit grausamen Hinrichtungen von alten Männern steht.«

Eine Weile blieb es still am anderen Ende der Leitung. Endlich hörte sie Manfred mit leiser Stimme sagen: »Was möchten Sie von mir wissen?«

»Wie kam es zu dieser Adoption?« Mathilde öffnete ein Word-Dokument.

»Nun ja, die Zeit damals war für Deutschland und uns Deutsche sehr aufwühlend. Im Osten herrschte ein einziges Durcheinander. Wir selbst konnten zu unserem Leidwesen keine Kinder bekommen und wollten mit einer Adoption nicht nur uns, sondern vor allem dem Kind etwas Gutes tun. Also haben wir Kontakt mit einer Vermittlungsagentur aufgenommen. *Kinder in Not* hieß die. Gibt es heute jedoch nicht mehr. Die hat uns auf Sabina aufmerksam gemacht, und wir waren entzückt von dem kleinen, zarten Lockenköpfchen.« Manfred seufzte schwer.

»Haben die Leute vom Amt Ihnen etwas über Sabinas Herkunft berichtet?«, hakte Mathilde nach.

»Das war tatsächlich etwas mysteriös. Sabina war ein Opfer der Unruhe dieser Zeit, hatte keine Geburtsurkunde, ihr Alter wurde geschätzt. Streng genommen hat sie nicht einmal einen offiziellen Geburtstag. Wissen Sie, die Leute reden immer, dass das damals nach dem Mauerfall die friedlichste Revolution aller Zeiten war, aber das stimmt so nicht. Viele sind damals Anschlägen zum Opfer gefallen. Normalbürger mit gewalttätigen Tendenzen gab es immer, auch zu dieser Zeit. Und die nutzten das damalige Chaos. Mehr kann ich Ihnen nicht dazu sagen. Sabine war ein Waisenkind, mehr hat uns, ehrlich gesagt, nicht interessiert«, fuhr Manfred fort.

»Können Sie mir die Adresse des zuständigen Amts zukommen lassen?«, fragte Mathilde hoffnungsvoll.

»Nein, das ist zu lange her. Sabina lebt seit sechzehn Jahren nicht mehr bei uns. Wir haben alles, was in einem Zusammenhang mit dem Flittchen steht, vernichtet und keine Kraft mehr«, gab Manfred mit bebender Stimme Auskunft.

»Hm«, murmelte Mathilde. »Das werde ich akzeptieren müssen. Aber sollte Ihnen irgendetwas einfallen, wenn es auch nur eine Kleinigkeit ist, scheuen Sie sich nicht, mich zu kontaktieren. Können Sie meine Telefonnummer auf Ihrem Gerät sehen?«

»Ja, das kann ich, aber ich werde mich nicht bei Ihnen melden. Auf Wiederhören.« Es knackte in der Leitung. Manfred Döring hatte das Telefonat beendet.

Montag, 18. Februar

»George«, rief Kaya Azikiwe über den Parkplatz. Sie ließ die Fressnapf-Filiale auf der Einkaufsmeile im Elberfelder Ortsteil Steinbeck hinter sich und eilte auf die zwei vor dem Eingang des Aldi Discounters stehenden Personen zu. An der Seite ihres Kollegen vom BTG entdeckte sie eine sehr attraktive Blondine, die einen der unheimlichsten Hunde an der Leine hielt, den sie bisher gesehen hatte. Im Stillen überlegte sie, ob sie Georges neue Freundin war.

»Hey, Kaya, geht's noch?« George funkelte sie böse an. »Jennifer und du habt mir den Bullen und diese Pressetante von der Gazette auf den Hals gehetzt. Noch nie was von Sportsgeist gehört?«

»Komm mal runter, George«, blaffte Kaya zurück und stellte ihre Einkaufstasche auf dem Boden ab. Unter dem Aldi-Vordach waren sie vor dem Nieselregen geschützt, und der Boden war trocken. »Ich möchte dir nicht zu nahe treten, aber, hey, du siehst echt aus wie eine jüngere Ausgabe Otto Steins. Findest du das nicht gruselig? Eine ältere Kopie von dir hing in der Metzgerei am Fleischerhaken.«

»Spinnst du eigentlich? Ich kenne den Typen nicht«, regte sich George weiter auf, und das unheimliche Tier begann leise zu knurren.

»*Du* spinnst«, konterte Kaya. »Du kannst die Ähnlichkeit nicht leugnen. Jen hat den Typen im Internet gegoogelt. Einfach aus Neugierde. Sie und ihr Freund Justus kannten das erste Opfer persönlich. Was Jen mir über Bauer erzählt hat, ist abscheulich.«

»Jen sollte sich lieber aufs Training und ihr Abitur konzentrieren. Ich habe mit diesem Mist nichts zu schaffen«, ärgerte sich George.

»Macht dich die Ähnlichkeit nicht stutzig? Mal ehrlich, du gleichst deinen Eltern überhaupt nicht. Vielleicht bist du doch adoptiert worden und weißt nichts davon. Jen und ich meinen es nur gut mit dir.« Kaya stemmte kämpferisch die Hände in die Hüften. »Vielleicht umgibt dich ein Geheimnis?«

»Pass auf, was du sagst, sonst sind wir keine Freunde mehr.« George ballte die rechte Hand zur Faust. »Gut, ich ähnele Stein, und? Was nützt diese ach so tolle Erkenntnis diesem schnauzbärtigen Affen von der Polizei, der zu blöd ist, diese Mordfälle aufzuklären? Lasst mich und meine Eltern einfach in Ruhe.« George stapfte fest mit dem Fuß auf, und die Blondine legte ihm beschwichtigend die Hand auf die Schulter. »Reg dich nicht auf. Vergiss es einfach«, sagte sie.

»Vergessen? Diese Krähe von der Zeitung hat gestern Abend meine Eltern angerufen und sie allen Ernstes gefragt, ob sie mich adoptiert und mir das aus irgendeinem Grund verschwiegen hätten. Du kannst dir die Reaktion meines Vaters vorstellen. Er sagte mir, er habe der Pressetante ordentlich den Marsch geblasen.« Das graue, wolfsartige Tier knurrte lauter.

»Alles ist gut, Voltaire«, beruhigte die Blonde ihren Hund.

»Ist das ein Hund? Er sieht aus wie ein …«, Kaya zögerte, »wie ein Wolf.«

»Voltaire ist von beidem etwas«, gab die Blonde bereitwillig Auskunft.

»Ist der brav?«, hakte Kaya nach und warf einen beunruhigten Blick auf den Rüden.

»Sabina, wir haben heute viel vor«, unterbrach George die Frauen und deutete mit dem Finger auf seinen dunkelgrauen SUV von Land Rover.

Die Aldi-Verkäuferin schob Martha das Kartenlesegerät hin und lächelte freundlich. »Brauchen Sie einen Beleg?«

»Nicht nötig«, murmelte Martha und gab Mathildes Geheimzahl ein. »Ich wünsche Ihnen einen schönen Tag.« In Gedanken ging sie die Speisepläne für die nächsten Tage durch. Sie hatte sich vorgenommen, Roswitha Mucke mit ihren Kochkünsten zu becircen. Munter vor sich hin summend, schob sie den Wagen durch die Tür – und blieb wie angewurzelt stehen. »Kaya«, entfuhr es ihr überrascht. »Was für eine schöne Überraschung. Und der liebe junge Mann ist auch hier. Herr Williams, ich bin ein großer Fan von Ihnen und freue mich auf den nächsten Wettkampf.«

George runzelte verwundert die Stirn. »Woher kennen wir uns?«

»Och, erinnern Sie sich nicht an mich? Das ist aber schade. Ich komme doch ganz oft zu den Wettkämpfen, um Kaya anzufeuern.«

»Meine Tante ist die Haushälterin von Frau Krähenfuß«, warf Kaya ein.

George brummte etwas Unverständliches vor sich hin.

»Ein Saarlooswolfhund.« Martha klatschte begeistert in die Hände. »Meine Schwester besaß einmal so ein Tier. Na, du Süßer, lässt du dich kraulen?« Martha rückte den Einkaufswagen zur Seite und bewegte sich langsam auf den Hybrid zu.

»Seien Sie vorsichtig. Voltaire mag nicht jeden«, warnte die Frau mit dem langen, blonden Zopf, doch Martha ließ sich nicht beirren. Sie zeigte dem Rüden ihre geöffneten Handflächen, und er legte sacht seinen Kopf darauf. Behutsam zog Martha eine Hand wieder weg und kraulte ihn hinter den Ohren. »Voltaire? Sind Sie etwa Sabina Döring? *Die* Sabina Döring? Ich glaube, Mathilde weiß gar nicht, dass Sie mit dem lieben George befreundet sind. Oder ist er ein Frei…«, sie brach verlegen ab und warf einen verstohlenen Blick auf ihre Nichte.

»Wie transportierst du den ganzen Kram zur Mirker Höhe? Du hast doch kein Auto.« Irritiert deutete Kaya auf Marthas gut gefüllten Einkaufswagen.

»Mathilde hat mir den Wagen überlassen und sich ein Taxi nach Ronsdorf genommen. Dort findet eine außerordentliche Redaktionssitzung der Gazette statt. Sie besprechen die Erweiterung des Online-Angebots. Vor zwanzig Uhr erwarte ich sie nicht«, berichtete Martha. Sie trat ein paar Schritte zurück und warf einen letzten liebevollen Blick auf den Rüden. »Frau Döring, trainieren Sie auch im BTG?«

»Wir müssen weg.« Die Angesprochene nahm Georges Hand und zog ihn zum Parkplatz. »Machen Sie es gut.«

»Ciao, Tante Martha, ich muss auch weiter,« kündigte Kaya an. »Grüße bitte Frau Krähenfuß von mir. Ich finde sie echt cool, und Peter und Paul sind herzallerliebst.« Sie griff nach ihrer Einkaufstasche und kehrte Martha den Rücken.

Nachdenklich blickte sie ihr hinter her. Schließlich schob sie den Einkaufswagen an den Autos vorbei. Sabina Döring und George Williams kannten sich nicht nur, sondern waren allem Anschein nach enger befreundet. »Mathilde wird staunen, was die liebe Martha herausgefunden hat«, murmelte sie vor sich hin.

*

Er stieß einen Fluch aus und warf einen Blick auf seine Armbanduhr. Diesmal würde eine E-Mail nicht schnell genug sein, vielleicht nicht mehr rechtzeitig gelesen werden. Er selbst konnte sich um dieses Problem unmöglich kümmern, ihm fehlten die Zeit und die Kraft. Hastig nahm er sein Smartphone in die Hand und drückte auf das auf dem Display gespeicherte Icon. Sekunden später hörte er die vertraute Stimme fragen: »Hey, was ist los?«

»Es gibt eine Komplikation«, erwiderte er bestimmt. »Du musst etwas für mich erledigen. Es wird dir außerdem nützlich sein und Spaß machen.«

Minuten später beendete er das Telefonat und atmete erleichtert auf. Er wusste, auf wen er sich in Ausnahmesituationen verlassen konnte.

*

Gut gelaunt ließ Martha die Haustür hinter sich ins Schloss fallen. Anschließend quetschte sie sich an Ingo vorbei und ging vorsichtig die Garagenauffahrt hinunter. Obwohl es heute nicht geschneit hatte, war es matschig und stellenweise glatt. Als sie sicher auf der Straße angekommen war, marschierte sie zielstrebig an den kleinen Häusern der ehemaligen Gartensiedlung vorbei. Martha hatte keine Eile. Sie erwartete Mathilde erst in frühestens zwei Stunden und war mit der Vorbereitung des Abendessens bereits fertig. Die selbstgemachte Pizza musste sie später nur noch in den Ofen schieben. Es sprach nichts gegen einen kleinen Plausch mit Frau Klaminski, die ein Häuschen am anderen Ende der Siedlung bewohnte. Stramm marschierte sie auf die scharfe Kurve zu und hielt dort kurz an, um den Ausblick über die abendliche Stadt mit ihren wie Sterne in der Dunkelheit funkelnden Lichtern einen Moment lang zu genießen. »Immer wieder schön, so friedlich …«, sagte sie leise und sog tief die kühle Abendluft ein.

Auf einmal spürte sie eine Bewegung hinter sich und etwas Nasses presste sich auf ihre Lippen. Erschrocken wandte sie den Kopf nach links, doch sie konnte nicht erkennen, wer ihr den Lappen auf den Mund drückte. Sie schnappte ängstlich nach Luft.

»Du hast es mir leicht gemacht, vielen Dank. Ich musste noch nicht einmal klingeln«, hörte sie im letzten Rest ihres Bewusstseins eine Stimme zischen. Sekunden später war alles um sie herum schwarz.

*

»Stimmt so.« Lächelnd reichte Mathilde dem Taxifahrer sein Geld und öffnete die Beifahrertür. Lotte, die während der Fahrt zu ihren Füßen gesessen hatte, sprang aus dem Wagen. Mathilde reckte ihren vom langen Sitzen während der Konferenz schmerzenden Rücken und stieg hinaus in die Dunkelheit. Ihr Magen knurrte, und sie konnte es kaum erwarten, endlich in Marthas selbstgemachte Pizza zu beißen. Sie hatte sich Pizza Frutti Di Mare gewünscht und dazu einen frischen Salat mit schwarzen Oliven und Schafskäse. Von dem Taxifahrer hatte sie sich an der Opphofer Straße absetzen lassen, damit Lotte auf dem Weg nach Hause ihre Geschäfte erledigen konnte. Sie schritt zügig aus und genoss den kurzen Spaziergang. In Gedanken ging sie ihr gestriges Telefonat mit Bob Williams erneut durch. Georges Vater war mit Gewissheit kein Mensch, mit dem sie weiteren Kontakt wünschte. Sie schüttelte den Kopf, um die Gedanken an das Telefonat zu vertreiben. Wahrscheinlich war die Ähnlichkeit zwischen Otto Stein und George Williams doch einfach ein unbedeutender Zufall.

»Ist unsere Miniaturwelt nicht schön, Lotte?« Sie ging an den Häuschen mit den erleuchteten Fenstern vorbei, hielt an der Abbiegung kurz an, um die phänomenale Aussicht über Wuppertal zu bestaunen, und eilte schließlich die letzten Meter zu ihrem Knusperhäuschen.

»Was …«, entfuhr es ihr erstaunt, während sie auf den vor Ingo am Straßenrand abgestellten rosafarbenen VW Käfer starrte – eindeutig der Wagen ihrer Schwester Roswitha. Sie leinte Lotte ab und griff ins Innere ihrer Tasche. »Mensch, Mensch, Mensch, wo ist nur wieder der Haustürschlüssel …«, grummelte sie vor sich hin, als sich die Tür auch schon öffnete und die kleine, rundliche Gestalt ihrer Schwester im Rahmen erschien. Sie strahlte übers ganze rotwangige Gesicht, und im Schein der Küchenlampe glänzten ihre von einem rosa Hauch überzogenen weißen Haare. »Schwesterherz, endlich bist du da. Ich bin früher angereist.«

»Das sehe ich.« Mathilde schlang die Arme um Roswitha. Während sie sich aus ihrem Parka schälte, fragte sie: »Wo ist Martha?«

»Keine Ahnung, hier ist sie auf jeden Fall nicht«, erwiderte Roswitha achselzuckend, nahm ihr den Parka ab und hängte ihn an die Garderobe neben dem Eingang. »Ich habe den Tisch gedeckt, kenne mich schließlich gut aus. Zum Glück habe ich einen Zweitschlüssel, sonst hätte ich anderthalb Stunden in der Kälte auf dich warten müssen.«

»Anderthalb Stunden bist du bereits hier? Komisch. Wo ist bloß Martha?« Mit gerunzelter Stirn ging sie zum Küchentisch und ignorierte das aufgeregte Krächzen der Papageien im Wohnzimmer. Sie stellte ihre Tasche ab und suchte nach dem BlackBerry. Als sie es gefunden hatte, den amüsierten Blick ihrer Schwester geflissentlich übersehend, wählte sie die Handynummer ihrer Haushälterin. Nach einer gefühlten Ewigkeit ging die Mailbox an.

»Ist Erwin noch in Afrika?«, erkundigte sich Roswitha, während sie die Pizza in den Backofen schob.

»Ja, ja, ja«, murmelte Mathilde und versuchte ein zweites Mal, ihre Freundin zu erreichen. »Vielleicht besucht sie Frau Klaminski?«, überlegte sie laut und suchte die Nummer in ihrem Adressbuch. Rasch tippte sie auf *Anrufen*. »Guten Abend, Frau Klaminski. Entschuldigen Sie bitte die Störung. Ist Martha bei Ihnen?« Gespannt hielt sie den Atem an. »Nein?« Enttäuscht schob sie ihre Brille zurecht. »Danke. Ich wünsche Ihnen einen schönen Abend«, beendete sie das Telefonat.

»Ach, übrigens hat schon zweimal eine Wanda Azikiwe angerufen«, sagte Roswitha nebenbei, indem sie Mathilde gegenüber Platz nahm.

»Wanda? Das ist eine von Marthas Schwestern. Ihre Tochter war vor Kurzem bei mir zu Besuch.« In aller Kürze und aufs Wesentliche reduziert berichtete Mathilde Roswitha von den Ereignissen der letzten Tage. Sie hatte soeben ihren Bericht abgeschlossen, als das Festnetztelefon Alarm schlug. Mathilde sprang auf und schaute sich suchend nach dem Gerät um.

»Es liegt neben dem Herd«, bemerkte Roswitha.

»Krähenfuß«, nahm Mathilde das Gespräch entgegen. Eine Zeit lang lauschte sie stumm der aufgeregten Stimme Wandas. Mit bleichem Gesicht kehrte sie zu Roswitha an den Tisch zurück. »Ich werde unverzüglich meinen Neffen informieren, Wanda. Aber auch ihm sind vor Ablauf der vorgeschriebenen vierundzwanzig Stunden die Hände gebunden. Ich melde mich bei dir, sobald ich etwas in Erfahrung bringen konnte.«

»Alles in Ordnung? Du bist kalkweiß im Gesicht«, stellte Roswitha besorgt fest.

»Nichts ist in Ordnung«, entgegnete Mathilde leise. »Marthas Nichte Kaya ist immer noch nicht zu Hause. Sie wollte zur Fressnapf-Filiale an der Steinbecker Meile und anschließend eine Freundin besuchen. Bei der ist sie jedoch nicht gewesen. Ich habe ein sehr mulmiges Gefühl im Magen. Hier stimmt etwas nicht.« Entschlossen wählte sie Herberts Privatnummer.

Es dauerte nur eine halbe Stunde, bis die Türschelle Herberts Ankunft ankündigte. Mathilde ließ ihn ins Haus und rief aufgeregt: »Herbert, ich habe solche Angst um Martha. Gut, dass du direkt gekommen bist.«

»Kaya war mit ihrer Freundin Jennifer bei dir, um auf die Ähnlichkeit zwischen Otto Stein und ihrem Mannschaftskameraden George hinzuweisen«, stellte er etwas außer Atem fest, während er aus seiner Winterjacke schlüpfte und diese an die Garderobe hängte. »Jetzt ist Kaya verschwunden und Martha wahrscheinlich auch.« Er lächelte seiner am Küchentisch sitzenden Mutter flüchtig zu und zog sein Smartphone aus der Hosentasche. Mit über die Lippen gelegtem Zeigefinger lief er unruhig auf und ab. »Guten Abend, Herr Farmer. Jennifers Freundin Kaya ist spurlos verschwunden. Wir gehen von einer Entführung aus«, kam er ohne Umschweife zur Sache. »Wann haben Sie Jennifer zum letzten Mal gesehen?« Angespannt kniff er die Augen zusammen. »Sie sitzt bei Ihnen auf dem Sofa?« Erleichtert atmete er auf. »Lassen Sie sie nicht aus den Augen. Ich werde Ihnen einen Beamten vorbeischicken, der Jennifer sicher nach Hause und zu ihrer Familie bringt.« Etwas entspannter setzte er sich mit dem Smartphone am Ohr neben Roswitha an den Tisch und legte ihr seinen linken Arm um die Schultern. »Ja, das muss sein. Wir hegen den Verdacht, dass der Mörder von Bauer und Stein Kaya gekidnappt hat. Wenn er Kaya auf dem Schirm hat, ist es nicht auszuschließen, dass er vorhat, auch Jennifer aufzulauern. Irgendwie müssen die Frauen dem Typen auf die Füße getreten sein, und das muss mit Ihrem Sportsfreund George zu tun haben.« Er drückte Roswitha fest. »Es ist mir gleichgültig, dass George Ihnen versichert hat, die Toten nicht zu kennen und mit Stein weder verwandt noch verschwägert zu sein. Und jetzt geben Sie mir bitte Ihre Freundin.« Er nahm seinen Arm wieder von Roswithas Schultern und trommelte ungeduldig mit den Fingern auf die Tischplatte. »Frau Adesiyan? Hören Sie mir gut zu. Sie stehen ab sofort unter Polizeischutz und werden die elterliche Wohnung nicht eher wieder ohne Begleitung eines Beamten verlassen, bis ich Ihnen die Erlaubnis dazu erteile. Das dient zu Ihrem eigenen Schutz. Haben Sie verstanden?« Er hielt den Atem an. »Gut, sehr gut. Auf Wiederhören. Wir werden uns wieder bei Ihnen melden.« Er beendete das Telefongespräch und legte das Handy auf den Tisch.

»Um Himmels willen, Junge«, entfuhr es Roswitha. »Mathilde hat mich auf den Stand der Dinge gebracht. Kannst du nicht endlich einen Schreibtischjob annehmen? Ich mache mir fürchterliche Sorgen um dich.«

»Hallo, Mutter.« Herbert drückte ihr einen Kuss auf die Wange. »Ich mache mir gerade fürchterliche Sorgen um Kaya Azikiwe. Und natürlich um Martha.« Er wandte seinen Blick Mathilde zu. »Du hast Martha ebenso wie meine Mutter *auf den Stand der Dinge gebracht?*«

»Ich tausche mich immer mit Martha aus. Sie ist meine engste Vertraute«, rechtfertigte sich Mathilde.

»Martha mag deine Vertraute sein, aber wenn du ihr alles über die Mordfälle erzählst, bringst du sie in Gefahr«, konterte Herbert und zwirbelte seinen Schnurrbart.

Mathilde seufzte. »Du hast ja recht«, erwiderte sie zerknirscht. »Ich könnte es mir nie verzeihen, wenn ihr etwas geschieht.«

»Also halte dich in Zukunft zurück«, knurrte Herbert verärgert. »Wahrscheinlich ist es für dieses Mal zu spät und das Kind bereits in den Brunnen gefallen. Jedenfalls sind sowohl Martha als auch Kaya spurlos verschwunden.«

»Vielleicht haben die zwei durch Zufall etwas in Erfahrung gebracht, was uns nicht bekannt ist? Einen Hinweis auf den Täter? Etwas, das sie mir oder uns erzählen wollten?« Mathilde runzelte die Stirn. Plötzlich schnupperte sie. »Was riecht hier so komisch?«

»Oh nein.« Roswitha sprang wie von der Tarantel gestochen auf. »Die Pizza verbrennt.« Sie hastete zum Ofen, stellte ihn aus und holte die gut gebräunte Pizza heraus.

»Möglicherweise haben wir es auch mit einer *Täterin* zu tun«, bemerkte Herbert.

Mathilde stützte die Ellbogen auf den Tisch und den Kopf auf die Handballen ab. »Martha war heute Vormittag auf der Steinbecker Meile, um dort Lebensmittel für den Besuch deiner Mutter zu besorgen.« Konzentriert biss sie sich auf die Unterlippe. »Ihre Schwester hat mir soeben am Telefon berichtet, Kaya sei heute etwa um diese Zeit ebenfalls dort gewesen, um Katzenfutter zu kaufen. Ich könnte mir vorstellen, dass die beiden sich zufällig begegnet sind. Was weiß ich, auf dem Parkplatz möglicherweise. Irgendetwas muss dort vorgefallen sein.«

Eine Weile saßen sie sich schweigend gegenüber, jeder seinen eigenen Gedanken nachhängend.

Schließlich servierte Roswitha drei Teller mit den in letzter Sekunde geretteten Pizzastücken. »Ich befürchte, dass der Mord in der Metzgerei nicht der letzte gewesen sein wird. Wir müssen hoffen, dass Kaya und Martha lediglich verwahrt und freigelassen werden, wenn der Mörder zu Ende bringt, was er begonnen hat. Aber welcher Mörder verspürt Mitleid?« Mathilde schob ihren Teller von sich weg. »Danke. Mir ist für heute der Appetit vergangen.«

»Wir waren uns ziemlich früh darüber einig, dass die Morde Inszenierungen sind. Aber ich habe keine Ahnung, was der Zweck des Ganzen ist«, stellte Herbert fest und nahm einen Happen von der Pizza. »Ich werde unverzüglich den Polizeieinsatz in Cronenberg verstärken. Außerdem werden alle Personen, die bisher in irgendeinem und sei es noch so unbedeutenden Zusammenhang mit den Toten stehen, zu einem Konfrontationsverhör ins Präsidium bestellt. Und zwar für morgen Nachmittag um fünfzehn Uhr. Es darf keinen weiteren Toten mehr geben. Heute ist es leider schon zu spät, aber morgen früh schicke ich Hans zur Steinbecker Meile, um die Verkäuferinnen von der Fressnapf Filiale und vom Discounter zu befragen. Vielleicht ist jemandem etwas aufgefallen.«

*

Fast ehrfürchtig nahm er den Bären im schwarzen Anzug aus seiner Hosentasche. »Na, du Dreckskerl, würde es dir gefallen, den niedlichen Gesellen in den Händen zu halten?« Triumphierend blickte er auf den Mann, den er in sitzender Position an den alten weißen Tresor gelehnt hatte. Dieses Mal hatte er sich mit dem Äußeren der Leiche besondere Mühe gegeben und Lothar Seitz in einen schwarzen Anzug gekleidet. Das schwarze Messer hatte das weiße Hemd mit Blutflecken besudelt, das gefiel ihm in diesem Fall sehr gut. Lothar Seitz verströmte genau die richtige Dramatik. Die anderen hatte er zuerst erstochen, gewaschen und danach angezogen. Er war stolz auf sein Geschick im Umgang mit der Waffe und hatte sich sorgfältig auf die Taten vorbereitet. Ein Anatomie-Buch nach dem anderen hatte er im Vorfeld verschlungen. Wenn man einmal wusste, wo sich die richtige Stelle im Herzen befand, war alles ganz einfach. Er hatte trotzdem beim ersten Mal nicht daran geglaubt, dass tatsächlich nur geringfügig Blut floss, wenn das Messer in der Leiche belassen wurde. Das Töten war ihm leichter von der Hand gegangen, als er es sich in seinen kühnsten Träumen ausgemalt hatte.

Zufrieden drückte er dem Toten das Bärchen in die gefalteten Hände. In diesem Raum im Untergeschoss hatte er das Licht einschalten können, denn er war von der Hauptstraße aus nicht einsehbar. Das erleichterte ihm die nächtliche Arbeit. Heute waren bedeutend mehr Streifenwagen unterwegs, aber darauf war er vorbereitet gewesen. Jetzt löschte er das Licht und leuchtete mit seiner Taschenlampe den Boden ab, während er den Raum vorsichtig verließ und anschließend das Zimmer mit den Bilderrahmen, dem Schneidebrett und den Farbproben betrat. Nachfolgend huschte er die gebogene Treppe hinauf. Jetzt musste er Vorsicht walten lassen. Er atmete tief durch. Das Medikament, das seine Hustenanfälle unterdrückte, würde nur noch etwa eine Stunde anhalten. Er kniete sich auf den Boden und warf einen flüchtigen Blick auf das in einen schlichten Holzrahmen eingefasste Gemälde vom alten Cronenberger Wochenmarkt. Ihm lief die Zeit davon, und er robbte auf den Knien durch den Flur, vorbei an den in einem

Glasschrank ausgestellten antiken Kameramodellen. In seinem Rucksack befand sich ein Sack der anderen Art, einer, der aus stabilem schwarzem Jutestoff gefertigt war. In ihm hatte er die Leiche die wenigen Meter von seinem Fahrzeug zum Fotostudio transportiert. Sein schwarzer Sprinter Kastenwagen mit dem Logo und Schriftzug seiner Galerie verschmolz mit der Umgebung, dem kleinen Dorf in der Stadt. Niemand würde sich darüber wundern, dass ein Galerist vor dem Studio parkte. Er selbst war ganz in Schwarz gekleidet, ein dunkler Schatten in der Nacht. Mit der Lampe leuchtete er auf seine Armbanduhr. Es war zehn Minuten vor der vollen Stunde, und der Streifenwagen müsste jetzt das Teddybärenmuseum observieren. Jetzt galt es nur noch, den hinzugezogenen Patrouillen auszuweichen. Er rappelte sich auf und durchquerte in gebückter Haltung das Fotostudio. An der Tür angekommen, musste er sich ganz auf seine Sinne verlassen, vor allem auf sein Gehör. Konzentriert lauschte er in die Nacht. Nachdem er sich ziemlich sicher war, dass kein Streifenwagen in der Nähe war, stand er auf und öffnete die Tür. Nun musste er nur noch hinter sich abschließen, die wenigen Meter zu seinem Auto laufen und davonfahren.

Dienstag, 19. Februar

Joachim Hensel war in bester Stimmung an diesem Vormittag. Seine nächste Kundin erwartete er erst um vierzehn Uhr, somit blieben ihm drei Stunden Zeit, den exklusiven Rahmen aus rot und schwarz gefärbtem Kirschholz anzufertigen. Die Arbeit in seinem Fotostudio ging über das reine Fotografieren hinaus. Joachim verstand sich selbst als Fotograf und Rahmer. Er hatte das Studio von seinem Vater übernommen, der die ehemalige Filiale der Sparkasse umgebaut und restauriert hatte.

»Judy, komm, wir gehen runter«, sagte er liebevoll zu seiner schwarzen Hündin, die ihn täglich zur Arbeit begleitete und später von seiner Mutter ausgeführt werden würde. Er hörte das Tapsen ihrer Pfoten und lächelte, als sie ihn überholte und voraus zur Werkbank lief. Joachim betätigte den Lichtschalter und ging in die Mitte des Raums zum Tisch, den eine grüne Schneidematte schützte. Die vier Einzelteile des Rahmens hatte er bereits gestern zurechtgeschnitten, heute würde er sie zusammensetzen und die Fotografie einfügen.

Auf einmal fing Judy an zu bellen. Sie war in den ehemaligen Tresorraum der Sparkasse gelaufen, den er als Abstellraum nutzte.

»Was hast du denn, Mädchen?« Er trat über die Schwelle und schaute sich um. Es brauchte ein paar Augenblicke, bis er die Ursache für Judys Aufregung entdeckt hatte. Ihm schlotterten die Knie, sein Herz schlug ihm bis zum Hals, und er war unfähig, ein Wort herauszubringen. Es gelang ihm nur mit größter Willensanstrengung, die Hündin am Nacken zu packen und sie von der am Tresor lehnenden Männerleiche wegzuziehen.

*

»Gut siehst du aus, Mathilde.« Professor Erwin Wunderlich war braun gebrannt und strahlte sie vom Bildschirm ihres Computers aus an. Der Besuch bei Shari in Gaborone bekam ihm sichtlich gut.

»Hallo, Erwin. Jetzt ist nicht die Zeit für Belanglosigkeiten. Martha ist verschwunden.«

»Wie bitte?« Erwin war sichtlich entsetzt. »Was bedeutet, sie ist verschwunden?«

»Herbert und ich gehen mit ziemlicher Gewissheit davon aus, dass sie entführt worden ist. Hör mir bitte gut zu. Im Stadtteil Cronenberg treibt ein Serienmörder sein Unwesen. Und die Opfer sind allesamt Seniorenstudenten. Einer der drei hatte im Hauptfach Philosophie. Kennst du einen Bernd Bauer? Herr Vogel hat sich mit einem Kollegen von dir, mit Professor Mohn, über ihn unterhalten. Der hat ihn auf einen Streit zwischen Bauer und seinem fünfundzwanzigjährigen Kommilitonen Justus Farmer hingewiesen.« Mathilde holte tief Luft. »Mohn meinte, du würdest Justus Farmer besser kennen. Im Hauptfach studiert er allerdings Geschichte.«

»Ich kenne sowohl Justus Farmer als auch Bernd Bauer«, bestätigte Erwin nickend. »Bitte erzähl mir das Wesentliche. Vielleicht kann ich helfen.«

Mathilde begann ihren Bericht mit ihrem Besuch im Polizeipräsidium vor fünf Tagen. Sie beschrieb ihre zufällige Begegnung mit Franz Köster vom Teddybärenmuseum, erzählte von Sabina, dem Saarlooswolfhund, Jennifer, Justus, Kaya und George. »Und jetzt ein weiterer Toter. Im Fotostudio Hensel, Cronenberg. Lothar Seitz, fünfundsiebzig Jahre, studierte Biologie im Hauptfach und im Nebenfach …«

»Philosophie. Mich beschleicht ein sehr schlechtes Gefühl, meine Liebe, aber erzähl weiter.« Sein Gesichtsausdruck war erschreckend ernst.

»Herbert ist fuchsteufelswild. Trotz des verstärkten Polizeiaufkommens gibt es diese dritte in Szene gesetzte Leiche. Seitz wohnte in Wuppertal-Vohwinkel. Er lebte, so die Aussagen der Nachbarn, nicht zurückgezogen wie Bauer und Stein. Die Wohnung in der Ehrenhainstraße hatte er erst seit einem knappen Jahr angemietet, weil er nach dem Tod seiner Frau von Wülfrath nach Wuppertal umgezogen war«, fuhr Mathilde fort. »Soll gerne Kontrakt Rommé, eine Variante des klassischen Rommé Spiels für drei bis fünf Personen, gespielt haben.«

»Bekam Seitz auch Besuch von …«, Erwin machte eine bedeutungsvolle Pause, »von dieser Sabina Döring?«

Mathilde schüttelte den Kopf. »Die Nachbarn haben nichts dergleichen berichtet. In diesem Fall gibt es deutlich weniger Parallelen als bei Bauer und Stein.«

»Und wie es eine Parallele gibt, meine Liebe. Alle drei gehören zum *Club der alten Denker*. Justus Farmer konnte Bernd Bauer nicht leiden, was nicht verwunderlich ist. Schließlich verhielt er sich ihm und seiner Freundin gegenüber abwertend und rassistisch. Inwiefern Justus Differenzen mit den anderen Club-Mitgliedern hatte, weiß ich allerdings nicht. Jedenfalls sind drei von den fünfen tot.«

»Club der alten Denker?« Mathilde blickte den Professor fragend an.

»Die Männer haben sich so genannt«, gab Erwin Auskunft. »Es verband sie nicht nur die Entscheidung, im hohen Alter noch ein Studium zu beginnen, sondern auch ihre Neigung, sich aus den philosophischen Strömungen und politischen Tendenzen ihre eigene Welt zu kreieren.«

»Was darf ich darunter verstehen?«, hakte Mathilde nach und nahm einen Schluck Wasser.

»Sie hatten nicht das primäre Ziel, Bachelorarbeiten zu schreiben. Es ging ihnen mehr um die Sammlung von Informationen und weniger um einen Abschluss. Sie wollten ihre eigene Abhandlung herausgeben.«

»Nun, viele Menschen werden im Alter kreativ … Aber meinst du, der Täter oder die Täterin hat es auf alle Clubmitglieder abgesehen?«

»Der Verdacht liegt auf der Hand. Meiner Meinung nach sollte Herbert die verbliebenen Mitglieder, Robert Jung und Walther Mühl, unverzüglich unter Personenschutz stellen. Sie benötigen einen Bodyguard, der sie rund um die Uhr begleitet, bis ihr den Täter ermittelt habt«, sagte Erwin bestimmt. »Hättest du bloß eher mit mir über den Fall gesprochen. Den Tod von Lothar Seitz hätte ich durch meine Informationen vielleicht verhindern können.«

»Ach Erwin.« Mathilde seufzte. »Das sind interne Informationen der Polizei. Trotzdem bin ich froh, dich auch in diesem Fall ins Boot geholt zu haben. Was ist deine Meinung zu Justus Farmer? Er ist politisch engagiert, Leistungssportler und schreibt seine Masterarbeit im Hauptfach Geschichte«, fasste Mathilde zusammen.

»Ein hochmotivierter, intelligenter junger Mann. Vielleicht *zu* motiviert.« Erwin zögerte einen Moment. »In seiner Masterarbeit setzt er sich mit Gefängnisstrukturen, Macht und Gewalt auseinander.«

Die Wohnzimmertür öffnete sich geräuschvoll, und Mathilde zuckte erschrocken zusammen.

»Es schneit fürchterlich«, hörte sie ihre Schwester sagen. »Sieh dir bloß Lotte an. Sie ist mehr weiß als schwarz.«

»Einen Moment bitte, Roswitha. Ich skype mit Erwin. Er hat wichtige Hinweise zu den Mordfällen«, erklärte Mathilde.

Roswitha holte ein Handtuch aus dem Schrank und rubbelte Lotte trocken. Daraufhin ging sie zum Wohnzimmertisch, nahm sich einen der Stühle und schleppte ihn zu Mathildes Schreibtisch. Sie ließ sich darauf fallen und lächelte den Professor zur Begrüßung an.

»Was geschieht mit Menschen, wenn sie der totalen Überwachung ausgesetzt sind, sich weder allein waschen noch essen dürfen?«, überlegte Erwin und schürzte die Lippen. »Justus hat ständig solche Fragen gestellt. Ich finde ihn äußerst merkwürdig. Einerseits regt er sich verständlicherweise über Bauer und dessen Äußerungen über seine Freundin auf, andererseits fasziniert ihn alles, was mit Überwachung und Bestrafung zu tun hat. Ich möchte ihm nicht übel nachreden, aber ich wüsste zu gern, welche Geheimnisse sein Computer verbirgt. Obwohl ich ihn beim besten Willen nicht in einen Zusammenhang mit diesen Inszenierungen, diesen Präsentationen der Leichen an öffentlichen Orten bringen kann. Er interessiert sich nicht für Tote, sondern für Häftlinge in ihrer Gefangenschaft.«

»Mir fällt da etwas ein«, murmelte Mathilde und strich gedankenverloren über Lottes Fell.

»Was?« Erwin blickte sie fragend an.

»Als ich Justus in seiner Wohnung besucht habe, konnte ich einen Blick auf einen Zettel erhaschen.«

Nachdenklich nippte Mathilde an ihrem Wasserglas. »Auf dem Zettel stand: CLc/OmPJ,ker/NÜS.«

»Großartig! Dein fotografisches Gedächtnis überrascht mich immer wieder.« Roswitha klatschte aufgeregt in die Hände.

»Was soll daran großartig sein? Selbst wenn das ein Passwort sein sollte, wissen wir nicht, wofür er es verwendet und ob er es mittlerweile geändert hat. Ich glaube zwar, dass er mich für eine schrullige alte Frau hält, aber wer weiß«, entgegnete Mathilde und zog die Stirn in Falten.

Roswitha kicherte nervös. »Nun ja«, sie warf einen vorsichtigen Seitenblick auf Mathilde, »nun ja, in unserem Bridge-Club spielen wir nicht nur Bridge.« Sie kicherte ein weiteres Mal.

»Roswitha, heraus mit der Sprache. Was möchtest du uns mitteilen?«, hakte Mathilde ungeduldig nach.

»Ihr müsst mir versprechen, kein Sterbenswörtchen über das zu verlieren, was ich euch erzählen werde.« Roswitha schaute eindringlich in die Runde.

Erwin und Mathilde nickten verschwörerisch.

»Ich bin *Reporterin*, keine Polizeibeamtin. Für mich gelten andere Regeln und für Erwin auch. Dein Sohn ist nicht hier, also schieß los«, forderte Mathilde energisch.

»Wir unterhalten uns über alles Mögliche«, begann Roswitha zögerlich. Verlegen schob sie sich die rosa schimmernden Haare hinter die Ohren. »Carlottas Enkel ist ein Computerfreak, ein IT-Experte …«, ließ sie die Bombe platzen. Sie befeuchtete sich die Lippen mit der Zunge und fuhr geheimnisvoll fort: »Na ja, so eine Art Experte. Er ist noch ziemlich jung …«

»Ein Hacker?« Erwin zog ungläubig die Brauen hoch.

»Nenn es, wie du es möchtest, aber vielleicht kann Jimmy helfen. Praktischerweise studiert er Informatik und hat Semesterferien. Er geht in seinem Metier auf. Mit ein bisschen Glück ist er, nachdem ich ihn angerufen habe, in drei bis vier Stunden hier«, fuhr Roswitha fort.

Mathilde überlegte eine Weile. Schließlich sagte sie: »Ich fürchte, er wird sich umsonst auf den Weg machen, aber einen Versuch ist es wert. Ruf ihn an.« Sie griff nach dem auf dem Schreibtisch liegenden Black-Berry und richtete den Blick auf Erwin. »Danke für alles. Ich melde mich später wieder bei dir. Jetzt zählt jede Sekunde.«

Minuten später hatte sie ihren Neffen davon überzeugen können, den Termin um fünfzehn Uhr im Polizeipräsidium abzusagen. Der richtige Ort, um alle Beteiligten zur Rede zu stellen, war das Teddybärenmuseum. Am Abend, um zwanzig Uhr, wenn Jimmy seine Arbeit hoffentlich erfolgreich erledigt hatte.

*

Martha und Kaya saßen auf zwei dicken, auf den Boden gelegten Kissen. Der alte Mann und sein maskierter Gehilfe hatten sie mit Stricken gefesselt, sodass sie bewegungsunfähig an der Wand lehnten. Im Gegensatz zu dem auf der Pritsche liegenden armen Kerl waren sie weder geknebelt noch waren ihnen die Augen verbunden. Martha war sich nicht sicher, ob sie das als ein gutes oder ein schlechtes Zeichen werten sollte. Der Maskierte ließ sie nicht aus den Augen.

»Wie geht es Ihnen?«, wollte der Alte wissen. »Ich hoffe, Sie sitzen einigermaßen bequem. So etwas wie der da«, er deutete mit der Hand auf den wimmernden Mann am Boden, »haben Sie nicht verdient. Es ist bedauerlich, sehr bedauerlich, dass Sie George in Sabinas Gesellschaft begegnet sind.«

»Sind Sie dieser Schlächter, der die alten Studenten umgebracht hat?«, fragte Martha heiser. Die Heiserkeit war eine der Nachwirkungen des Chloroforms, mit dem sie betäubt worden war.

Das Wimmern des gefesselten Häufchen Elends auf der Pritsche verstärkte sich.

»Na, na, na«, erwiderte der Alte lächelnd. »Sie wissen nicht, was Sie sagen, wie sollten Sie auch? Ich bin Gottes nachträgliche Gerechtigkeit. Dort, wo es keinen weltlichen Richter gegeben hat und mehr geben wird, richte ich.«

»Wir verraten Sie nicht, bitte lassen Sie uns frei«, forderte Kaya mit weinerlicher Stimme.

Martha hätte ihr gerne den Arm um die Schultern gelegt, aber ihr waren im wahrsten Sinne des Wortes die Hände gebunden.

»Was empfinden Sie in Ihrer jetzigen Situation?«, fragte der Alte ungerührt weiter und hustete mehrmals hintereinander.

»Mich juckt es am ganzen Körper, die Stricke schneiden mir ins Fleisch.« Kaya konnte die Tränenflut nicht mehr zurückhalten, und Martha schnürte es vor Mitleid das Herz zusammen.

»Können Sie die Fesseln meiner Nichte nicht etwas lockern?«, bat Martha. »Ich kann nicht ertragen, dass sie leidet.«

»Leid gehört zum Leben«, entgegnete der Alte, während der Maskierte sie mit seinem Smartphone filmte. Zwischendurch schwenkte er immer wieder zu dem Geknebelten. »Möchten Sie die Uhrzeit wissen?«

Martha nickte grimmig.

»Es ist vierzehn Uhr. Leider werde ich Sie für die nächste Stunde knebeln müssen, da ich Kunden in meiner Galerie erwarte«, kündigte der Alte an. »Die Augen lasse ich Ihnen frei.« Er zog zwei Kunststoffknebel aus der Hosentasche und kam auf sie zu. Der Maskierte folgte ihm und begleitete alles mit seiner Handykamera.

Wenig später war Martha mit Kaya und dem schluchzenden Unbekannten allein.

*

Jimmy sah nicht aus, wie Mathilde sich einen Computer-Nerd vorstellte. Er hatte raspelkurze, blonde Haare, einen breiten Mund mit vollen Lippen und wache Augen mit bernsteinfarbener Iris. Seit er das Haus betreten hatte, duzte er Roswitha und sie wie selbstverständlich. Mittlerweile war es achtzehn Uhr, und Mathilde wurde zunehmend nervöser. Wenn sie pünktlich im Teddybärenmuseum ankommen wollte, musste sie sich spätestens um neunzehn Uhr dreißig auf den Weg nach Cronenberg machen.

Jimmy war nach Roswithas Anruf sofort losgefahren und drei Stunden später in der Mirker Höhe angekommen. Zu ihrer aller Erleichterung hatte der Schneefall nachgelassen, und die Autobahn war gut befahrbar gewesen.

Mathilde blickte auf den Zwanzigjährigen, der mit zusammengekniffenen Lippen und gerunzelter Stirn das Stück Papier anstarrte, auf das Mathilde die Buchstabenkombination notiert hatte. »Ich gehe mit ziemlicher Gewissheit davon aus, dass Cl für *Cloud* steht.« Auf Mathildes fragenden Blick hin ergänzte er: »Das ist ein Datenspeicher im Internet. Dort kannst du Daten speichern, anstatt auf deiner Festplatte. Zum Beispiel kannst du dein Handy so konfigurieren, dass sämtliche Fotos und Videos direkt in deine Cloud hochgeladen werden. Das Problem ist, davon gibt es viele. Beliebt sind zum Beispiel *Dropbox* und *OneDrive*. Ich versuch es zuerst mit OneDrive. Bei Erfolg riskieren wir allerdings, dass der Typ per E-Mail über den Zugriff informiert wird und ihn bestätigen muss. Dann kommen wir nicht rein.« Jimmy öffnete Firefox und die gewünschte Plattform. »So … Nutzername *Ü2R* und Passwort *OmPJ,Ker*.« Er zog die Nase kraus und visierte den Bildschirm. »Nichts. Entweder ist OneDrive die falsche Cloud oder die Zugangsdaten sind verkehrt.« Er versuchte das Gleiche bei Dropbox. Vergeblich. Jimmy wandte den Blick Mathilde zu, die soeben neben ihm Platz genommen hatte. »Erzähl mir alles, was du über Justus weißt.«

Mathilde seufzte und legte ihm sämtliche Informationen offen.

Nachdem Jimmy ihr aufmerksam zugehört hatte, überlegte er. »Ich schätze den Typ als äußerst gerissen ein. Auf gewöhnlichen Wegen kommen wir nicht weiter. Es gibt eine weitere Möglichkeit, aber die wird euch möglicherweise nicht gefallen.« Jimmy warf einen unsicheren Blick auf Mathilde.

»Na los, wir sollten nichts unversucht lassen«, motivierte diese ihn.

»Okaaaay. Ich muss kurz zum Auto.« Er stand auf und verließ das Wohnzimmer.

Nur Minuten später war Jimmy zurück und hielt eine Laptoptasche in der Hand. »Hierfür benötige ich meinen eigenen Rechner.« Er grinste schief und legte das Notebook auf Mathildes Schreibtisch. »Im Darknet habe ich so meine Möglichkeiten, kenne dort einige Cloudanbieter. Dafür brauche ich allerdings eine bestimmte Software. Hier … Das könnte passen. Cloud c ist möglicherweise … Cloud *Controller*. Eine kleine, feine Cloud für Fans von Menschen, die gerne Unfälle filmen und die Aufnahmen untereinander teilen. Ich versuche, mich mit dem Passwort und dem Nutzernamen anzumelden.« Er gab die Informationen in die Anmeldemaske ein und bestätigte. Augenblicklich poppte eine Fehlermeldung auf. »Hm. Vielleicht ist der Typ so klug, dass er sein Passwort als Gedächtnisstütze codiert notiert. Ich teste mal eine simple Codierung. Einfach und effektiv.« Er gab eine weitere Alternative ein. »Yeah, geht doch.« Triumphierend ballte er die Hand zur Siegesfaust. »Er nutzt einfach den im Alphabet vorstehenden Buchstaben. Statt *J* verwendet er *I*, statt *O N* und so weiter. Das Komma hat er durch ein Semikolon ersetzt. Alter …« Jimmy pfiff durch die Zähne. »Da ist wohl einer sadistisch veranlagt.«

Mathilde schaute fasziniert auf die gefundenen Dateien. »Igitt«, entfuhr es ihr, als sie die Sammlung von Videos begutachtete, die die Polizei aus sämtlichen Ländern der Welt in brutaler Aktion zeigte. »Das möchte ich nicht sehen, Jimmy.« Angewidert rückte sie ein Stück zur Seite.

Der junge Mann öffnete eine weitere Datei. Er begutachtete sie, schwieg eine Weile und bemerkte dann: »Eine Sammlung sämtlicher Unfälle der Formel 1. Makaber, aber nichts, was verboten wäre. Da gibt es Schlimmeres. Noch kann ich nichts Illegales entdecken.« Angespannt durchforstete er Justus' Dokumente und pfiff endlich erneut durch die Zähne. »Volltreffer. Das ist doch schon interessanter. Bitte.« Er schob seinen Stuhl zurück. »Sieh es dir selbst an.«

»Um Gottes willen«, flüsterte Mathilde, nachdem sie die Aufzeichnungen eingehend studiert hatte. »Danke, Jimmy. Du warst uns eine große Hilfe. Wer konnte schon mit so etwas rechnen? Alle haben wir in diesem Fall versagt.« Entsetzt ballte sie die Hände zu Fäusten. »Was für eine Schuld, was für eine grauenhafte Schuld. Wer Wind sät, der wird Sturm ernten.« Sie schloss für ein paar Sekunden die Augen und atmete tief ein und aus.

19 Uhr

Tina Köster liefen die Tränen über die Wangen, als sie rund um den Billardtisch Stühle aufstellte. Franz war unten in ihrer Wohnung und gab sein Bestes, um den Doudou zu flicken. Dieses Mal hatte der Täter ganze Arbeit geleistet und den kostbaren Bären aufs Übelste verletzt. Sie konnte immer noch nicht fassen, dass sich der Eindringling ein weiteres Mal Zugang zum Museum verschafft hatte. Franz und sie hatten alle Sicherheitsvorkehrungen getroffen, die Schlösser ausgetauscht und Mariechen und Maggy vor den Eingängen ihre vorläufigen Schlafplätze zugewiesen. Trotzdem war es ruhig geblieben in der Nacht, die Hündinnen hatten nicht angeschlagen, sie nicht vor diesem Verrückten gewarnt.

Der Klang der Türschelle riss sie aus ihren Gedanken. Um diese Zeit hatte sie noch nicht mit dem Eintreffen der ersten Gäste gerechnet. Sie hörte Mariechen und Maggy lautstark bellen und überraschend schnell wieder verstummen. Sie warf einen letzten Blick auf das rote Zimmer und verließ die mittlere Etage. Während sie die Stufen nach unten nahm, trocknete sie mit einem Taschentuch ihre Tränen und seufzte mehrmals hintereinander. Sie hatte ihrem Mann versprochen, sich am heutigen Abend zusammenzureißen. Am Fuße der Treppe angekommen, blieb sie überrascht stehen.

»Sabina? Dich habe ich heute nicht erwartet«, entfuhr es ihr, während Maggy ihren grauen Freund begeistert begrüßte. Mariechen drängte sich in den Eingangsbereich, um Voltaire ebenfalls zu beschnüffeln. Voltaire war ein Charmeur, der nicht nur Maggys Herz im Sturm erobert hatte. »Hör mal, Liebes.« Sie wischte sich mit dem Handrücken über die Augen. »Du musst leider wieder gehen.«

»Wir erwarten in einer knappen Stunde die Kriminalpolizei, eine Frau von der Zeitung und Personen, die in einem Zusammenhang mit den drei Mordfällen hier im Dorf stehen«, machte sich Franz bemerkbar. »Eine Gruppenvernehmung sozusagen. Der Kommissar hat uns gesagt, er möchte, dass wir dabei sind, wenn er alle Beteiligten miteinander konfrontiert.«

»Ich bin fürchterlich aufgeregt«, flüsterte Tina. »Hoffentlich hat das alles bald ein Ende. Sogar der Louis Vuitton-Bär ist zerstört.« Sie konnte nicht verhindern, dass sich ihre Augen wieder mit Tränen füllten. »Ich habe mich so über ihn gefreut, über mein Valentinsgeschenk. Ausgerechnet der Doudou …«

»Tina, Franz, ich muss unbedingt in Ruhe mit euch sprechen, ich … ich …«, stammelte Sabina Döring verlegen. Ihr schmales Gesicht war blass, ihr langes Haar floss ihr lose über den Rücken. In ihrer schwarzen Stoffhose, der hüftlangen, braunen Wildlederjacke und mit dem Wolf an ihrer Seite wirkte sie auf Tina wie soeben einem Fantasy-Film entsprungen.

»Was ist denn passiert?«, erkundigte sie sich besorgt. »Gut, komm für ein paar Minuten mit in die Küche, uns bleibt noch ein wenig Zeit, bevor es hier losgeht.«

Wenig später saß Sabina auf der Eckbank und beobachtete Tina dabei, wie sie Stangenbrot in Scheiben schnitt und anschließend mit Butter und Mett bestrich.

»Erzähl«, forderte Franz sie auf, der schräg neben ihr vor dem Fenster Platz genommen hatte und sich ein Glas Bier einschenkte.

»Tina, bitte, setz dich kurz zu uns.« Zu Sabinas Erleichterung wischte sich Tina die Hände am Küchentuch ab, kam zu ihnen an den Tisch, zog den Stuhl ihr gegenüber zurück und ließ sich auf ihm nieder. »Schieß los. Was hast du auf dem Herzen?«

»Liebes, du weißt, wie sehr ich dich schätze, wie viel mir die Hundeschule und unsere Treffen bedeuten«, begann Sabina leise. Aus dem Augenwinkel heraus sah sie die drei Hunde einträchtig nebeneinander im Wohnzimmer auf dem Fußboden liegen.

»Natürlich. Ich freue mich auch immer auf unsere Begegnungen und Gespräche. Du bist eine Bereicherung für die Gruppe. Wo liegt das Problem?«, erkundigte sich Tina verständnislos.

Sabina stützte die Ellbogen auf dem Tisch und ihren Kopf auf ihren Händen ab. »Mareike und Ramona, die beiden tratschen schrecklich gerne. Ich …«, sie brach ab und rang nach Worten. »Es ist so, ich habe das Haus in der Neuenhofer Straße nicht von meinem Onkel geerbt. Meine Eltern haben keine Geschwister. Ich arbeite auch nicht in der Altenpflege und habe euch alle belogen.«

»Aber … wieso?« Tina riss erstaunt die Augen auf.

»Tja.« Sabina lachte bitter. »Ich bin so eine Art Edelprostituierte für reiche Männer«, ließ sie die Bombe platzen.

Tina klappte vor Überraschung die Kinnlade herunter.

»Aber das ist nicht das Schlimmste. Leider gehörten sowohl Bernd Bauer als auch Otto Stein zu meinen Kunden«, fuhr sie zögerlich fort.

Weder Tina noch Franz sagten ein Wort.

»Das … das konnte ich doch nicht in der Hundegruppe erzählen. Mareike und Ramona hätten mich in Stücke gerissen. Ich kann doch nichts dafür, dass zufälligerweise beide ermordet worden sind. Auch, dass Bernd mich als Erbin eingesetzt hat, ist nicht meine Schuld. Das hat er schon vor langer Zeit notariell verfügen lassen. Der Polizei habe ich natürlich die Wahrheit gesagt, nur euch von der Hundegruppe … ich habe es nicht über mich gebracht, mich so geschämt.« Sabina legte die Hände auf Tinas. »Kriminalhauptkommissar Mucke hat mich zur Vernehmung zu euch ins Museum geladen. Versteht ihr? Ich *bin* eine von denen, die ihr erwartet. Wenn ihr jetzt berichtet, dass ich euch gut kenne, vor Kurzem erst hier gewesen bin, dann macht mich das verdächtig. Das kannst du doch nicht zulassen, Tina, oder?« Sie blickte Tina flehentlich an. »Tina?«

Tinas Unterlippe zuckte, während sie ihren Mann fragend anschaute.

»Solange du der Polizei die Wahrheit über deine Verhältnisse mit den Toten gesagt hast, ist für mich alles in Ordnung«, meinte Franz nach kurzem Zögern.

»Ich bin nur so …«, Tina schluckte, »so enttäuscht. Dass du dich Mareike und Ramona nicht anvertrauen wolltest, ist die eine Sache. Aber du warst bei uns zu Gast, gestern noch zum Mittagessen. Nach all dem, was uns passiert ist, unseren Teddybären passiert ist, nach all dem hättest du ehrlich zu uns sein müssen. Dass du mit uns befreundet bist, ist schließlich nichts Verbotenes.«

»Das nicht, aber begreift es doch, die Polizei wird mich verdächtigen, weil ich von unserer Freundschaft nichts gesagt habe«, erwiderte Sabina ängstlich.

»Warum eigentlich nicht?«, hakte Tina nach.

»Das ist doch klar. Reicht es nicht, dass ich zwei der Opfer als Kunden hatte? Ich habe mit den Morden nichts zu tun. Ich versichere es euch. Niemals könnte ich einen Menschen umbringen«, fuhr Sabina beschwörend fort.

»Mir wird gerade alles zu viel. Aber ich werde dich selbstverständlich nicht verraten. Dafür mag ich dich viel zu gerne. Nein, wer so liebevoll mit Tieren umgeht, kann kein schlechter Mensch sein«, sagte Tina leise. »Ich weiß, dass du mit den Morden nichts zu tun hattest. Du wusstest von dem Erbe schon lange, oder? Und dieser Stein, der hat dir doch nichts vermacht?«

Sabina schüttelte heftig den Kopf. »Nein. Den kannte ich noch gar nicht lange. Und mit diesem dritten Mordopfer, diesem Lothar Seitz, hatte ich erst recht nichts zu schaffen.«

19 Uhr 45

»Sie sind früh dran, Frau Döring.« Mathilde reichte der auf der Eckbank sitzenden Frau die Hand zum Gruß. »Ich würde gerne mit Ihnen nach oben gehen. Wir können dort gemeinsam auf das Eintreffen der restlichen Gäste warten.«

»Wo ist Ihre Hündin?«, erkundigte sich Sabina, während sie am Tisch vorbei ans andere Ende der Bank rutschte und aufstand. »Voltaire habe ich mitgebracht. Er kann das Verhör über bei den Hündinnen der Kösters bleiben. Die drei vertragen sich augenscheinlich. Ich war ganz überrascht, dass zwei derart große Hunde das Museum bewachen.«

»Ihr Wölfchen hat Schlag bei den Frauen«, erwiderte Mathilde. »Lotte war äußerst angetan von ihm. Ich habe sie zu Hause in der Obhut meiner Schwester gelassen. Kommen Sie.« Mathilde drehte sich um, ging durch den Eingangsbereich und öffnete die Tür zum Treppenhaus. Sie drehte sich zur Seite und ließ Sabina den Vortritt.

»Vor dieser schrecklichen Geschichte wusste ich gar nicht, dass es in Cronenberg ein Teddybärenmuseum gibt«, stellte Sabina fest und nahm die ersten Stufen.

»Ich bin trotz allem sehr neugierig auf die Bärensammlung. Ich war entsetzt, als der Kommissar mir von diesen Sachbeschädigungen erzählte. Die armen Kösters, sie scheinen sehr nett zu sein.«

»Die Sammlung werden Sie heute nicht zu Gesicht bekommen. Unser Ziel ist nicht das Bärenmuseum unter dem Dach, sondern das Billardzimmer in der mittleren Etage.« Sie erklommen die steile Treppe, traten durch die offenstehende Wohnungstür, gingen am Tisch des Vorraums vorbei, auf dem Gläser, Wasser- und Orangensaftflaschen standen, und erreichten das in gedämpftes Kronleuchter-Licht getauchte rote Zimmer.

Mathilde hatte ihr BlackBerry bereits auf lautlos gestellt, doch sie spürte die Vibration in der Tasche ihres Parkas. Sie nahm es heraus und schaute aufs Display.

»Die Beamten stehen vor der Haustür und warten auf die weiteren …«, sie warf Sabina einen bedeutungsvollen Blick zu, »geladenen Gäste.« Anschließend schlüpfte sie aus ihrem Anorak und ging zu der vor die hintere Wand gestellte, mit weinrotem Samt bezogene Sitzbank. »Hübsch, nicht wahr?« Sie deutete mit der Hand auf die Gemälde. »Der Raum könnte das Billardzimmer von Schloss Neuschwanstein sein.«

»Biedermeierstil?« Sabina schaute Mathilde fragend an.

»Gründerzeit«, entgegnete Mathilde und hängte ihren Parka über die Lehne der Bank. »Frau Döring, nehmen Sie bitte auf dem ersten Stuhl zu meiner rechten Seite Platz.«

Sabina kam der Aufforderung kommentarlos nach. Ihre Wildlederjacke behielt sie jedoch an. Mathilde ließ sich auf die Bank fallen und rückte ihre Brille zurecht. Sie war bereit.

20 Uhr

»Guten Abend zusammen.« Herbert nahm neben Mathilde auf der Bank Platz, ließ seine Blicke durch den Raum schweifen und stellte zufrieden fest, dass sich Florian und Hans rechts und links neben der Durchgangstür aufgestellt hatten und die Kösters auf den Stühlen seitwärts von ihnen saßen. Alle waren sie pünktlich zu der Vernehmung erschienen. »Sie werden sich gewiss fragen, warum ich diese Befragung vom Präsidium ins Teddybärenmuseum verlegt habe.«

»Vielleicht sollen wir uns Teddybären kaufen?«, scherzte Justus Farmer, der den Platz neben Sabina besetzte.

George Williams, der ihm gegenüber auf der anderen Seite des Billardtischs saß, lachte laut. Jennifer Adesiyan stieß ihm den Ellbogen in die Seite. »Sehr witzig, George.«

»Nun, die Antwort auf diese Frage ist leicht«, fuhr Herbert ungerührt fort. »Wie Sie wissen, wurden im Museum eine Etage über uns Teddybären beschädigt, drei an der Zahl. Drei Bärenmorde, drei Männerleichen. Dieses Museum ist somit ein zentraler Ort in den Mordfällen. Die Kösters haben das Recht, dem Verhör beizuwohnen. Bevor ich mit meiner Befragung beginne, möchte ich Sie bitten, Ihre Handys auszuschalten und auf den Billardtisch zu legen.«

»Reicht das Ausschalten nicht? Ich sehe gar nicht ein, dass ich mein Handy abgeben soll. Ich sitze schließlich nicht auf der Anklagebank«, beschwerte sich Justus.

»Sind Sie sich dessen so sicher? Leisten Sie meiner Aufforderung Folge. Sofort!«

Murrend trennten sich die Anwesenden von ihren Smartphones.

Nachdem wieder Ruhe im Zimmer eingekehrt war, fuhr Herbert fort: »Ihnen allen ist Frau Krähenfuß bekannt.« Er deutete mit dem Kopf auf den Platz neben sich. »Meine Tante hat heute hervorragende Arbeit geleistet und Erstaunliches herausgefunden. Nachdem sie mir ihre Erkenntnisse mitgeteilt hat, war ich, gelinde ausgedrückt, fassungslos. Ja, fassungslos.«

»Ich muss zugeben, eine Weile nicht verstanden zu haben, was hier eigentlich vor sich geht. Eine ziemlich lange Weile sozusagen«, machte sich Mathilde bemerkbar.

»Und jetzt wissen Sie die Wahrheit?« George zog übertrieben die Augenbrauen hoch. »Da sind wir gespannt.«

»Ja, wir wissen, wer der Mörder von Cronenberg ist«, stellte Mathilde sachlich fest und schob ihre Brille zurecht.

»Und? Spannen Sie uns nicht auf die Folter«, rief Justus und wippte mit den Füßen. »Wer ist es? Bin ich es? Oder ist es Jen?«

Mathilde nickte Herbert auffordernd zu.

»Jennifer, ich möchte mit Ihnen beginnen.« Herbert richtete sein Augenmerk auf die junge Frau. »Was Bernd Bauer Ihnen verbal angetan hat, war nicht die feine englische Art. Er war alles andere als ein Gentleman, sondern ein menschenverachtender alter Mann. Bernd Bauer war ein *Mensch ohne Gewissen.*«

Die Gesichter der Anwesenden verhärteten sich.

»Davon gibt es gar nicht mal so wenige«, fügte Mathilde hinzu. »Vier von hundert Menschen, also quasi jede fünfundzwanzigste Person auf dieser Erde, kennen kein Mitgefühl und handeln ausschließlich ziel- und gewinnorientiert. Wie viele Menschen sind heute, jetzt in dieser Sekunde, hier in diesem wunderschönen Zimmer?« Sie schaute kurz in die Runde. »Ich zähle zehn Personen. Die Wahrscheinlichkeit, dass einer der Anwesenden ein Soziopath ist, ist hoch. Dass wir einen entdecken werden am heutigen Abend, dessen bin ich mir gewiss.«

»Sie möchten mit mir beginnen, Herr Mucke. Gehen Sie etwa davon aus, dass ich diese Person bin?«, fragte Jennifer ängstlich.

»Ich möchte mit Ihnen beginnen, weil Sie gar nichts, rein gar nichts mit den Mordfällen zu tun haben. Seien Sie beruhigt.« Herbert lächelte die junge Frau an. »Ich beginne mit Ihnen, um Sie zu entlasten.«

»Was soll der Mist?«, rief George und sprang auf. »Werden wir jetzt alle der Reihe nach vorgeführt? Ich mache bei dieser Farce nicht mit!«

»Herr Williams, Sie haben leider keine andere Wahl. Wer sich nicht an die Regeln hält, wird die Befragung in Handschellen über sich ergehen lassen müssen«, bemerkte Herbert streng.

George brummte etwas Unverständliches, setzte sich jedoch wieder auf den Stuhl neben Jennifer.

»Auch Otto Stein und Lothar Seitz ordne ich in die Kategorie Menschen ohne Gewissen ein. Sie alle stimmten vor dreißig Jahren einer Tat zu, die anders nicht zu erklären ist. Und derjenige, der die abscheuliche Tat letztendlich beging, ist noch am Leben. Die Betonung liegt auf dem Wort *noch*. Justus.« Herbert richtete den Blick auf den Studenten an Sabinas Seite. »Was können Sie mir über den *Club der alten Denker* sagen?«

Der Angesprochene runzelte die Stirn. »Was wollen Sie von mir? Das waren fünf Verrückte, Bauer und vier enge Freunde von ihm. Meine Meinung über den Drecksack kennen Sie. Die anderen sind mir absolut gleichgültig.«

»Drei Mitglieder sind tot, wurden grausam hingerichtet und öffentlich zur Schau gestellt. Wer fehlt noch? Wir kennen die Namen: Robert Jung und Walther Mühl. An ihren eingetragenen Wohnorten hier in Wuppertal sind sie nicht erreichbar.«

»Oh, wie unartig«, bemerkte Justus sarkastisch. »Das gehört sich nicht, einfach auszugehen, wenn die Polizei anklopft.«

»Justus! Was ist bloß los mit dir? So kenne ich dich nicht.« Jennifer warf ihrem Freund über den Tisch hinweg einen besorgten Blick zu. »Dass wir über den Tod Bauers nicht sonderlich traurig waren, das ist die eine Sache, die Übrigen haben uns nichts getan.«

»Ihnen beiden nicht, aber wie sieht das mit den anderen in diesem Raum aus?« Mathilde wandte ihren Kopf nach rechts. »Sabina? Wie steht es mit Ihnen?«

Sabina war schneeweiß im Gesicht. »Ich … ich habe Ihnen alles erzählt. Sie wissen doch, dass ich mit Bernd und Otto gewerblichen Umgang hatte.«

»Diesbezüglich haben Sie die Wahrheit gesagt, aber was ist mit Robert Jung? Stimmt es nicht, dass Sie mit diesem Mann eine alte, eine sehr alte Rechnung offen haben?«, hakte Mathilde nach.

»Ich … ich …«, stammelte Sabina.

»Sabina, die Alte pokert bloß!«, rief George über den Tisch. »Halt einfach den Mund. Du hast nichts Falsches gemacht.«

»Sie beide kennen sich?« Mathilde schob ihre Brille zurecht. »Ach?«

»Ich kenne die Frau mit dem komischen Hund überhaupt nicht. Das war ganz allgemein gesagt«, verteidigte sich George.

»Hund?«, meldete sich Herbert zu Wort und sah sich um. »Ich sehe hier keinen *komischen Hund*.«

»Die Hunde unten waren unüberhörbar. Sie ziehen eine irre Show ab, wozu? Keiner von uns hat diese Männer erstochen. Sehen wir etwa wie skrupellose Killer aus? Möchten Sie, dass wir etwas gestehen, das wir nicht verbrochen haben?« George schlug mit der Faust auf seinen Oberschenkel.

»Bleiben Sie bitte ruhig«, ermahnte Herbert den aufgebrachten Mann. »Rund um das Museum sind Polizeibeamte postiert, die nur auf ihren Einsatz warten.«

Mathilde wandte ihr Augenmerk wieder Sabina zu. »Was war es für ein Gefühl, als Sie die Wahrheit über Bernd Bauer, Otto Stein, Lothar Seitz und vor allem über Robert Jung erfuhren?«

Sabina verbarg das Gesicht in den Händen. »Diese Schweine«, brachte sie mühsam hervor. »Als die E-Mail kam, wollte ich meinen Augen nicht trauen. Sie alle haben meinem Tod zugestimmt. Und dem von den anderen, dem von meiner Mu…«

»Halt die Klappe.« Justus rüttelte sie an den Schultern.

»Justus? Du kennst diese Frau?« Jennifer schüttelte ungläubig den Kopf.

»Frau Adesiyan, ja, Ihr Freund kennt Frau Döring. Und mit Herrn Williams verbindet ihn schon länger nicht mehr ausschließlich der Leistungssport«, stellte Herbert sachlich fest.

»Ich werde Ihnen jetzt etwas Persönliches mitteilen.« Mathilde stand auf. »Martha Awolowo ist meine beste Freundin. Weder sie noch ihre Nichte Kaya haben Ihnen etwas getan. Vielmehr noch ist Kaya eine gute Bekannte von einigen von Ihnen, eine Kollegin im Sportverein, eine Freundin. Sollen sie auch sterben? Was hat das mit Gerechtigkeit zu tun?« Mathildes Augen funkelten vor Wut. »Wer von Ihnen hat sie gekidnappt?« Sie atmete tief durch und nahm wieder neben Herbert Platz.

»Ihnen passiert nichts, sie sind wohlauf«, flüsterte Sabina. »Er lässt sie wieder frei.«

»Wer lässt Martha und Kaya wieder frei?«, übernahm Herbert wieder. »Sprechen wir seinen Namen aus. Walther Mühl heißt der Mann, der drei seiner angeblichen Freunde auf dem Gewissen hat und das letzte überlebende Club-Mitglied in Gefangenschaft hält.«

»So einen Schwachsinn habe ich noch nie gehört. Sie spinnen sich ganz nett was zurecht.« George grinste schief. »Sabina, es ist alles gut, reg dich nicht auf. Sag jetzt einfach nichts mehr.«

»George. Wie haben Ihre Eltern reagiert, als Sie sie mit der Wahrheit konfrontierten?«, fragte Herbert weiter.

»Welche Wahrheit denn?«, erwiderte George aggressiv. »Wer hat Ihnen eigentlich erlaubt, mich mit Vornamen anzureden?«

»*Herr* Williams, ich wiederhole meine Frage«, fuhr Herbert ungerührt fort. »Wie haben Ihre Eltern darauf reagiert, als Sie ihnen sagten, dass Sie davon wissen, adoptiert worden zu sein?«

»Ich habe ihnen nichts davon…« George brach ab. Seine Augen waren zu Schlitzen verengt. »Ich bin nicht adoptiert. Langsam reicht es mir. Ich bin über dreißig. Meine Eltern hätten mir das spätestens sagen müssen, als ich volljährig wurde.«

»Ich stimme Ihnen zu, dass das sehr merkwürdig ist«, sagte Herbert mit hochgezogenen Augenbrauen. »Dennoch sind *Sie* davon überzeugt, dass Ihr leiblicher Vater Otto Stein ist. Natürlich ist das nicht sein wirklicher Name, aber das tut hier an dieser Stelle nichts zur Sache. Seine alte Identität ist seit über dreißig Jahren ausgelöscht, untergegangen in den Flammen auf einer kleinen Waldsiedlung in Wandlitz in der ehemaligen DDR.«

Sabina stieß einen spitzen Schrei aus. »Schweigen Sie, ich kann es nicht mehr ertragen!«

»Es gibt Dinge im Leben, über die wir besser nicht Bescheid wissen«, sagte Mathilde leise. »Aber in diesem Fall ist es für alle Beteiligten zu spät.«

»Ich denke, wir sollten langsam die Karten auf den Tisch legen«, bemerkte Herbert ernst. »Vor etwas mehr als acht Wochen erhielten sowohl Sie, Frau Döring, als auch Sie, Herr Williams, eine E-Mail von einem Mann, der sich zunächst einfach *Zorro* nannte. Zorro, der Rächer der Armen und Unterdrückten …«

»Und?«, brauste George auf. »Was können wir eigentlich für den ganzen Sch…«

»Lassen Sie mich bitte ausreden, dann werden wir herausfinden, wer wofür etwas kann«, fiel Herbert ihm ins Wort. »In seinen E-Mails teilte dieser Zorro Ihnen knallhart mit, dass Ihre leiblichen Eltern ehemalige DDR-Bonzen seien. Frau Döring«, er richtete den Blick auf die zitternde Frau, »*Sie* wissen, dass Sie ein Adoptivkind sind.«

»Darüber haben wir zwei uns unterhalten, erinnern Sie sich?« Mathilde schürzte die Lippen, und Sabina nickte zustimmend. »Ja, ich weiß das seit vielen Jahren, aber nicht, wer meine leiblichen Eltern waren oder sind.«

»Wir haben zunächst im Dunkeln getappt, sind viel zu spät auf den Club der alten Denker gestoßen, haben die Universität als Ermittlungsort vernachlässigt«, stellte Herbert fest. »Nachdem meine Tante Zugriff auf Herrn Farmers in der Cloud gespeicherten Dateien bekam, wurden uns endlich die Zusammenhänge klar.«

»Sie Hexe, wie …?«, fauchte Justus und sprang auf. Er lief mit geballten Fäusten auf Mathilde zu. »Es ist illegal, ohne mein Einverständnis in meinen Dokumenten herumzuschnüffeln. Ich werde Sie anzeigen!«

»Stopp. Keinen Schritt weiter«, rief Herbert und erhob sich ebenfalls. Er packte Justus an den Armen und hebelte ihn gekonnt in den Kreuzgriff. »Sie haben es nicht anders gewollt.«

Minuten später legte ein herbeigerufener Polizist Justus Handschellen an und nahm zwischen ihm und Sabina Platz.

»Um eines klarzustellen«, verkündete Herbert bestimmt, »die Untersuchung der Dateien hat der Staatsanwalt inzwischen aufgrund der hohen Beweislast für gerechtfertigt erklärt.«

»Aber wie konnte Frau Krähenfuß mein Passwort knacken?«, wollte Justus wissen, dem der blanke Hass ins Gesicht geschrieben stand. »Wie haben Sie die Cloud überhaupt gefunden?«

»Uns sollte eher die Antwort auf die Frage interessieren, *was* Frau Krähenfuß entdeckt hat.« Herbert blickte Mathilde auffordernd an.

»Sie haben alles wunderbar dokumentiert, Justus. Kompliment. Alles begann mit einem Zufall, wie so oft im Leben. Mühl war bereits seit ein paar Semestern an der Uni eingeschrieben, als die vier Freunde im April des vergangenen Jahres ihr Studium begannen. Diese stellten rasch fest, dass sie nicht nur das Interesse an Politik, sondern auch das am Kartenspiel mit Mühl teilten. Sie mochten ihn, luden ihn ein, Mitglied im Club der alten Denker zu werden. Bei ihren Treffen plauderten sie über dies und das, darüber, dass sich die vier neuen Seniorenstudenten seit etlichen Jahren kannten. Sie schätzten und vertrauten Mühl, sahen in ihm einen Gleichgesinnten. Vielleicht zum ersten Mal in ihrem Leben wurden sie leichtsinnig und sprachen darüber, was sie getan und welche Befehle sie erteilt hatten. Nicht ohne einen gewissen Stolz, wie wir Justus' Aufzeichnungen entnehmen konnten. Robert Jung hatte, als der Mauerfall das Ende des DDR-Regimes ankündigte und den hochrangigen Parteimitgliedern Prozesse drohten, eine geniale Idee: Sie würden einfach alle sterben. Geld, viel Geld, wurde transferiert und in Sicherheit gebracht, alles war bis ins Detail geplant.« Mathilde holte tief Luft. »Die vier Kumpanen lebten in der Waldsiedlung Wandlitz der ehemaligen DDR-Bonzen, in einem Ort von unglaublichem Luxus, in dem Bananen und Südfrüchte verzehrt wurden, Dinge, von denen die Bevölkerung träumte, die schwer bis gar nicht zu erwerben waren. Es war nichts Außergewöhnliches, dass Jung und seine Frau die anderen mit deren Frauen und Kindern zu einem Abendessen einluden. Die Männer gaben vor, einen Spaziergang unternehmen zu wollen, und ließen die Frauen und die sieben Kinder allein.« Mathilde machte eine Pause. Ihre Hände waren eiskalt. Im Billardzimmer herrschte Grabesstille. »Ich werde Ihnen die Details von dem perfekt vorbereiteten Brand mit den vielen präzise gelegten Herden ersparen, mit denen die vier vor Mühl prahlten. Soweit die harten Fakten. Im Weiteren bewegen wir uns im Bereich der Spekulation. Mühl geht davon aus, dass zwei Kinder den Flammen entkommen sind. Doch welche handfesten Beweise hat er dafür, denn offiziell hat niemand je davon erfahren, dass diese Kinder die Auslöschung ihrer Familien überlebt haben? Sind Sie, Sabina und George, Kinder, die ohne Identitätsbewusstsein einfach irgendwo aufgetaucht sind, verwirrt, weinend, Hand in Hand? Haben Sie beide aus kindlicher Neugierde oder schlichtem Spieltrieb heraus rechtzeitig das Anwesen verlassen? Wurden Sie vermittelt, und haben Sie erfolgreich frühkindliche Erinnerungen verdrängt?«

George stöhnte und hielt sich die Hände vor die Ohren. Sabina zitterte am ganzen Leib.

»Die alles entscheidende Frage ist: Wie wurde Mühl auf Sie beide aufmerksam?« Herbert blickte fragend in die Runde. »Bernd Bauer war von Ihren Dienstleistungen, Frau Döring, anscheinend so angetan, dass er Sie gleich allen Club-Mitgliedern empfohlen und Fotos von Ihnen gezeigt hat. Jedoch außer Otto Stein verspürte niemand den Drang, sich mit Ihnen zu vergnügen. Aber Mühl wurde durch diese Bilder auf eine gewisse Ähnlichkeit zwischen Ihnen und Robert Jung aufmerksam, dem

Mann, der in diesem Moment an einem unbekannten Ort auf seine Hinrichtung wartet. Sie, Herr Williams, entdeckte Mühl, nachdem er sich auf der Webseite Ihres Leichtathletik-Vereins umgeschaut hatte. Er brauchte Unterstützung, um seine Pläne umsetzen zu können, und suchte gezielt nach Herrn Farmers Kontaktdaten, er stalkte ihn, in der Absicht, sich dessen Hass auf Bernd Bauer zunutze zu machen. Herr Williams, Sie waren schlicht ein Zufallsfund. Wie schnell aus Menschen Straftäter werden! Ich finde es immer wieder erschreckend. Wir werden später die Logik dieser verwandtschaftlichen Verhältnisse genauer betrachten.« Herbert seufzte. »Herr Farmer, Sie waren nur zu schnell bereit, Mühl bei seinem Vorhaben tatkräftig unter die Arme zu greifen – unter dem Deckmantel der ausgleichenden Gerechtigkeit.«

»In Wirklichkeit waren der Hass auf Bernd Bauer und die moralische Verurteilung der vor Jahren begangenen Taten für Sie nur ein Vorwand, denn Sie haben es genossen, sich das Elend der Gefangenen, gefesselt, geknebelt und mit Augenbinden, anzuschauen, zu dokumentieren, zu fotografieren, zu filmen. Nur zu gerne haben Sie Mühl assistiert, weil Sie dankbar für dieses Ihrer Masterarbeit zuträgliche Material waren. Sie haben alles von A bis Z protokolliert«, stellte Mathilde fest und registrierte aus dem Augenwinkel heraus, dass Jennifer mit den Tränen kämpfte. »Damit hätten wir auch die Frage geklärt, wer in diesem Raum zu den fünfundzwanzig von hundert Personen gehört. Sie haben kein Gewissen, Justus, kennen kein Mitgefühl. Sie mögen sich selbst vorgegaukelt haben, eine gewisse Gerechtigkeit zu unterstützen, doch wenn Sie ehrlich zu sich selbst sind, ging es Ihnen nur um lebendiges Anschauungsmaterial. Dass die Gefangenen sterben sollten, haben Sie billigend dafür in Kauf genommen, das Zusammenbrechen der Personen in ihrer Haft studieren zu dürfen.«

»Ich habe niemanden ermordet«, rechtfertigte sich Justus. »Obwohl diese Familienmörder und politischen Verbrecher den Tod verdient hatten und haben. Leider hat das Leben mich mit einer dämlichen Freundin gestraft.«

»Wie kannst du so eiskalt sein?«, fragte Jennifer mit vor Entsetzen weit aufgerissenen Augen. Die Tränen kullerten ihr über die Wangen. »Hast du mich … hast du mich jemals geliebt? Was habe ich dir getan?«

»Lass mich einfach in Ruhe. Hättest du den Laptop vom Küchentisch geräumt, als die Pressetante bei uns war, wären meine Probleme kleiner, du hirnlose Kuh«, zischte Justus. »Wer kann auch ahnen, dass so eine olle Tante ein fotografisches Gedächtnis hat.«

Jennifer erhob sich schwankend. »Herr Mucke, ich … ich kann die Situation nicht aushalten. Muss ich …«, sie schluchzte, »darf ich vielleicht gehen?«

»Sie sind mit Herrn Farmer gekommen, deswegen werde ich Sie von einem Beamten zu Ihren Eltern bringen lassen. Sie sind entlassen, Frau Adesiyan.« Herbert nickte einem der in den Vorraum getretenen Beamten auffordernd zu.

Mathilde hörte einen Löffel, der gegen ein Glas schlug.

»Ich muss mich in das Gespräch einmischen«, machte sich Franz Köster bemerkbar.

Herbert nickte ihm auffordernd zu. »Wir sind ganz Ohr.«

»Wir reden hier von Ähnlichkeiten, von äußeren Erscheinungsbildern, die übereinstimmen, zueinander passen. Es tut mir leid, das sagen zu müssen, doch dies scheint mir als Beweis der tatsächlichen Herkunft von Sabina und Herrn Williams sehr vage. Ist es nicht zudem ein merkwürdiger Zufall, dass die zwei sogenannten Überlebenden nah beieinander in Wuppertal und Velbert-Neviges leben? Und dies, obwohl es Sabina zunächst nach Hessen verschlagen hat und Herr Williams Engländer ist? Das scheinen mir ziemlich viele Zufälle zu sein.«

»Dies, Herr Köster, sehen wir ebenso. Wir bewegen uns im Raum der Spekulation. Es *kann* sein, dass Mühl recht hat und zwei der sieben Kinder den Brand überlebten, durch den Wald irrten und von irgendjemandem aufgegriffen wurden, aber tatsächlich wissen wir es nicht und *glauben* nur, dass sich die leiblichen Kinder von Otto Stein und Robert Jung hier mit uns in diesem Raum befinden.« Mathilde nickte Herbert zu.

»Ich bin mir ziemlich sicher, dass es Mühl nicht um die Wahrheit ging. Er hat Sie … für seinen Racheakt benutzt. George, haben Ihnen Ihre Eltern Babyfotos von Ihnen gezeigt?«, hakte Herbert nach.

George stutzte einen Moment. »Es gibt ein Foto von einem Baby, aber tatsächlich ist es allein auf dem Bild. Das ist kein Beweis für mich. Meine Eltern haben mir außerdem erzählt, dass die Fotoalben mit den Bildern meiner ersten Lebensjahre bei dem Umzug nach Deutschland verloren gingen. Bisher habe ich ihnen das geglaubt.« Er lachte bitter. »Doch seit ich Otto Stein kenne, sieht die Sache für mich anders aus.«

»Ich lasse das unkommentiert stehen«, entgegnete Herbert ernst.

»Frau Döring, welcher Teddybär sollte für Robert Jung, Ihren potentiellen leiblichen Vater, bestimmt sein?« Herbert richtete sein Augenmerk auf Sabina. »Sie waren es doch! Sie haben Messer in die Bärenherzen gestoßen und die Teddybärenminiaturen aus dem sich hier im Nebenraum befindenden Miniaturen-Zimmer entwendet, oder etwa nicht?«

»Sabina! Sag, dass das nicht stimmt«, rief Tina Köster entsetzt.

»Ich … ich … ich musste das machen«, stammelte Sabina. »Es sind doch nur ein paar leblose Teddybären. Er sagte, es sei sehr wichtig, dass ich die für euch wertvollsten Bären zerstöre, weil … weil ihr nicht ohne Schuld sein sollt.«

»Nicht ohne Schuld? Sag mal, spinnst du?« Tina Köster schüttelte fassungslos den Kopf.

Flüchtig registrierte Mathilde, dass Franz Köster den Blick zu Boden senkte.

»Wissen Sie auch, was die Schuld der Kösters sein soll? Herrn Farmers Aufzeichnungen beantworten diese Frage leider nicht. Was haben Teddybären mit dem Geschehen in Wandlitz vor dreißig Jahren zu tun?«, wollte Herbert irritiert wissen.

»Den Grund dafür kenne ich nicht. Mühl wollte uns am Ende, wenn alle tot sind, erzählen, was Franz Köster ihm angetan hat«, erwiderte Sabina und warf den Kösters einen flehentlichen Blick zu. »Er weiß sehr viel über euch, hat mich auf die Hundeschule aufmerksam gemacht. Es war nicht schwer, über Voltaire Kontakt mit Tina Köster aufzunehmen. Tina, ich habe in dir inzwischen eine Freundin gefunden, es tut mir leid, aber ich konnte nicht mehr aussteigen, es war zu spät«, rechtfertigte sich Sabina. »Was habe ich schon Schlimmes gemacht?«

»Na ja, Hausfriedensbruch, Sachbeschädigung, das Wissen von geplanten Morden, das ist schon schlimm«, bemerkte Herbert und schürzte die Lippen. »Erzählen Sie uns, was Ihr vollständiger Part in dieser Inszenierung war.«

»Zunächst musste ich die vielen Schlüsselabdrücke machen«, berichtete Sabina. »Mühl hat viele Jahre bei einem Schlüsseldienst gearbeitet, also Schlüssel angefertigt und bei Bedarf nachgemacht. Er hat eine spezielle Technik entwickelt, bei der er keine Schlüsseloriginale benötigt. Von Schlüsseln ist er regelrecht besessen. Das erklärt vielleicht auch seinen Tick, immer hinter sich abschließen zu müssen. Er hat darauf bestanden, dass auch ich das Museum nach getaner Arbeit nicht unverschlossen verlasse.« Sie hielt einen Moment inne und holte tief Luft. »Einen Abdruck vom Haustürschlüssel des Museums zu machen, war nicht weiter schwer. Erst gestern gelang mir der Prozess ein weiteres Mal, die Kösters hatten ja die Schlösser ausgetauscht. Auch diese Kroatin morgens vor Dienstbeginn beim Hundespaziergang vor der Metzgerei abzupassen und um eine Scheibe Wurst für Voltaire zu bitten, gestaltete sich komplikationslos. Bis die das Scheibchen aus dem Kühlraum geholt hatte, war ich längst fertig. Schnell den Schlüssel aus dem Schloss des Ladeneingangs, Abdruck machen, Schlüssel wieder rein, mich für die Wurst bedanken, weitergehen. Schwieriger war es, diesen Hensel vom Fotostudio davon zu überzeugen, dass ich eine Abhandlung über besondere Türschlösser schreibe und mir das seine und den passenden Schlüssel gerne einmal ansehen wollte. Zuerst wich er mir nicht von der Seite, doch dann kam eine Kundin, die ihn ablenkte. Bei der Cronenberger Woche lief es wie am Schnürchen. Der Chefredakteur war nicht in der Redaktion, und sein Mitarbeiter saß im Hinterzimmer. Ich gab vor, mir eine aktuelle Ausgabe der Zeitung nehmen zu wollen, der Schlüssel befand sich im Schlüsselkasten. Ich habe ein wenig mit Herrn Mühlenberg geplaudert, der mir die Anekdote mit der alten Dame erzählte, die nachts schon mal das Essen anbrennen lässt. Von daher wussten wir, dass die Redaktion alarmgesichert ist.«

»Entschuldigen Sie die Unterbrechung. Um in die Kältekammer der Metzgerei zu gelangen, sind drei Schlüssel notwendig. Wichtig ist der Generalschlüssel für die Spinde«, warf Mathilde ein.

»Das war kein Problem. Außerdem musste ich nur zwei Abdrücke machen. Nachdem Mühl den Schlüssel für die Eingangstür angefertigt hatte, brauchte ich nur die Dunkelheit abzuwarten, zur Metzgerei zurückzukehren und aufzuschließen. Ich hatte schnellhärtende Abdruckmasse dabei, die ich ins Schloss der Kältekammer hineingab«, berichtete Sabina achselzuckend. »Mühl wollte Otto Stein unbedingt in der Kammer an den Fleischerhaken hängen.«

»Was mich am meisten interessiert: Wie ist es Ihnen gelungen, ins Museum einzudringen, ohne dass die Hunde angeschlagen haben?«, fragte Herbert und runzelte die Stirn.

»Bei meinen ersten Einsätzen haben die Hündinnen im gut isolierten Schlafzimmer übernachtet und mich nicht gehört. Beim letzten Mal haben sowohl Maggy als auch Mariechen kurz angeschlagen, aber Tina und Franz haben den Fehler gemacht, weiterhin in dem abgeschotteten Raum zu schlafen, und das nicht mitbekommen. Weil Maggy und Mariechen mich kennen, haben sie mich nicht als Eindringling wahrgenommen und sofort aufgehört zu bellen.« Sabina seufzte und schüttelte den Kopf. »Wenn ich das erzähle, kommt mir alles unwirklich vor, als hätte ich in Trance gehandelt. Ich war so voller Hass auf meinen Vater und auf die anderen Männer, überhaupt auf alle Männer. Ich war wütend auf meinen ersten und einzigen Freund, für den ich die Schule abgebrochen habe, wütend auf die Freier, wütend auf meinen Adoptivvater … Ich kann fast selbst nicht glauben, dass ich das alles gemacht habe.«

Eine Weile herrschte Schweigen im Billardzimmer.

»Es … es tut mir alles schrecklich leid«, flüsterte Sabina schließlich.

Herbert räusperte sich mehrmals. »Frau Döring, Sie sind hiermit wegen der Beihilfe an den Morden von Bernd Bauer, Otto Stein und Lothar Seitz vorläufig festgenommen. Alles, was Sie ab jetzt sagen, kann vor Gericht gegen Sie verwendet werden. Sie haben das Recht auf einen Anwalt.« Er räusperte sich erneut.

»Gibt es jemanden, der Ihren Hund für die Zeit, die Sie in Untersuchungshaft verbringen werden, aufnehmen kann?«, erkundigte sich Mathilde behutsam.

Sabina verbarg das Gesicht in den Händen. Nach einer Weile entfernte sie die Hände wieder und wandte den

Blick den Kösters zu. »Tina, Franz, könntet ihr, also, bitte …« Sie brach ab.

Erneut war es still im Raum.

»Nein, können wir nicht«, brach Franz schließlich das Schweigen. »Vielleicht nimmt ihn ja einer deiner Gönner, der das Glück hat, noch zu leben.«

»Ach, Franz, der Hund kann doch nichts dafür«, wandte Tina ein. »Es muss schnell eine Übergangslösung gefunden werden, und mir täte es für Voltaire leid, wenn er ins Tierheim müsste. Gerade für einen Saarlooswolfhund muss das eine Qual sein.«

Franz schüttelte fassungslos den Kopf. »Du bist zu gut für diese Welt, mein Schatz. Ja, nun gut, einverstanden, wir nehmen ihn erst einmal.«

»Schön, danke. Wenn das jetzt geklärt ist, möchte ich gerne mit Herrn Williams fortfahren«, kündigte Herbert an.

»Wie würden Sie sich fühlen, Herr Mucke, wenn Ihnen jemand erzählen würde, dass Ihr eigener Vater Ihre Mutter und viele andere Menschen auf dem Gewissen hat? Wie würden Sie sich fühlen, wenn auf einen Schlag Ihr gesamtes Selbstbild zerstört werden würde, wenn Sie wissen würden, dass Ihr Vater Ihrem qualvollen Flammentod zugestimmt hat, um seiner gerechten Strafe durch das Gericht zu entgehen?« George sprach leise und heiser, hatte die Augen geschlossen.

»George, wenn Mühl recht hat und das alles stimmt, dann ist das unvorstellbar schrecklich für Sie und Sabina«, antwortete Mathilde an Herberts Stelle. »Und mit einem hat Mühl mit Gewissheit recht: Ja, diese vier Männer nahmen den Tod ihrer Familien in Kauf. Das

172

ist eine Gräueltat unaussprechlichen Ausmaßes. Aber in Deutschland gibt es ein solides Rechtswesen, das auch in diesem Fall für Gerechtigkeit gesorgt hätte. Wenn Mühl, Sie und Sabina versucht hätten, die Geschichte von damals zu beweisen und vor den Richter zu bringen, wäre Recht gesprochen worden. Anschließend hätten DNA-Proben genommen werden können, um die Frage der Vaterschaften zu klären.« Mathilde seufzte. »Hätte, wenn, wäre …, es ist müßig, darüber zu debattieren. Sie alle haben sich strafbar gemacht und müssen dafür zur Rechenschaft gezogen werden.«

»Die Zeit im Gefängnis geht auch vorüber, aber unseren gemeinsamen Triumph kann uns niemand mehr nehmen. Sabina und George sind Mitte dreißig, ich bin zehn Jahre jünger. Wir haben unser Leben noch vor uns. Was haben wir schon verbrochen? Wir haben niemanden um die Ecke gebracht. Gut, Sabina, ja, die hat Schlüsselabdrücke gemacht, Bären verstümmelt und gestohlen«, sagte Justus.

»Du mieses Stück Dreck. Deine politische Karriere kannst du abhaken«, fauchte Sabina. »Jetzt soll ich die Hauptmitschuldige sein? Dass ich nicht lache. George und du, ihr wart definitiv näher an den Opfern dran als ich. Du hast Frau Awolowo mit Chloroform betäubt und ins Atelier …«, erschrocken brach Sabina ab.

»Über dieses Atelier müssen wir uns gleich unterhalten«, warf Herbert ein.

»Sabina, du bist eine typische Frau, die alles ausplaudert!«, regte sich George auf.

»Ich hätte die arme Kaya nicht entführt, nur weil sie dich und mich zusammen gesehen hat«, wandte Sabina bitter ein. »Du hast mich abgesetzt und bist ihr dann gefolgt. Mit den Entführungen habe ich nichts zu schaffen.«

»Ich bitte um Ruhe.« Herbert klatschte fest in die Hände. »Herr Farmer, wir haben genügend belastendes Material in der Cloud gefunden, das werden ein paar Jahre Haft, davon können Sie ausgehen. Voyeurismus bei Gewalttaten, Entführung und Präparierung der Tatorte. Sie haben Mühl in der Redaktion der Cronenberger Woche geholfen, Herr Williams in der Metzgerei. Herr Williams wollte bei der posthumen Demütigung seines Vaters selbst mitwirken. Das Ding in dem Fotostudio hat Mühl wegen der verstärkten Polizeipräsenz allein durchgezogen. Jetzt würde ich den guten Mann gerne persönlich kennenlernen.«

Mathilde erhob sich und griff nach ihrem über der Lehne hängenden Parka. »Wir haben Ihre Smartphones einsammeln lassen, damit Sie Ihrem …«, sie suchte kurz nach dem treffenden Begriff, »Auftraggeber keine Warnung per WhatsApp zukommen lassen.«

»Mühl möchte sich sowieso mit Ihnen unterhalten. Er hat Ihre Artikel im Wupperspiegel sehr geschätzt. Er möchte, dass *Sie* über die einstigen Verbrechen der Hingerichteten berichten – und natürlich über ihn. Aber erst, wenn das Werk vollendet ist. In diesem Fall sind aller guten Dinge vier«, sagte Justus. Der neben ihm sitzende Beamte bedeutete ihm aufzustehen.

»Herr Williams, Sie nennen mir unverzüglich die Adresse der Galerie«, befahl Herbert. »Sie werden in meinem Dienstwagen mitfahren. Frau Döring und Herr Farmer, Ihre Anwesenheit wird nicht weiter benötigt.«

»Mach's gut, Alter.« Justus grinste George an. »Wir haben das Richtige gemacht und Gerechtigkeit walten lassen, wo kein Richter ein Urteil gesprochen hat.« Während der Beamte ihn am Arm packte und davonzog, rief er: »Und der Drecksack, der das Feuer letztlich gelegt, die Flucht im Vorfeld geplant und die neuen Identitäten besorgt hat, wird auch seine gerechte Strafe erhalten.«

»Wenn schon drei Menschen sterben mussten, dann wollen wir zumindest einen vierten Mord verhindern«, erklärte Mathilde energisch.

George, der noch keine Handschellen angelegt bekommen hatte, warf einen Blick auf seine Armbanduhr. »Das dürfte schwer werden. Mühl wird Ihnen erst die Tür öffnen, wenn er sein Werk vollendet hat«, sagte er und streckte Hans Flachs die Handgelenke entgegen. »Auch wenn es diesmal anders endet, als er es geplant hat. Das Leben der zwei Geiseln werden Sie gewiss nicht aufs Spiel setzen wollen.«

22 Uhr

Walther Mühl überlegte, ob er der afrikanischen Furie einen Knebel in den Mund stecken sollte. Sie fluchte bereits seit einer geschlagenen halben Stunde – und das im Wechsel von afrikanisch und deutsch. Zum Glück überwog der afrikanische Anteil, sodass er das Gemeckere zumindest nicht verstand. Die junge Frau heulte vor sich hin, das war nicht weniger nervig.

»Jetzt halten Sie endlich die Klappe! So kann ich mich nicht auf meine Arbeit konzentrieren«, machte Walther einen letzten Versuch. »Oder gefällt es Ihnen besser, wenn ich Sie wieder kneble? Herr Gott noch mal, es dauert nicht mehr lange, bis Sie wieder gehen dürfen. Sie brauchen nicht zu heulen, Mädchen.« Wo blieben nur George und Justus? Er würde die Aktion, die er für kommende Nacht geplant hatte, nicht ohne Hilfe umsetzen können. Dafür fühlte er sich zu schwach.

»Kaya hat Schmerzen, Sie Monster!«, schimpfte die Haushälterin von Mathilde Krähenfuß. »Machen Sie unsere Fesseln etwas lockerer, dann hört meine Nichte auch auf zu weinen.«

»Seien Sie nicht so zimperlich.« Walther zuckte mit den Schultern. »Mein Meisterwerk ist fast vollbracht.« Er warf einen Blick auf sein Smartphone. Die letzte Textnachricht hatte er von George um kurz vor acht erhalten. Er hatte versprochen, ihm nach der Befragung im Teddybärenmuseum der Kösters unverzüglich mit Justus zur Hilfe zu eilen. »Wie lange dauert das bloß noch?«, ärgerte er sich. »Die drei werden hoffentlich dichtgehalten haben. Ich entscheide, wann die Polizei und Frau Krähenfuß die Wahrheit erfahren. Morgen früh, wenn alles zu Ende ist.« Er überlegte, ob sie Fehler gemacht hatten, doch er war sich keiner Unvorsichtigkeit bewusst. Die Beamten konnten nur rätseln und hatten nichts gegen Sabina, George und Justus in der Hand. Sie würden sie nicht festhalten können. Er hatte ihnen vorgegeben, wie sie sich verhalten sollten, und vertraute ihnen. Sie standen zu hundert Prozent hinter ihm und seiner Aufgabe. Er hatte nicht vor, sie ans Messer zu liefern, und würde sie beim Geständnis außen vor lassen. Plötzlich zuckte er zusammen, spürte er den vertrauten Feind, den wahnsinnigen Schmerz in seiner Lunge. »Schei…«, entfuhr es ihm noch, bevor er den schlimmsten Hustenanfall seines Lebens bekam. Er stolperte über den auf der Pritsche liegenden Robert Jung, krachte auf seine spitzen Knie und rang nach Luft. »Gleich … ist es vorbei. Vorbei …«, keuchte er.

»Sie müssen zum Arzt«, drang die Stimme von Martha Awolowo an sein Ohr. Kein Mediziner der Welt würde ihm mehr helfen können, aber das hier würde er durch-ziehen, sollte es auch das Letzte sein, was er auf dieser Erde vollbringen würde. Seine Lunge verkrampfte sich ein weiteres Mal. Nachdem er eine Weile auf dem Boden verharrt hatte, rappelte er sich mühsam auf und schleppte sich zur Kommode hinter der Pritsche. Mit zitternden Fingern öffnete er die oberste Schublade, langte nach der geöffneten Medikamentenschachtel und drückte eine Tablette aus dem Blister. Er schluckte sie ohne Was-ser und sank auf den Schemel neben der Kommode. Er wusste, dass ihm die Zeit davonlief. Sollten die Jungs nicht bald auftauchen, würde er improvisieren müssen.

»Sterben wirst du so oder so«, zischte er hasserfüllt. Trotz seiner Schwäche genoss er das Wimmern des Ge-knebelten. »Eigentlich war für dich das Eiscafé in Cro-nenberg bestimmt, jetzt werde ich dich als Kunstwerk in meiner Galerie ausstellen.« Er lachte heiser. Die Idee war gar nicht schlecht. Und später … ja, später würde er die Presse informieren. Er war ein Held, das musste gebührend gewürdigt werden.

»Denken Sie an unsere Fesseln?«, drängte Frau Awolowo erneut.

Er dachte einen Augenblick nach. Etwas lockern würde er die Stricke können. Schließlich war es nie seine Absicht gewesen, die zwei Damen hier zu beherbergen und zu quälen.

»Okay«, sagte er schließlich und ging auf die auf den Kissen sitzenden Frauen zu.

*

»Walther hat ein kleines Ladenlokal in der Elberfelder Straße in der Altstadt von Velbert-Neviges angemietet«, erstattete George Bericht, während er vom Rücksitz der BMW 5er Limousine aus in die Dunkelheit hinausblickte. Er saß zwischen Hans und Mathilde und wirkte erschöpft. »Meinen Sie, Mühl hat sich die Geschichte mit den Kindern, die dem Brand entkommen sind, nur ausgedacht?«, wollte er nach einer Zeit des Schweigens wissen.

»Es gibt keine Beweise dafür«, erwiderte Mathilde ernst. »Er hat Ähnlichkeiten zwischen Ihnen und den Verstorbenen entdeckt und für sich ausgenutzt, Sie und Sabina rekrutiert.«

George seufzte. »Wir haben uns alle ziemlich in die Geschichte hineingesteigert«, gab er zu.

»Selbst wenn alles so ist, wie Mühl Ihnen gesagt hat, sind Sie vernunftbegabte Menschen. Sie haben versucht, Gleiches mit Gleichem zu vergelten, und sich zu Straftätern gemacht«, mischte sich Herbert ein, der auf dem Beifahrersitz neben Florian saß, der den Wagen mit Vollgas über die Autobahn steuerte. Er hatte das Blaulicht auf dem Dach aktiviert und brauste an der Ausfahrt vorbei, die zum Elberfelder Zentrum führte. Nur eine Ausfahrt weiter würden sie die Autobahn verlassen und der Nevigeser Straße folgen. Mathilde hatte für gewöhnlich immer einen Scherz auf den Lippen über diese Straßennamen. Die Nevigeser Straße lag in Wuppertal-Elberfeld, die Elberfelder Straße im Velberter Stadtteil Neviges. An diesem späten Abend jedoch war sie zu angespannt, um diesen Dingen Beachtung zu schenken.

*

Martha atmete so tief sie konnte in den Bauch und hielt anschließend die Luft an. Der Verrückte hatte ihr die Hände an den Unterleib gefesselt, und sie tat jetzt das, was sie in ihrer Jugend in Afrika gelernt hatte. Allerdings war sie damals acht Jahre alt gewesen, jetzt ging sie auf die sechzig zu.

»Ist es nun angenehmer für Sie?«, hörte sie Walther Mühl fragen. Er sah erbärmlich aus, hager und ausgetrocknet, das Gesicht aschfahl, der Kopf fast kahl und seine Haut von tiefen Falten überzogen. Martha nickte wortlos und hielt weiter den Atem an.

Als Mühl endlich fertig war, atmete sie leise und tief aus.

»Ich werde mein Werk hier vollenden müssen, leider. Den Anblick hätte ich Ihnen gerne erspart.« Er wandte sich von Martha und Kaya ab und beugte sich zu seinem vierten Opfer nieder. Anschließend entfernte er dessen Augenbinde. »Jetzt zeige ich dir etwas, das dich interessieren wird.« Er zog ein Foto aus der Hosentasche und hielt es dem Gefangenen vors Gesicht.

»Mmm«, keuchte dieser. »Mmmmmmmmm.«

»Ja, da staunst du, ist die Ähnlichkeit nicht verblüffend?« Walther hustete mehrmals hintereinander. »Das ist deine geliebte Tochter, deren Tod du in Kauf genommen hast, um deinen Arsch zu retten.«

»Mmmmm«, krächzte der Mann und schüttelte verzweifelt den Kopf.

»Lassen Sie den armen Kerl mal zu Wort kommen«, sagte Martha energisch. »Er sollte das Recht bekommen, sich zu verteidigen.« Sie wusste, dass dieser Wahnsinnige nichts mehr zu verlieren hatte und ihn der reine Hass antrieb. Er hatte das Verhör im Museum erwähnt, und die zwei angekündigten Mittäter waren bisher nicht erschienen. Martha hoffte darauf, dass Mathilde und Herbert ihren Aufenthaltsort herausbekommen hatten und auf dem Weg hierhin waren. Sie musste Zeit schinden.

»Hören Sie, würden Sie meiner Nichte und mir einen letzten Gefallen tun?«, fragte sie deswegen.

»Welchen?« Mühl blickte sie fragend an.

»Könnten Sie meiner Nichte die Augen verbinden? Sie soll den Mord nicht mitansehen müssen, bitte«, bat Martha.

»Von mir aus.« Er kam mit der Binde in der Hand auf sie zu. »Was ist mit Ihnen, Frau Awolowo?«

»Nein, nein, ich … ich werde meine Augen schließen«, wehrte Martha ab. »Aber, bitte, diese Binde …«, sie rümpfte angeekelt die Nase, »diese Binde hat Ihr Gefangener seit einigen Tagen um, nicht wahr? Können Sie Kaya keine frische …«

»Schon gut, schon gut«, knurrte Mühl. »Mehr Rücksicht auf Sie kann ich leider nicht nehmen.« Er kehrte ihnen den Rücken und verließ den Raum.

22 Uhr 30

Florian Vogel fuhr mit Vollgas am Kindercafé Bimbilandia vorbei und bog schließlich von der Klosterstraße rechts in die Elberfelder Straße ab. Nur Sekunden später parkte er knapp hinter der Galerie, deren Schaufenster hell erleuchtet war. Hans öffnete die hintere Autotür und zog George ins Freie. Der Schneefall hatte wieder eingesetzt, und es war bitterkalt. Mathilde stieg aus und zitterte am ganzen Körper, weniger wegen der Kälte als vor Aufregung.

»Schau dir die Bilder an«, flüsterte Herbert und deutete mit der Hand auf die ausgestellten Werke mit den religiösen Motiven. »Ziemlich viele Engel für einen dreifachen Mörder. Aber mit deinem anfänglichen Verdacht auf ein religiös bedingtes Tatmotiv lagst du trotzdem falsch.«

»Die Velberter Kollegen sind auf ihren Plätzen«, berichtete Florian mit gesenkter Stimme nach einem flüchtigen Blick auf sein Handy. »Bereit, die Galerie zu stürmen.«

»Denkt an Martha und Kaya«, mahnte Mathilde. »Wenn Mühl durchdreht und alle umbringt, ist niemandem geholfen. Der Täter möchte mich sehen und soll seinen Willen bekommen. George.« Sie hielt dem Mann sein Smartphone vor die Hände. »Schaffen Sie es mit den Handschellen, ihr Telefon zu bedienen?«

George nickte stumm.

»Wählen Sie Mühls Nummer, ich werde mit ihm sprechen«, befahl sie leise.

*

Sein Smartphone klingelte. Er legte das Messer und die Augenbinde auf die Ablage neben dem Waschbecken, zog das Telefon aus seiner Hosentasche und warf einen Blick aufs Display.

»George, wo zum Teufel steckst du?«, nahm er das Telefonat entgegen. Er lauschte. »Frau Krähenfuß, das ist ja eine Überraschung. Ich hatte vor, Sie zu einem späteren Zeitpunkt zu kontaktieren.« Er hustete. »Die Kinder sind allesamt in Untersuchungshaft?« Fassungslos schüttelte er den Kopf. »Verstehe, Sie haben Justus ausgetrickst und sich seine Aufzeichnungen angesehen. Nun gut, soll mir auch egal sein. Den Rest schaffe ich allein.« Eine Weile lauschte er den Worten der Frau, deren differenzierte Artikel im Wupperspiegel er sehr geschätzt hatte. »Einverstanden, ich lasse Sie rein, aber nur Sie, keine falschen Tricks. Ich werde Ihnen die Tür in Begleitung der jungen Frau öffnen – mit einer auf ihre Schläfe gerichteten Pistole. Geben Sie mir fünf Minuten. Und richten Sie den Beamten aus, dass ich mich freiwillig abführen lassen werde. Später, wenn alles vorbei ist ...« Er beendete das Gespräch und legte das Handy auf die Ablage. Kurz zögerte er. »Hm, ich habe eine ganz besondere Idee, wie ich dieses Finale dennoch zum verdienten Höhepunkt bringe.« Er griff erneut zum Telefon und wählte Georges Nummer. »Ich brauche mehr Zeit als nur fünf Minuten. Ich verspreche Ihnen, dass in den nächsten Minuten niemand stirbt. Sollte jedoch jemand gewaltsam einzudringen versuchen, sterben so viele Menschen, wie ich erwischen kann.« Er lächelte zufrieden und tippte auf den roten Telefonhörer.

*

»Ich habe schreckliche Angst«, flüsterte Kaya. Martha tat ihre Nichte schrecklich leid, in deren weit aufgerissenen Augen sich das blanke Entsetzen spiegelte.

»Beruhige dich, mein Schatz, alles wird gut. Vertrau deiner Tante Martha«, wisperte sie zurück. Ihr Herz klopfte vor Aufregung wie verrückt. Plötzlich öffnete sich die Tür zum Hinterraum der Galerie, und der Täter trat ein. Er hatte sich umgezogen, richtiggehend in Schale geschmissen, stellte Martha verwundert fest. Statt der braunen Cordhose und dem schwarzen Pullover trug er jetzt ein weißes Hemd und einen schwarzen Anzug. Sogar eine rote Krawatte hatte er sich um den Hals gebunden. Er trug einen Rucksack, von dem aus Kabel, die um seine Ohren gelegt waren und in seine Nase führten, hervorgingen. Er hatte sich ein mobiles Sauerstoffgerät umgelegt.

Kaya entfuhr ein spitzer Schrei, als er das Küchenmesser neben dem Gefesselten auf den Boden fallen ließ. Anschließend ging er zur Kommode und griff erneut in die Schublade. Doch diesmal holte er keine Medikamentenschachtel heraus.

»Was …?«, rief Kaya entsetzt, und Martha blickte ihre Nichte besorgt an. Ihre dunklen Augen waren verkrustet, die vollen Lippen zusammengepresst. Ihre Zähne klapperten, als hätte sie Schüttelfrost. »Er hat eine Pistole«, hauchte sie.

Mühl ging zum Tisch in der Mitte des Zimmers, schien kurz zu überlegen, legte die Pistole ab und stapelte schließlich mehrere Kartons übereinander. Nachdenklich blickte er sich im Raum um. Plötzlich erhellte sich seine Miene. Er verließ das Hinterzimmer, und Martha konnte seine Schritte durch die offenstehende Tür hören. Dem Anschein nach suchte er etwas. Kurz darauf war er wieder bei ihnen. Er schnitt mit einem kleinen Messer ein fingerdickes, quadratisches Loch in den obersten Karton. Darauffolgend zog er sein Smartphone aus der Hosentasche und befestigte es mit schwarzem Klebeband an der Innenseite der Pappwand über dem Ausschnitt, sodass die Rückseite in Richtung der Pritsche zeigte. Plötzlich kicherte er hysterisch. »Nicht schlecht für einen alten Mann wie mich.«

»Was machen Sie da?«, wollte Martha wissen, während sie ihre Hände hoch und runter bewegte. Ihr Trick hatte funktioniert. Sie unter dem Strick wegzuziehen, würde ihr gelingen. Suchend blickte sie sich nach einem Gegenstand in greifbarer Nähe um, mit dem sie den Strick um ihren Leib würde durchtrennen können.

»Ich werde das Ereignis mit meinem Smartphone aufnehmen und später einigen ausgewählten Kontakten schicken. Natürlich bevor ich mich abführen lasse«, klärte er Martha auf. Er tippte mit den Fingern mehrmals auf das Display und stellte den Karton an seinen Platz zurück. »Gut so, Ich brauche später nur die Aufnahme zu starten. Die Kapazität sollte für etwa zehn Minuten reichen. Ich habe alle Videos und jedes Bildmaterial aus der Fotogalerie gelöscht«, sagte er zufrieden.

»Meine Damen«, er wandte den Blick Martha und Kaya zu, »in wenigen Minuten werde ich ein schreckliches Unrecht rächen. Jetzt können wir Frau Krähenfuß zu uns bitten, was halten Sie davon?«

»Mathilde?« Martha wagte ihren Ohren nicht zu trauen.

»Die Situation hat sich verändert – und ist gar nicht mal so schlecht. Mit der Dame wollte ich sowieso plaudern. Jetzt wird sie Augenzeugin sein, wenn ich den Drecksack um die Ecke bringe.« Er lachte, hustete, lachte weiter und griff nach der Pistole. »So, Mädchen, du wirst mich begleiten, etwas Bewegung nach dem langen Sitzen wird dir gut bekommen.« Er langte nach dem kleinen Messer, mit dem er den Karton ausgeschnitten hatte, und kam auf Kaya zu. Etwas umständlich ging er in die Hocke und durchtrennte den Strick, der die Arme der jungen Frau an ihren Körper fesselte. »Die Hände bleiben schön zusammen.« Er packte sie mit der linken Hand, seine rechte drückte ihr den Lauf der Kurzwaffe an die Schläfe. Das Messer ließ er achtlos fallen.

»Mach einfach, was er sagt, Kaya. Dir wird nichts geschehen«, sagte Martha in beruhigendem Tonfall.

Kaya nickte tonlos und ließ sich von Mühl, ohne Gegenwehr zu leisten, aus dem Raum führen.

Martha war mit dem Unbekannten allein.

23 Uhr

Nachdem Georges Smartphone mit einem lauten Piepton den Eingang einer WhatsApp-Nachricht gemeldet hatte, tippte Mathilde mit zitterndem Mittelfinger auf den grünen Botton und hielt sich das geschickte Bild vor die Augen. Es zeigte Martha, die gefesselt auf einem Kissen auf dem Boden saß und an einer Wand lehnte. Die Bildunterschrift lautete schlicht: *Ich lasse Sie jetzt in die Galerie.*

Sie warf einen Blick über ihre Schulter, in die Dunkelheit, in der die Beamten der Wuppertaler Mordkommission und die Velberter Kollegen auf ihren Einsatz warteten. George war im Dienstwagen eingeschlossen.

Sie hatte lange in der Kälte ausharren müssen und fror erbärmlich. Ihr Parka und ihre Schirmmütze waren mit Schneeflocken übersät. Sie sah Walther Mühl zum ersten Mal, als er mit Kaya am Arm auf die Glastür zukam, und erschrak über den grotesken Anblick, der sich ihr bot. Er war wie ein Sparkassenangestellter zurechtgemacht: schwarzer Anzug, weißes Hemd und rote Krawatte. Jedoch war alles viel zu groß für seinen mageren Körper. Er trug ein mobiles Sauerstoffgerät und machte alles andere als einen gesunden Eindruck. Die Tür öffnete sich, und seine Lippen verzogen sich zu einem Grinsen.

»Frau Krähenfuß. Herzlich willkommen.« Das erbarmungslose Licht der Neonlampe präsentierte fahle Haut, eingefallene Augen und Wangen und eine spitze Nase. »Ich wollte Sie immer einmal kennenlernen. Ihre Berichte im Wupperspiegel waren sensationell. Nur Ihr kritischer Umgang mit der katholischen Kirche missfiel mir. Aber kommen Sie herein, herein mit Ihnen.« Er wich einen Schritt zurück und wies einladend mit der Hand ins Innere der Galerie. »Sie sehen durchgefroren aus. Aber im Hinterzimmer der Galerie herrschen angenehme Temperaturen. Bei mir muss niemand frieren.« Er hustete mehrmals hintereinander.

Mathilde betrachtete nur flüchtig die Werke, die im Schaufenster und im Raum ausgestellt waren.

»Mein Lebenswerk«, bemerkte Mühl stolz. »Sehen Sie den leeren Stuhl zwischen den Gemälden? Den wird das Werk besetzen, das meine Ausstellung vollendet.«

»Frau Krähenfuß, so helfen Sie mir doch!«, rief Kaya unter Tränen. »Der Typ ist komplett durchgeknallt. Wo ist die Polizei?«

»Die Polizei ist draußen, liebes Kind«, sagte Walther Mühl gelassen, während er die Tür wieder verschloss und den Riegel vorschob. »Die Beamten möchten nicht, dass dir etwas geschieht, und warten gehorsam, bis ich sie hereinrufe.«

»Herr Mühl, lassen wir die Spielchen«, sagte Mathilde unwirsch. »Sie sehen aus, als wären Sie todkrank. Wie konnten Sie in so einer Verfassung schwere Männer hin und her transportieren? Nun gut, bei Bernd Bauer und Otto Stein hatten Sie Unterstützung von Justus und George, aber wie haben Sie es geschafft, Lothar Seitz ins Fotostudio Hensel zu bringen?«

»Ich habe starke Medikamente«, erwiderte Mühl. »Außerdem bleiben mir ein paar Wochen, bis der Lungenkrebs sein Endstadium erreicht. Ich habe Zeit genug, um meinen Erfolg im Gefängnis und im Hospiz auszukosten. Die Ärzte geben mir noch bis zu zwei Monate.«

»Ich bin hier, weil Sie mit mir sprechen möchten«, stellte Mathilde fest und zog ihren Parka aus. Sie hängte ihn über eine leere Staffelei und platzierte die Mütze auf der Holzspitze.

»Sie haben recht, ich möchte, dass Sie die Hintergründe meines Handelns verstehen und darüber nicht verfälscht berichten. Doch unsere Unterhaltung wird nicht hier stattfinden, sondern im Hinterzimmer, von Angesicht zu Angesicht mit einem mehrfachen Familienmörder«, erklärte er und schob Kaya zur Durchgangstür. »Sollten Sie Dummheiten machen, wird mehr Blut fließen, als es sein muss. Ich warne Sie.«

Mathilde folgte ihm ins Hinterzimmer und atmete beim Anblick ihrer Haushälterin befreit auf.

»Mathilde, Gott sei Dank, du bist hier!«, rief Martha, sichtlich erleichtert.

»Sparen Sie sich die Rührseligkeiten für später auf. Ich möchte die Sache zu Ende bringen.« Mühl befahl Kaya mit einem Kopfnicken, sich wieder auf ihr Kissen zu setzen. »Wagen Sie es nicht, sich zu rühren. Ich habe Sie weiterhin im Blick.« Er zog einen Holzstuhl zur Pritsche und ließ sich darauf nieder. Die Pistole ruhte in seinem Schoß. »Nehmen Sie sich einen Stuhl, Frau Krähenfuß, und setzen Sie sich an Roberts andere Seite.«

Mathilde nickte und befolgte die Anweisung.

»Ich erkläre Ihnen jetzt die Spielregeln. Sie dürfen mich alles fragen, was Sie möchten. Wenn wir mit diesem Interview fertig sind, werde ich Robert Jung töten. Vorher werde ich ihn mit Chloroform außer Gefecht setzen und anschließend den ganzen Vorgang mit meiner Handykamera aufzeichnen. Es wird wenig Blut fließen, weil ich das Messer in seinem Herzen stecken lasse. Ich bin mittlerweile Experte.« Er lachte. »Da sich George und Justus in Untersuchungshaft befinden, werden Sie mir dabei helfen, die Leiche ins Schaufenster zu setzen. Auch davon werde ich ein Foto machen. Wir werden mit einem Glas Sekt auf mein Werk anstoßen und den unvergesslichen Anblick ein wenig genießen. Anschließend werde ich die Tür der Galerie öffnen und mich der Polizei stellen. Versuchen die Beamten, gewaltsam in die Galerie einzudringen, werde ich nicht zimperlich mit meiner Pistole umgehen.« Er nickte mit dem Kopf zu Kaya. »Der Kommissar mag abwägen, welches Leben es eher zu schützen gilt: das Leben einer jungen, unschuldigen Frau oder das Leben eines alten Mannes, der selbst ein Mehrfachmörder ist. Fangen wir an. Es ist jetzt …«, er warf einen Blick auf seine Armbanduhr.

23 Uhr 25

»… Exakt dreiundzwanzig Uhr fünfundzwanzig.« Mühl schaute Mathilde auffordernd an. »Los. Ich möchte, dass Sie verstehen, warum ich nicht anders handeln konnte und kann.«

Mathilde warf einen Blick auf Robert Jung. Die Pritsche, auf die er gefesselt war, war in die Nähe des Tischs geschoben worden. Sie wirkte unbequem. Jung sah aus, als wäre er frisch gewaschen, sein Hemd und seine Stoffhose waren sauber und faltenfrei. Eigentümlicherweise konnte sie in seinen Augen keine Panik entdecken. Er wirkte erstaunlich unbeteiligt, als würde ihn die ganze Sache nichts angehen. »Herr Mühl, wofür halten Sie sich eigentlich? Sie möchten, dass ich *verstehe*, warum Sie drei Männer abgestochen und öffentlich aufgebahrt haben? Was ist Ihr wahres Motiv? Sie haben sich zunächst gut mit den vier Herren verstanden und sogar gemeinsam mit Ihnen einen Club gegründet. Bevor Sie ausschweifen, möchte ich Sie darauf hinweisen, dass Ihre drei Mittäter ausgesagt haben und wir über die Vergehen der Ermordeten und des Gefangenen vor dreißig Jahren unterrichtet sind. Die Beamten und ich sind entsetzt über diese Gräueltaten. Ich finde es richtig, dass Verbrechern der Prozess gemacht wird. Das wäre auch in diesem Fall der korrekte Weg gewesen. Wieso diese Selbstjustiz?« Während Mühl kurz die Augen schloss, schob Mathilde ihre rechte Hand in ihre Hosentasche und tastete nach dem BlackBerry, das im Gegensatz zu den Smartphones anderer Hersteller zusätzlich zum Touchscreen am unteren Rand mit einer Tastatur ausgestattet war. Dies hatte den Vorteil, dass Mathilde nur ihre Notfalltaste, die sie eingerichtet hatte, drücken musste, um bei ihrem Neffen Alarm auszulösen. Sie hatten vereinbart, dass Mathilde diese Funktion nutzen sollte, wenn die Situation zu eskalieren drohte. In diesem Fall würden die Beamten in aller Härte und Schnelligkeit reagieren und den Laden stürmen.

»Sie *werden* mich verstehen.« Mühl öffnete seine Lider wieder. »Ich wurde 1945 in Dresden geboren. Kurz vor dem Bombenangriff auf die Stadt am 13. Februar im Zweiten Weltkrieg. Nach dessen Ende, ein Jahr später, kam es auf Druck der Sowjetunion zur Zwangsvereinigung der SPD und KPD zur SED. Ein Despot wechselte den anderen ab. Ich begann bereits mit dreizehn Jahren von einer Flucht zu träumen, aber wer möchte sich in diesem Alter von Eltern, Geschwistern, Großeltern und Freunden trennen? Als ich sechzehn Jahre alt war, wurde die Berliner Mauer gebaut und vielen gelang gerade noch rechtzeitig die Flucht nach Westberlin. Sie wissen, dass die Mauerschützen den größten Teil der Flüchtlinge im sogenannten Todesstreifen erwischten, haben selbst einen gut recherchierten Artikel zum Thema verfasst, den ich sogar aufbewahrt habe. Der Artikel ist einer der Gründe, warum ich möchte, dass *Sie* über mich und den komplexen Fall berichten.« Er zog ein gefaltetes Stück Papier aus der Tasche seines Jacketts. »***Wupperspiegel vom 8. Dezember 1999. Zahlen und Fakten. Lernen wir aus der Vergangenheit? Was wird das neue Jahrtausend bringen****? Von Mathilde Krähenfuß*. Ich zitiere eine kurze Passage: *Wir stehen vor einer großen Wende, der Jahrtausendwende. Blicken wir auf ein Land, das in diesem Jahrtausend bereits eine Wende hinter sich hat, einen Aufbruch in eine neue Zeit, in ein vereintes Deutschland. Doch am Ende des Wahljahres 1999 kann erneut eine Linkspartei zufrieden sein, denn die PDS gewann bei der Bundestagswahl 5,1 Prozent der Zweitstimmen und ist in Fraktionsstärke im Bundestag vertreten. In Mecklenburg-Vorpommern ist sie sogar Partnerin der Regierung. Ist diese Entwicklung bedenklich?*«

»Das ist sachlicher Journalismus«, unterbrach Mathilde Mühl. »Als Politredakteurin musste ich Tatsachen aufzeigen und hinterfragen.«

Mühl faltete den Zeitungsausschnitt zusammen und steckte ihn zurück in die Tasche. »Aus diesem Grund bin ich froh, dass Sie hier sind. In der ehemaligen DDR wurde die Bevölkerung unterdrückt, und Andersdenkende wurden gnadenlos verfolgt. Schlimme Dinge geschahen damals, die nur dem einen Zweck dienten, den wenigen SED-Bonzen den Wohlstand zu gewährleisten. Im Jahr 1967, sechs Jahre nach dem Bau der Mauer, als ich zweiundzwanzig Jahre alt war, gelang mir die Flucht an der Grenze Riebau. Ich war in der Begleitung meines besten Freundes. Sie können sich nicht vorstellen, wie es sich anfühlt, um sein Leben zu rennen, ganz in Schwarz gekleidet, nur einen Rucksack als Gepäck, mitten in der dunkelsten Nacht. Zwar hatten wir im Vorfeld die Lage der Minen studiert, doch das Restrisiko war enorm hoch. Wir waren kurz vor dem Ende des Grenzstreifens, als uns ein Scharfschütze entdeckte. Der Dreckskerl brachte meinen Freund zur Strecke, ich … ich durfte nicht anhalten, musste ihn verrecken lassen. Ich lief und lief und lief … Das Schlimmste war das Gebell der Hunde.« Plötzlich rann eine Träne über seine Wangen. Mathilde lief ein eiskalter Schauder über den Rücken. »Auch wenn nachträglich nie bewiesen werden konnte, dass die Exekutionen der Flüchtenden angeordnet waren, hieß es inoffiziell, Flüchtende seien festzunehmen oder zu vernichten.« Mühl machte eine Pause und wischte sich mit dem Handrücken über die Augen. »Die Dunkelziffer der Toten ist hoch. Jetzt, in einer Zeit, in der ich wieder um mein Leben laufe, vor dem Tumor in meiner Lunge flüchte, habe ich die letzte Gelegenheit genutzt, die Erschossenen und Inhaftierten zu rächen.« Er atmete tief ein und aus, bevor er mit der Hand auf Jung zeigte. »Dieses Häufchen Elend zu meinen Füßen ist einer der Mitverantwortlichen für all das Leid. Jetzt stellt sich die Frage, warum er nicht vor Gericht wie seine Parteikollegen stand. Die Antwort darauf kennen Sie. Nette Zeitgenossen, die vier, nicht wahr?«

Mathilde schwieg betroffen.

»In meinem vierten Semester als Seniorstudierender habe ich die vier im Fachbereich Philosophie kennengelernt. Wir diskutierten, wie der perfekte Staat aussehen könne. Über das Thema planten wir, ein Buch zu veröffentlichen. Ich fühlte mich endlich wichtig, war froh, dass nach meinem Tod etwas von mir bleiben würde. Mit meiner Krankheit bin ich offen umgegangen, auch vor Dozenten und Kommilitonen. Das gemeinsame Kartenspiel mit meinen neuen Freunden tat mir sehr gut. Sie können sich vorstellen, wie geschockt ich war, als sie mit ihren Taten prahlten. Ich sah mich plötzlich Männern gegenüber, die damals nicht gezögert hätten, mich abschießen zu lassen. Die Scharfschützen meiner Vergangenheit bekamen auf einmal ein Gesicht.« Mühl musste innehalten, kämpfte sichtlich gegen die Tränen. Er schniefte und kramte ein Taschentuch aus der Anzugshose. Nachdem er die Sauerstoffzugänge entfernt und sich die Nase geputzt hatte, fuhr er fort: »Wie kann ein Mensch seine Kinder umbringen, ganze Familien auslöschen? Diese Verbrecher waren ungeschoren davongekommen. Jetzt wusste ich, was ich am Ende meines Lebens zu tun hatte. Bezweifelt wirklich jemand in diesem Raum, dass diese Ratte auf der Pritsche den Tod verdient hat?«

»Dieser Mann hat eine Strafe verdient, nicht den Tod«, machte sich Martha bemerkbar.

»Auge um Auge, Zahn um Zahn«, rezitierte Mühl.

»Oder: Du sollst Gleiches nicht mit Gleichem vergelten«, konterte Mathilde.

»So sehr ich Sie schätze, den Religionen standen Sie immer kritisch gegenüber«, bemerkte Mühl.

»In meinen Artikeln im Wupperspiegel bemühte ich mich um Neutralität, das ist wahr. Was ich hingegen wirklich denke oder glaube, gebe ich in der Öffentlichkeit nicht preis. Woher kommt Ihr starkes religiöses Interesse?«

»Nach meiner Flucht habe ich in einer Kirchengemeinde eine neue Heimat gefunden und die Bibel studiert. Ich habe die Engel kennengelernt, die mit mir sprechen.« Mühl kicherte, und seine Augen begannen fiebrig zu glänzen. »Wissen Sie, in meiner Kindheit gab es zu Weihnachten nur Jahresendzeitfiguren.« Er hustete mehrfach, erhob sich schwankend von seinem Stuhl und klemmte sich die Pistole unter den Arm. Aus seiner Jackentasche zog er ein kleines Fläschchen und ein Stück Stoff.

Mathilde wusste, dass es im Internet Anleitungen gab, wie Chloroform selbst herzustellen war. »Warten Sie!«, rief sie. Ihr Finger lag auf der Notruftaste. »Erzählen Sie mir, wie Sie vier stattliche Männer in die Galerie gelockt und bewegungsunfähig gemacht haben.«

»Das war kinderleicht.« Mühl öffnete die Flasche und goss etwas Flüssigkeit auf den Stoff. »Das Problem an Chloroform ist, dass es erst wirkt, nachdem es längere Zeit eingeatmet worden ist. Sie werden es gleich selbst miterleben. Ich machte mir unser Trinkritual zunutze. Beim Kartenspiel floss der Wein in Strömen, ich brauchte lediglich etwas Diazepam hinzuzufügen, um sie ruhigzustellen. Anschließend konnte ich sie in Ruhe mit Chloroform in Tiefschlaf versetzen. Justus, der im Bad gewartet hatte, half mir schließlich, die vier ins Hinterzimmer zu verfrachten und auf die vorbereiteten Pritschen zu fesseln. Als sie aufwachten, waren sie geknebelt und blind aufgrund der Augenbinden. Das war nett, nicht wahr, Robert?« Er kicherte erneut, und Mathilde setzte den Notruf ab. Sie wappnete sich innerlich dafür, aufzuspringen und sich im Notfall schützend vor Kaya zu stellen. Ihre Handinnenflächen wurden feucht, und das Herz schlug ihr bis zum Hals, als Mühl sich zu dem Gefesselten niederbeugte und ihm mit einem Ruck den Knebel aus dem Mund riss. Dann brach das Chaos aus. Jung rammte Mühl mit aller Wucht die Knie in die Weichteile, ein Schuss löste sich, und Mathilde schnellte hoch und sprintete zu Kaya, die panisch aufschrie. Aus dem Augenwinkel sah sie, wie Mühl sich vor Schmerzen krümmte und Jung, dessen zerschnittenen Fesseln neben ihm lagen, geistesgegenwärtig nach der zu Boden gefallenen Pistole griff. Er hielt sie in seinen zitternden Händen, war aschfahl im Gesicht, das mit dem von Sabina Döring tatsächlich eine gewisse Ähnlichkeit aufwies. Er blutete stark, hatte anscheinend eine Verletzung an der Schulter davongetragen.

»Ich knall das Schwein ab!«, krächzte er, rappelte sich mühsam auf und richtete die Waffe auf seinen Peiniger.

»Nein, so haben wir nicht gewettet!«, hörte Mathilde Martha rufen, während sie Kaya in Richtung Tür schob. »Raus mit dir, bring dich in der Galerie in Sicherheit.«

»Du, du, du …«, stammelte Mühl und sank hustend auf die Pritsche.

»Kommen Sie, geben Sie mir die Waffe, es reicht, die Gewalt muss ein Ende haben«, drang Marthas Stimme weiter an Mathildes Ohr.

Das Geräusch einer aufbrechenden Tür kündigte die Polizei an, und sie atmete erleichtert auf. Nur Sekunden später stürmten die Beamten das Hinterzimmer.

»Lassen Sie die Pistole fallen!«, schrie Herbert und richtete seine Dienstwaffe auf Robert Jung.

»Nur zu, du Familienmörder, schieß doch, ich sterbe sowieso bald«, zischte Mühl.

»Nein!« Mit Schrecken beobachtete Mathilde, dass Martha die Hand auf den Pistolenlauf legte und ihn zur Wand drehte. Anschließend nahm sie Jung sanft die Waffe ab. »Ich habe Ihnen nicht die Fesseln gelöst, damit heute doch noch ein Mensch stirbt.«

»Wie hast du das geschafft?«, wollte Mathilde verblüfft wissen, während Hans und Florian zu den Männern eilten und ihnen Handschellen anlegten.

»Ich habe einen Trick angewendet, den meine Mutter mir in Afrika beigebracht hat«, erwiderte Martha stolz. »Wenn einem Menschen die Hände an den Bauch gefesselt werden, muss er so viel Luft im Bauch sammeln, wie es geht. Das erfordert einiges an Übung. Anschließend darf nicht geatmet werden, bis die Stricke sitzen. Zusätzlich muss der Bauch herausgestreckt werden. Dies kann ein bis zwei Zentimeter Bewegungsfreiheit bewirken. Bei mir hat es funktioniert, und ich habe die Hände frei bekommen. Mit dem Messer, das Herr Mühl dafür verwendet hatte, Kayas Stricke durchzutrennen, und das er in der Eile auf ihrem Kissen liegen gelassen hatte, konnte ich meine Fesseln aufschneiden. Selbstverständlich habe ich auch Herrn Jung von seinen Stricken befreit. Ich habe ihm gesagt, er solle einfach abwarten. Schließlich hatte Mühl eine Pistole, die in dem Augenblick auf Kaya gerichtet war.«

Mathilde fröstelte beim Anblick der alten Männer, die sich hasserfüllt anstarrten.

»Herr Jung, seit zwanzig Jahren verjährt der Tatbestand Mord vor Gericht nicht mehr«, erklärte Herbert bestimmt. »Ich nehme Sie hiermit wegen Verdacht auf mehrfachen Mord fest. Was Ihre politische Vergangenheit betrifft, damit wird sich die Staatsanwaltschaft befassen.«

»Mein Name ist Robert Jung, und diesen Namen werden Sie in keiner Verbindung zum damaligen Geschehen finden. Mühl lügt wie gedruckt, um das Ausüben seiner Gewaltfantasien rechtfertigen zu können.« Jung sog heftig die Luft ein. Die mehrtägige Qual der Gefangenschaft hatte ihn merklich geschwächt. »Ich brauche medizinische Hilfe.«

»Die werden Sie erhalten, keine Sorge. Aber festnehmen werde ich Sie trotzdem. Florian, ruf den Notarztwagen und begleite Jung. Die Ärzte sollen entscheiden, wie schwerwiegend die Schusswunde ist und wann er in Untersuchungshaft gebracht werden kann.« Herbert wandte sein Augenmerk Walther Mühl zu, der trotz der Sauerstoffzufuhr ganz blau im Gesicht war. »Herr Mühl, welcher Teufel hat Sie geritten, drei Männer auf grausame Art zu ermorden und an öffentlichen Orten in Cronenberg aufzubahren, sie auszustellen?«

»Herr Mucke?« Einer der Velberter Beamten war hinter ihn getreten. »Das haben wir im Schaufenster der Galerie gefunden. Es scheint nicht recht zu den restlichen Werken zu passen.«

Herbert drehte sich zu dem Beamten um und zog die Stirn in Falten. »Natürlich. Der obligatorische kleine Teddybär aus dem Teddybärenmuseum der Kösters.«

Mühl hustete mehrfach hintereinander.

»Sie sind uns ein paar Antworten schuldig, Herr Mühl«, mischte sich Mathilde ein. »Warum der ganze Aufwand? Sabina Döring musste den Bären im Museum Messer in die Leiber stecken. Geht's noch?«

»Warum ich mir das kleine Kaff da oben ausgesucht habe?« Mühl lachte bitter. »Die Antwort sollte auf der Hand liegen. Ich benötigte öffentliche Orte, die sich in der Nähe eines ganz bestimmten Hauses befinden, nämlich in der Nähe des Museums der Kösters. In der Nähe von Franz Köster …«, er machte eine bedeutungsvolle Pause, »diesem charakterlosen Menschen, dessen bloße Geburt schon ein Verbrechen war. Wissen Sie, dass der Vater von Franz Köster Schaustellerwagen herstellte und restaurierte?«

Mathilde schüttelte verständnislos den Kopf.

»In der DDR freuten wir uns jedes Jahr auf die Monate Oktober und November, die Monate der Kirmes, der Schausteller, der Zuckerwatte. In fast jedem Dorf und vielen Städten herrschte in dieser Zeit ein buntes Treiben. Natürlich waren die Attraktionen nicht so vielfältig wie im Westen, aber wir kannten es schließlich nicht anders. Manfred Köster wurde oft gebeten, Zuckerwagen herzustellen und nach Pirna zu liefern, einem kleinen Dorf in der Nähe meiner Heimatstadt Dresden. Meine erste Erinnerung an ihn habe ich, als ich sechs Jahre alt war. Er muss damals sechsundzwanzig gewesen sein, würde er noch leben, stünde dieses Jahr sein siebenundneunzigster Geburtstag an.« Mühl hustete. »Der Bürgermeister ließ jedes Jahr dafür sammeln, damit das Dorf sich die Köstlichkeiten leisten konnte. Es war zwar weniger auf dem Wagen als im Westen, doch für uns Kinder war es eine Sensation.«

»Seit wann sind die Hersteller der Wagen selbst Schausteller?«, wunderte sich Herbert und zwirbelte seinen Schnurrbart.

»Sind sie nicht, doch in diesen zwei Monaten machte Köster traditionell eine Ausnahme. Er stellte Saisonkräfte ein, die den Betrieb in Cronenberg aufrechterhielten, und reiste in den Osten. Wie er diese Sondergenehmigung bewirkt hatte, war niemandem klar, aber das interessierte uns nicht. Wir sahen nur die klebrige Zuckerwatte und die Liebesäpfel.« Mühl schloss kurz die Augen, und ein Lächeln schlich sich auf sein Gesicht. »Köster war bei uns Kindern sehr beliebt, denn er gab gerne etwas gratis dazu. Er hatte ein gutes Namensgedächtnis und konnte viele von uns Kindern auch im nächsten Jahr wieder mit Namen ansprechen. Er war ein Baum von einem Mann. Für mich gehörte er zur Kirmes dazu wie die Butter aufs Brot.«

»Ich verstehe immer noch nicht, was das mit Teddybären zu tun hat.« Mathilde zuckte mit den Schultern und zog die Augenbrauen hoch.

»Gar nichts«, fuhr Mühl fort. »Ich habe nichts gegen Teddybären, außer, dass Franz eine Leidenschaft für sie hat.« Er öffnete die Augen wieder. »Als ich zwanzig Jahre alt war und die Welt nicht mehr mit Kinderaugen sah, bin ich Manfred Köster auf die Schliche gekommen, dem Hundesohn.« Das Lächeln war von seinen Lippen verschwunden. »Er hat jedes Jahr einen Menschen in den Westen geschmuggelt.«

»Moment, ich verstehe nicht so ganz«, stellte Herbert fest. »Sie sagten, dass Sie seit Ihrem dreizehnten Lebensjahr mit dem Gedanken an die Flucht in den Westen gespielt haben. Müsste Manfred Köster nicht Ihr Held sein?«

»Held.« Mühl verzog verächtlich die Lippen. »An einem Tag im November wollte ich mich von ihm verabschieden. Ich erinnere mich noch genau, es war ein dunkler, regnerischer Abend.« Er ballte die Hände zu Fäusten. »Dieser unglaubliche Verrat.« Er schluckte hart. »Es war Rita, die mit einer Tasche in der Hand in seinen Wagen einstieg.« Seine Augen füllten sich mit Tränen. »Rita, die mir das Tanzen beigebracht hatte, die mit mir Hand in Hand spaziert war, deren Lippen die meinen zart geküsst hatten, Rita, meine wunderschöne Rita, die ich heiraten wollte. Sie …«, er brach ab und kniff die Augen zusammen, »sie flehte mich an, sie nicht zu verraten, um unserer Liebe willen. Sie habe mir nichts von ihrem Vorhaben verraten, um mich zu schützen, beteuerte sie. Aber ich habe die Lüge in ihren Augen gesehen. Sie wäre geflohen, ohne mir auf Wiedersehen zu sagen, spurlos aus meinem Leben verschwunden. Köster, der hinterhältige Kerl, versprach, mich im nächsten Jahr mitzunehmen, riet mir, mich ein Jahr lang in Geduld zu üben und zu schweigen. Ich habe ihn nie wiedergesehen. Das Gerücht, sein Unternehmen sei pleite gegangen, hielt sich standhaft, doch ich ging davon aus, dass er aufgeflogen war, dass er und Rita in der DDR im Gefängnis sitzen würden.« Mühl lachte bitter. »Vor einigen Jahren, ich war erst kurz zuvor von Mannheim nach Wuppertal gezogen, habe ich im Fernsehen einen Bericht über das Teddybärenmuseum der Kösters gesehen. Franz trug nicht nur den Namen des verhassten Verräters, er ähnelte ihm auch. Ich … ich habe gedacht, ich melde mich einfach einmal für eine Führung an. An diesem Tag erfuhr ich die ganze abscheuliche Wahrheit. Manfred hatte Rita, meine Rita, geheiratet. Franz Köster ist … ihr Sohn. Ich sah nach vielen Jahren meine große Liebe wieder. Natürlich habe ich sie zur Rede gestellt, wurde sogar ziemlich laut. Manfred lebte zu der Zeit nicht mehr, was sein großes Glück war. Rita … Rita wollte nicht mit mir reden, hat sogar über mich gelacht, gesagt, ich sei nur ein Zeitvertreib gewesen und sie schon zum Zeitpunkt ihrer Flucht in Manfred verliebt gewesen, in ihren Helden, der derart viele Menschen in den Westen gebracht hatte. Franz, der Sohn der Hure, schmiss mich aus dem Haus, drohte mir auf übelste Art und Weise. Aber ich kam wieder, immer wieder. Ich beobachtete sie aus dem Verborgenen heraus. Der Hass zerfraß mich, ich wusste, ich würde erst Erlösung verspüren, wenn sie tot wäre. Zum Glück erledigte sich das recht schnell von selbst: Sie verstarb an einem Herzinfarkt. Aber Franz Kösters bloße Existenz ist für mich eine bleibende Erinnerung an den Verrat, an meine Qual.«

»Er hat beim heutigen Verhör auf Ihren Namen reagiert«, warf Mathilde ein. »Mir ist das aufgefallen.«

»Das ist gut, das erfüllt mich mit einer gewissen Genugtuung«, sagte Mühl mit glänzenden Augen. »Zwei Faktoren mussten zusammenspielen, um das Fass zum Überlaufen zu bringen. Die Erkenntnis, dass meine vier tollen neuen Freunde zu den Verbrechern gehörten, die Ostdeutschen einsperren und erschießen ließen, und die Gewissheit, dass ich nicht mehr lange zu leben habe. Mein vollständiger Plan ging noch weiter, doch leider wurde mir klar, dass ich Justus und George – und schon gar nicht Sabina – dazu nicht würde bewegen können. Sie zur Beihilfe bei der Hinrichtung ihrer verhassten Väter zu motivieren, das war die eine Sache, mir beim Mord an Franz Köster zu helfen hingegen eine andere. Also«, er seufzte, »gab ich mich damit zufrieden, dass einige seiner wertvollsten Bären zerstört wurden und ich bei ihm und seiner Frau für Angst und Schrecken sorgte. Glauben Sie mir, ich würde ihn gerne aus seinem luxuriösen Leben reißen, das er seit der Stunde seiner Geburt nicht verdient hat.«

»Die Abgründe der menschlichen Seelen sind tief«, sagte Mathilde kopfschüttelnd und schob ihre Brille zurecht. »Würde ich das alles nicht live und in Farbe mitbekommen, wäre ich der festen Überzeugung, dass es so einen Wahnsinn nicht geben kann. Nun hat das Leben mich eines Besseren belehrt.«

»Eine Frage habe ich noch«, mischte sich Herbert ein. »Nach dem Brand damals in Wandlitz müssen Überreste der Leichen gefunden worden sein. Überreste von Frauen, Kindern und eben auch von Männern. Zähne zum Beispiel. Das Fehlen dieser Dinge hätte doch auffallen müssen. Haben die vier Ihnen gegenüber verraten, warum sie trotzdem für tot erklärt wurden?«

»Die Antwort auf Ihre Frage ist simpel.« Mühl hustete. »Geld regiert die Welt und versetzt Berge. Jung wusste bereits im Vorfeld, welcher Kommissar die Ermittlungen übernehmen würde. Dem stand das Wasser bis zum Hals, er brauchte dringend Geld, viel Geld.«

»Hm«, brummte Mathilde. »Aber der Kommissar war nicht allein am Tatort. So etwas ist keine One-Man-Show, damals wie heute nicht. Wie konnte er die fehlenden Gebeine erklären?«

»Jung erzählte mir, sie hätten ein paar arme Seelen gerettet.« Mühl lachte bitter. »Sie brachten ohne Skrupel vier Obdachlose um, die niemand im Land vermissen würde. Sie hatten die Leichen, die frischen Leichen, in Schränken versteckt, in Räumen, die am Abend der Party nicht genutzt wurden. Beim Ausbruch des Feuers stürzten sie ein, und die Knochen verstreuten sich. Der bestochene Kommissar hatte somit keine Erklärungsnot. Tja, so sehr ich Jung und die anderen verabscheue, eins muss ich ihnen lassen: Dumm waren sie nicht.«

»Ich rufe jetzt die Sanitäter, Sie müssen ins Krankenhaus«, stellte Herbert fest. »Nachdem Sie stabilisiert worden sind, werden Sie ins Justizvollzugskrankenhaus Nordrhein-Westfalen verlegt, dort Ihre Untersuchungshaft und später Ihre Strafe absitzen. Was mir noch einfällt: Warum haben Sie die Teddybären im Museum mit Schmuckstücken der Ermordeten ausgestattet?«

Mühls Augen glänzten fiebrig. »Ich wollte sie symbolisch kreuzigen, diese Verbrecher. Jesus ist für uns Menschen den Opfertod gestorben, diese Männer hatten die schlimmstmögliche Strafe verdient.«

»Auch ich habe noch etwas auf dem Herzen.« Mathilde legte Martha, die an ihre Seite getreten war, den Arm um die Schultern. »Eine recht triviale Sache, wie ich meine. Warum haben Sie nach den Einbrüchen eigentlich hinter sich abgeschlossen?«

Walther Mühl schloss die Augen und seufzte. »Es gibt Dinge, die ich mir selbst nicht erklären kann. Seit meiner Flucht ertrage ich es nicht, Türen hinter mir unverschlossen zu lassen. Es ist wie ein Zwang.« Er zuckte mit den Schultern. »Mehr steckt nicht dahinter.«

»Tja, jetzt brauchen Sie sich um offene Türen nicht mehr zu sorgen«, entgegnete Mathilde ernst. »Ab heute werden sich andere darum kümmern, dass die Türen hinter Ihnen verschlossen bleiben.«

Mittwoch, 20. Februar

Als die Beamten ihre Arbeit in der Galerie erledigt und Mathilde und Martha am Teddybärenmuseum abgesetzt hatten, war es zwei Uhr nachts.

»Im Erdgeschoss brennt noch Licht«, stellte Martha gähnend fest, als sie auf dem Beifahrersitz des Berlingo Platz nahm. »Ich bin ganz steif vom langen Sitzen. Hoffentlich behält Kaya keinen bleibenden seelischen Schaden zurück.«

»Deine Nichte wird psychologischen Beistand benötigen. Dass die Kösters nicht schlafen können, ist kein Wunder. Morgen werde ich sie anrufen und ihnen erklären, was es mit den Bärenmorden auf sich hat. Obwohl Franz Köster seit dem Verhör gewiss eine Ahnung von den Gründen dieser Hassattacke auf sich und seine Bären hat.« Mathilde legte den Rückwärtsgang ein und setzte vorsichtig zurück. Zu dieser Uhrzeit waren nur vereinzelte Pkws auf der Berghauser Straße unterwegs, und Mathilde beschloss, an der Kreuzung links abzubiegen und trotz des Schneefalls den kurvenreichen Weg über die Kohlfurth zur Autobahn zu nehmen. Doch zuvor hielt sie einen Moment vor der Ticketzentrale des TiC-Theaters an und faltete die Hände im Schoß. »Ich kann es nicht fassen, ich kann es einfach nicht fassen,

Martha. Was ist an diesen Orten bloß passiert? Ich mache mir große Vorwürfe, dass wir nach dem Drama in der Redaktion der Cronenberger Woche zwei weitere Morde zugelassen haben. Wir hätten unser Augenmerk verstärkt auf die Universität richten müssen.«

»Ach, Mathilde, quäl dich nicht.« Martha legte ihr tröstend die Hand auf die Schulter. »Ihr lagt doch gar nicht mal so verkehrt. Schließlich hatten alle Verdächtigen etwas mit dem Fall zu tun. Immerhin habt ihr ein Menschenleben retten können und den Fall aufgeklärt. Du bist nur ein Mensch, und Menschen sind nicht perfekt.«

Eine Weile saßen sie schweigend nebeneinander und blickten in die Nacht, die durch die Wand aus Schneeflocken silberfarben schimmerte.

»Das Leben geht weiter, wie immer, wie nach jedem gelösten Fall. Sabina Döring werde ich besuchen, wenn sie verurteilt worden ist. Und ich werde mich darum kümmern, dass Voltaire ein schönes Übergangszuhause findet. Den Kösters können wir nicht zumuten, sich dauerhaft um den Hund zu kümmern.« Sie griff nach dem Zündschlüssel. »Weißt du, was mir gerade einfällt?« Sie deutete mit dem Kopf zur Ticketzentrale. »Ich habe eine Einladung zur Premiere des Krimidinners *Globuli mit Todesfolge* erhalten. Ich darf eine Begleitperson mitbringen. Magst du mitkommen? Die Veranstaltung findet am kommenden Samstag statt.«

Martha gähnte. »Gerne. Aber im Augenblick fallen mir fast die Augen zu. Lass uns nach Hause fahren, Roswitha und Lotte warten sicher schon auf uns.«

GLOBULI

Ein neuer Fall für Mathilde Krähenfuß

Samstag, 23. Februar, 18 Uhr 30

»Dein Hut wird den Leuten hinter uns die Sicht nehmen, meine Liebe. Nimm ihn lieber ab. Wir haben eine Platzreservierung direkt vor der Bühne«, sagte Mathilde Krähenfuß zu ihrer Haushälterin Martha Awolowo, die neben dem Taxifahrer saß und vergnügt vor sich hin summte. Sie waren unterwegs zum TiC-Theater in Wuppertal-Cronenberg. Mathilde gehörte zu den geladenen Gästen der Premiere des Krimi-Dinners *Globuli mit Todesfolge*. Sie hatte Martha als Begleitperson ausgesucht, um sich bei ihr für die fantastische Arbeit und die köstlichen Speisen zu bedanken, die sie täglich mit viel Liebe zubereitete. Den ganzen Tag über hatte Martha ausschließlich von dem Krimi-Dinner geredet und aufgeregt ein Kleid nach dem anderen angezogen.

»Oh nein«, erwiderte sie kopfschüttelnd, und die goldenen Creolen an ihren Ohrläppchen wippten hin und her. »Das ist ein Turban Bandana, den kann ich jederzeit enger wickeln. Schau …« Sie zog am kunstvoll gebundenen Objekt der Kritik, und es sank in sich zusammen. »Schade, es war viel Arbeit, ihn so zu binden, dass er die Luftpolster behält.«

Mathilde musste lachen und kniff Martha liebevoll in die Wange.

»Wir sind angekommen«, machte sich der Taxifahrer bemerkbar. »Macht vierundzwanzig Euro und siebzig Cent.« Erwartungsvoll drehte er sich zu Mathilde um und streckte ihr seine geöffnete Hand entgegen.

»Stimmt so«, sagte sie gut gelaunt und rundete großzügig auf.

Der Taxifahrer strahlte sie an, reichte ihr seine Visitenkarte und fragte, ob er sie später wieder abholen dürfe. Mathilde nickte zustimmend und versprach, ihn nach Veranstaltungsende anzurufen.

18 Uhr 35

»Oh wie hübsch«, entfuhr es Martha begeistert. Sie standen vor der weit geöffneten Stahltür der TiC-Spielstätte in Unterkirchen und blickten ins Innere. »Bisher war ich nur in der Spielstätte in der Borner Straße.«

»Dort ist es zu klein für ein Krimi-Dinner«, erklärte Mathilde. »Für gewöhnlich sind bei den Dinner-Veranstaltungen im Atelier vier Tischreihen aufgebaut, an denen jeweils bis zu fünfundzwanzig Leute Platz finden. Heute, bei der Premiere, haben sie die Plätze natürlich reduziert und sich auf zwei Tafeln beschränkt. Normalerweise ist es in der Herbst- und Wintersaison kaum möglich, spontan Tickets für ein Krimi-Dinner zu ergattern. Komm«, sie hakte Martha unter, »melden wir uns an der Abendkasse an.« Sie traten in den Raum und blickten auf die festlich gedeckten Tische. Der Kassenbereich und die Ton- und Lichttechnik befanden sich zu ihrer Rechten; wandten sie den Blick nach links, schauten sie auf die Bühne. Ein paar Stufen führten hinauf, ein roter Vorhang verdeckte das Bühnenbild. Rings um das Podium waren Glühbirnen angebracht, die später das Geschehen ins rechte Licht setzen würden.

Kurz darauf hielten sie zwei an der Bar bestellte Sektgläser in den Händen und stießen vergnügt auf einen schönen, unterhaltsamen Abend an. Eine Platzanweiserin hatte sie zu ihrem Tisch ganz vorne vor dem Vorhang begleitet.

Das Atelier war bereits gut gefüllt, und Gelächter und muntere Wortfetzen drangen an ihre Ohren.

»So viele Kronleuchter auf einen Schlag habe ich noch nie gesehen. Schon gar nicht derart große«, bemerkte Martha und nahm einen Schluck von ihrem Getränk. »Drei pro Tafel. Und die Lichterketten an den Decken verstärken die geheimnisvolle Atmosphäre noch. Ich komme mir vor wie in einem Schloss.«

»Schön, dass es dir gefällt. Ich werfe rasch einen Blick auf die Getränkekarte.« Mathilde griff nach der Menükarte und studierte sie eingehend. Speisen waren in der Einladung inbegriffen, Getränke musste sie selbst zahlen.

»Sieh mal, Mathilde, der Oberbürgermeister gehört auch zu den Premierengästen.« Martha stupste sie an und wies mit der Hand auf einen Herrn, der an der Tischreihe vor der gegenüberliegenden Wand saß und in ein angeregtes Gespräch mit einigen weiteren Männern vertieft war, die allesamt in graue oder schwarze Anzüge gekleidet waren.

»Richtig. Und auch der Unirektor sowie der Zoo- und der Sparkassendirektor sind anwesend.« Genüsslich nippte Mathilde an ihrem Sekt. Sie ließ ihren Blick weiter durch das Atelier schweifen und entdeckte noch mehr bekannte Gesichter. Die stellvertretende Chefredakteurin der Westdeutschen Zeitung, ein Redakteur der Wuppertaler Rundschau sowie ein Reporter der Cronenberger Woche, ein Kamerateam des WDR und Leute von Radio Wuppertal fieberten ebenfalls der Premiere entgegen. Das TiC-Theater in Cronenberg hatte einen hervorragenden Ruf in der Region und wurde sehr gut besucht. Heute jedoch war die Teilnehmerzahl begrenzt, und Mathilde winkte ihren Kolleginnen und Kollegen von Zeitung, Funk und Fernsehen fröhlich zu.

»Was sind das für Leute an den hinteren Plätzen in der Nähe der Abendkasse?«, wollte Martha aufgeregt wissen.

»Keine Ahnung«, erwiderte Mathilde schulterzuckend und rückte ihre Brille zurecht.

»Das sind die Special Guests der Schauspieler«, hörte Mathilde eine Stimme hinter ihrem Rücken sagen. Irritiert drehte sie sich um und erblickte einen drahtigen, leger in Jeans und Sweatshirt gekleideten Mann Anfang dreißig mit Spitzbart und kleinem runden Dutt am Hinterkopf. »Simon Schmidt«, stellte er sich vor. »Schmidt mit dt. Ich bin der Bruder von Karla Schmidt. Sie spielt Regina Bauer, das ist die Enkeltochter des Goldhochzeitspaars. Meine Freundin und ich haben das Glück, einen der vorderen Plätze ergattert zu haben. Wir sitzen während der Aufführung neben Ihnen.«

»Wie schön«, erwiderte Mathilde lächelnd. »Mal sehen, welche der Laiendarsteller heute dabei sind.«

Mathilde langte nach dem Programmheft und warf einen Blick hinein.

DARSTELLER

Rolf Hohmann – Horst Poletto
Goldhochzeits-Bräutigam / Inhaber der Firma Globiratio

Margarete Hohmann – Elisabeth Krombacher
Goldhochzeits-Braut

Sibylle Bauer – Marie Hohenstein
Tochter des Goldhochzeitspaars

Regina Bauer – Karla Schmidt
Enkeltochter des Goldhochzeitspaars

Helmut Burscheider – Carlos Rodriguez
Unehelicher Sohn von Rolf Hohmann

Eberhard Solbach – Theo Ludwig
Gast der Goldhochzeitsfeier / Arzt im Ruhestand

Thomas Lüdenhobel – Maik Hoffmann
Geschäftsführer der Firma Globiratio

Jan Schneider – Anton Kaminsky
Polizist

Charlotte Hübner – Liselotte Schaudinn
Ungeladener Gast

Redner – Michael Wengler

18 Uhr 55

»Wir haben einen der besten Plätze,« bemerkte Mathilde zufrieden. Ihr Tisch war für ein Vier-Gänge-Menü eingedeckt, und nur Minuten später servierte das Servicepersonal den Aperitif. Es gab eine Mischung aus Eier- und Orangenlikör, kombiniert mit Sekt und Orangensaft. Garniert war das Getränk mit frischen Minzblättern.

Noch während sie sich ihren Getränken widmeten, verdunkelte sich das Licht, und der rote Vorhang öffnete sich. Nacheinander kamen die Schauspielerinnen und Schauspieler auf die Bühne. Sie plauderten und lachten miteinander, klopften sich gegenseitig auf die Schultern und setzten sich auf ihre Plätze am im rechten Winkel zum Publikum aufgebauten Festtagstisch. Als Letzter betrat ein hochgewachsener junger Mann die Bühne, gekleidet in einen dreiteiligen, schwarzen Anzug und mit einem Zylinder auf dem Kopf.

Er schlenderte zum Tisch, reichte dem in der Mitte sitzenden älteren Ehepaar feierlich die Hände und klatschte anschließend in dieselben.

»Hört, hört, liebe Leute, liebe Ehrengäste, das hier sind Herr und Frau Hohmann, genauer gesagt: Margarete und Rolf Hohmann, unser Goldhochzeitspaar. Applaus, Applaus.«

Alle Besucher applaudierten artig.

Rolf Hohmann räusperte sich und stand auf. »Danke, danke«, wandte er sich an die Gäste. »Es ist mir Freude und Ehre zugleich, euch so zahlreich hier begrüßen zu dürfen. Fünfzig Jahre gilt es zu feiern, fünfzig Jahre der Liebe und Treue, fünfzig Jahre Ehe mit meiner wunderbaren Frau Margarete.«

Ein grauhaariger Mann mit dicker Hornbrille und überdimensional großem Hörgerät, der entfernt von dem Jubelpaar am linken Tischende saß, wandte den Kopf zum Publikum und zeigte diesem einen Vogel.

»Meine Damen und Herren, ich möchte Ihnen nun die Gäste des Goldhochzeitspaars vorstellen.«

Der junge Mann zog seinen Zylinder und zeigte mit ihm lässig auf die blonde Frau zur Rechten Margarete Hohmanns. »Sibylle Bauer, die Tochter unseres Jubelpaars. Gleich neben ihr sitzt Regina Bauer, ihre Tochter und die Jüngste an diesem Abend.« Er drehte sich nach links und wies auf den Mann mit dem Hörgerät. »Eberhard Solbach, der beste Freund unseres Paars.« Erneut wechselte er die Richtung. »Thomas Lüdenhobel. Geschäftsführer von Rolf Hohmanns Unternehmen.« Er setzte den Zylinder wieder auf und machte mit den Händen eine ausladende Geste von den anderen Schauspielern auf der Empore hin zu den geladenen Gästen im Publikum. »Und natürlich Sie an den Festtafeln.«

Plötzlich hörten sie ein Poltern, und die Tür am linken Bühnenrand öffnete sich. Alle Blicke richteten sich auf einen Mann, den Mathilde auf Ende vierzig schätzte und der die Spielfläche betreten hatte. Er hatte kurze, dunkle Haare, war in einen roten Anzug gekleidet und schwankte.

»Du!«, kreischte Margarete Hohmann entsetzt. »Wer hat dich eingeladen, du Mistkerl?«

»Möchtest du deines Mannes Sohn nicht am Fest teilhaben lassen?« Der Mann wankte zum Bühnenrand, ballte eine Hand zur Faust und wandte sich an das Publikum: »Ich bin Helmut Burscheider und das Resultat eines Seitensprungs meines lieben Herrn Vaters.«

»Schweig!« Rolf Hohmann hielt nichts mehr auf seinem Stuhl. Erbost schob er ihn zurück, griff nach seinem Gehstock, ging um die Tafel herum und auf den Jüngeren zu.

»Was möchtest du von mir? Habe ich nicht brav meine Alimente gezahlt, bis du volljährig geworden bist?« Drohend hob er den Gehstock und rief: »Verschwinde aus diesem Restaurant, du hast hier nichts zu suchen!«

»Ein Bruder? Ich habe einen Bruder?« Sibylle Bauer schlug fassungslos die Hände zusammen.

»Totgeschwiegen habt ihr mich, doch das lasse ich mir nicht länger gefallen!« Helmut Burscheider zog einen Flachmann aus der Hosentasche, öffnete ihn und nahm einen großen Schluck.

»Ein Säufer ist nicht mein Sohn.« Rolf schlug mit dem Gehstock zu.

»Du steinreicher Geizkragen hast nur das Nötigste gezahlt, dein ganzes Geld, das du gescheffelt hast durch deine Intrigen, hast du mir vorenthalten.« Er griff nach dem Stock und riss ihn dem Vater aus der Hand. »Ich möchte auch ein Stück abhaben vom Kuchen.«

»Gar nichts wirst du von mir bekommen, du hast keinerlei Anspruch darauf«, keuchte Rolf. Sibylle eilte herbei und reichte dem aufgebrachten Vater ihren Arm.

»Geben Sie meinem Vater sofort seinen Stock zurück!«, fauchte sie.

»Sibylle, du bist ein gutes Mädchen.« Dankbar hakte sich Rolf bei seiner Tochter unter.

»Keinen Anspruch soll ich haben? Von wegen.« Verächtlich ließ Helmut Burscheider den Gehstock zu Boden fallen. »Dass du dich bloß nicht täuschst. Auch du lebst nicht ewig. Im Todesfall steht mir zumindest ein Pflichtteil zu, du hast mich schließlich anerkennen müssen. Und dieser Pflichtteil reicht mir schon, um in Frieden leben zu können.« Er kehrte Vater und Halbschwester den Rücken und wankte zurück zur Restauranttür. Dort angekommen, drehte er sich ein letztes Mal um und drohte: »Du wirst wieder von mir hören, verlass dich drauf.« Anschließend verschwand er von der Bühne.

Sibylle bückte sich, hob den Stock auf und gab ihn Rolf zurück. »Vater, warum habt ihr mir meinen Bruder verschwiegen?«, wollte sie wissen, während sie Rolf zurück zu seinem Platz geleitete.

»Helmut ist nicht dein Bruder. Er ist der Sohn einer Hure. Sie soll froh sein, dass ich ihn überhaupt anerkannt habe. Schließlich ist das ein Berufsrisiko.« Rolf ließ sich erschöpft auf seinen Stuhl fallen und griff nach dem Weinglas.

Margarete schnaubte ungehalten. »Das hast du von deiner Herumhurerei!« Erbost griff sie nach der Weinflasche und schenkte sich nach.

Plötzlich erhob sich der Mann mit dem riesigen Hörgerät. »Wärst du bloß bei mir geblieben, Margarete. Ich hätte mich niemals mit einer Prostituierten vergnügt, während du mit unserer gemeinsamen Tochter schwanger gewesen wärst.«

»Papa!« Entrüstet blickte Sibylle ihren Vater an.

»Ich möchte nichts mehr davon hören!« Energisch schlug Rolf mit der Faust auf den Tisch. »Männer haben gewisse Rechte, und wenn eine Frau ihren Pflichten nicht nachkommen kann, braucht mir niemand vorzuwerfen, dass ich mir anderswo Hilfe geholt habe.«

»Ruhe, Ruhe, Ruhe«, machte sich wieder der Mann mit dem Zylinder bemerkbar. »Wir wollen uns doch nicht den Appetit verderben lassen. Mit leerem Magen streitet es sich schlecht.«

Der Vorhang schloss sich, die Gäste applaudierten, und es wurde hell im Atelier.

19 Uhr 30

»Ich weiß jetzt schon, wer ermordet wird und wer der Mörder ist«, erklärte Mathilde, während sie erwartungsvoll der Servicekraft entgegenblickte, die sich nach ihren Getränkewünschen erkundigte. Mathilde bestellte zwei Gläschen Weißwein und eine Flasche Mineralwasser.

»Eine Frage habe ich.« Martha beugte sich weit über den Tisch. Schließlich wollte sie im Flüsterton wissen: »Hör mal, Prostituierte ...«, sie brach ab und räusperte sich verlegen, »die haben doch mehr als nur einen Freier. Wie konnte festgestellt werden, dass dieser Helmut tatsächlich Rolfs Sohn ist?«

»Wer weiß, er scheint reich zu sein, vielleicht hatte er sich eine Dame reserviert?« Mathilde zwinkerte der Freundin zu. »Ah, die Vorspeise kommt.« Der Schauspieler, der Eberhard Solbach verkörperte, kam lächelnd auf sie zu. In seinen Händen balancierte er zwei Teller, die er ihnen mit einem leichten Neigen seines Kopfes servierte. »Meine Damen, es gibt Jakobsmuscheln in Zitronensoße und Entenbrust mit Meerrettichcreme. Lassen Sie es sich gut schmecken.«

Das brauchte er ihnen nicht zweimal zu sagen. Begeistert machten sich Mathilde und Martha über die Köstlichkeiten her.

»Die Idee, dass die Schauspieler selbst das Essen servieren, finde ich entzückend. Ich war ganz überrascht, als sie plötzlich durch den Haupteingang kamen und sich unter das Servicepersonal gemischt haben«, meinte Mathilde nach einer Weile. Ab und zu legte sie das Besteck am Tellerrand ab und blickte sich interessiert im Publikum um. Die Stimmung war gelöst, und die Menschen nutzten die Pause, um miteinander zu plaudern und Fotos mit ihren Smartphones zu machen. Auf der Einladungskarte hatte gestanden, dass das Fotografieren erlaubt sei. Mathildes Meinung nach war das konsequent, weil die Berichterstattung über diese Premiere morgen in jeder Zeitung, im Fernsehen und im Rundfunk zu lesen und zu sehen sowie zu hören sein würde.

»Die alten Leute machen das richtig gut, finde ich«, sagte Martha und nahm einen Schluck Chardonnay.

Mathilde nickte zustimmend. »Für gewöhnlich spielen die Laiendarstellerinnen und -darsteller des TiC-Theaters Personen jeden Alters. Dass für dieses Krimi-Dinner Senioren gecastet worden sind, ist definitiv eine Ausnahme und etwas Besonderes.«

»Jetzt sag schon, Mathilde, wer ist der Mörder, und wer wird gleich sterben?« Martha zwinkerte ihr zu.

»Das liegt doch auf der Hand. Ermordet wird Rolf

Hohmann, und sein Mörder ist der eigene Sohn.« Mathilde grinste verschmitzt und nahm den letzten Bissen von der Entenbrust.

19 Uhr 50

Nachdem das Servicepersonal abgeräumt und Weinflaschen, andere Spirituosen und Fruchtsäfte serviert hatte, öffnete sich der Vorhang wieder, und der Mann mit dem Zylinder klopfte energisch mit einem Löffel gegen ein Glas. Augenblicklich richtete sich die Aufmerksamkeit des Publikums wieder auf die Bühne.

»Ich hoffe, die Vorspeise hat Ihnen gemundet, werte Festtagsgäste.« Er zog seinen Zylinder vom Kopf, schwenkte ihn nach unten und deutete eine Verbeugung an. Hinter seinem Rücken flüsterte Rolfs Enkeltochter einem Mann im gleichen Alter etwas ins Ohr, und beide bekamen einen Lachanfall. Das schien den Redner zu verärgern, denn er stülpte sich den Hut wieder über und drehte sich um. »Mein liebes Fräulein Bauer, ich bitte Sie um Contenance. Gleich werde ich Ihren Großvater ehren und unseren Gästen sein Lebenswerk präsentieren. Lachen dürfen Sie später wieder.«

»Miesepeter«, entfuhr es Martha, und Mathilde fiel in Regina Bauers Gelächter ein.

»Ts,ts.« Der Zylindermann richtete sein Augenmerk auf den Tisch in der ersten Reihe. »Das gilt auch für Sie, Frau …« Er legte den Kopf schief, zog die Augenbrauen hoch und blickte Mathilde streng an.

»Krähenfuß«, antwortete diese. »Mathilde Krähenfuß.«

Jetzt stimmte auch das restliche Publikum in das Gelächter ein.

»Die gehört bestimmt mit zu der Inszenierung«, hörte
sie eine sehr leise Frauenstimme neben sich sagen. »Der
Name kann nur eine Erfindung sein.«

»Nein, nein, das ist die ehemalige Politredakteurin
vom Wupperspiegel. Die gibt es wirklich«, flüsterte eine
Männerstimme. »Meine Mutter schwärmt bis heute von
ihren topaktuellen Artikeln.«

»Verehrtes Publikum. Ich bitte Sie um Ihre Aufmerksamkeit. Unser liebes Goldhochzeitspaar hat uns alle
zum Dinner in dieses Fünf-Sterne-Restaurant eingeladen, um mit ihm zu feiern und zu verkünden, dass Rolf
Hohmann im Alter von dreiundsiebzig Jahren in den
längst verdienten Ruhestand geht und die von ihm ge-
gründete Pharmafirma *Globiratio* seiner Tochter Sibylle
Bauer, geborene Hohmann, überschreibt.«

»Wie bitte?« Entsetzt riss der zu Rolfs Linken sitzende
Geschäftsführer die Augen auf. »Ich dachte, ich sei für
Ihre Nachfolge bestimmt.« Nervös lockerte er seine Kra-
watte.

»Beruhigen Sie sich, Herr Lüdenhobel«, erwiderte Rolf
gelassen. »Natürlich bleiben Sie weiterhin der Geschäftsführer, doch die endgültigen Entscheidungen wird meine
Tochter treffen.«

Zufrieden tuschelte Sibylle mit ihrer Mutter, die ihr
liebevoll die Wange tätschelte.

»Aber Frau Bauer hat keine Ahnung von der Pharma-
industrie«, warf Herr Lüdenhobel ein.

»Selbstverständlich werde ich meiner Tochter zunächst beratend zur Seite stehen. Ich bin mir sicher, sie wird sich rasch zurechtfinden«, erklärte Rolf und deutete mit dem Zeigefinger ins Publikum: »Sie werden weiterhin von Globiratios innovativen Medikamenten profitieren, nicht nur Sie, sondern die Menschen weltweit.«

Die Gäste an der Tafel klatschten begeistert in die Hände, und es meldete sich erneut der Mann mit dem Zylinder zu Wort: »Was ist das Besondere an der Firma Globiratio? Hat jemand im Publikum eine Idee?« Fragend blickte der Redner die geladenen Gäste an. Ein Raunen ging durch die Menge, doch niemand schien Lust zu verspüren, die gestellte Frage zu beantworten.

Schließlich streckte Martha ihre Hand in die Höhe, und der weitgeschnittene Ärmel ihres hellgrünen Kleides mit den schwarzen Dreiecken rutschte hinunter und entblößte ihren rundlichen Arm.

»Ah, welche Vorstellung von Globiratio hat die mutige Dame in der ersten Reihe?« Der Redner lächelte Martha an und zog auffordernd die Augenbrauen hoch.

»Also, wenn das *Globi* in dem Namen von *Globuli* kommt, dann bringe ich diesen Begriff mit der Naturheilkunde in Verbindung. Sind das nicht diese kleinen Kügelchen mit den verschiedenen … hm, Frequenzchen?«

Wieder konnten sich die Gäste das Lachen nicht verkneifen.

»Du kannst sagen, was du möchtest, die zwei an dem Tisch sind gecastet«, hörte Mathilde wieder die Frauenstimme sagen. Diesmal wandte sie den Kopf nach rechts und erblickte eine Frau mit kurzen, braunen Haaren, die neben Simon Schmidt saß, dem Special-Guest seiner Schwester Karla Schmidt. Simon lächelte Mathilde an und sagte zu seiner Freundin: »Glaube mir, die zwei sind Premierengäste wie wir.«

»Ich bitte um Ruhe im Publikum«, meckerte der Redner. »Sie haben recht, Frau …« Er legte den Kopf schief und blickte Martha an.

»Awolowo, ich bin die Haushälterin von Frau Krähenfuß«, sagte diese stolz.

»Frau Awolowo, Globuli sind in der Tat kleine Kügelchen, die bei den unterschiedlichsten Erkrankungen zum Einsatz kommen und für Heilung sorgen können«, fuhr der Mann fort. »In der Homöopathie setzen wir darauf, dass eine Erkrankung am besten mit dem Stoff behandelt wird, der gleichartige Beschwerden auslöst, um es vereinfacht zu formulieren. Stellen Sie sich vor, Sie leiden unter einer Pilzinfektion auf der Haut. Hier gibt es die Möglichkeit, Globuli in einer hohen Potenz zu verabreichen, welche selbst einen Pilz enthalten. Je höher die Potenzierung, desto weniger Wirkstoff wird verabreicht, trotzdem ist die Heilkraft umso größer, weil der Urwirkstoff auf nichtmolekularer Ebene auf die Verdünnungsflüssigkeit übergeht.«

»Das verstehe ich nicht«, machte sich wieder Martha bemerkbar. »Wie kann etwas helfen, das möglichst gering mit Wirkstoff dosiert ist?«

»Naturheilkunde setzt auf die Magie des Widerspruchs«, gab der Zylindermann bereitwillig Auskunft, der seine Rolle wirklich überzeugend spielte und die Lehre, die der Mediziner Samuel Hahnemann vor gut zweihundert Jahren begründet hatte, anschaulich präsentierte.

»Wer sind Sie eigentlich?«, wollte Martha wissen, und Mathilde musste grinsen.

Der Schauspieler war sichtlich irritiert. Er warf einen kurzen Blick über die Schulter, und Rolf Hohmann zuckte mit den Schultern.

»Nennen Sie mich einfach *den Moderator*. Ich moderiere die Ehrenfeier des Goldhochzeitspaars und bin für die Hintergrundinformationen zuständig«, improvisierte er schließlich. »Doch nun zurück zu Globiratio. Rolf Hohmann hat es mit seinem Unternehmen geschafft, in einer einzigartigen Kombination Naturheilkunde und Schulmedizin miteinander zu vereinen.«

Er kehrte dem Publikum den Rücken, ging um die Festtagstafel herum, stellte sich hinter Rolf Hohmann und legte ihm die Hände auf die Schultern. »Herr Hohmann hat für jede Erkrankung nicht nur ein passendes Medikament, sondern gleich zwei.« Er machte eine andächtige Pause.

»Es ist nicht alles Gold, was glänzt«, ertönte eine weibliche Stimme aus dem Publikum, und Mathilde drehte überrascht den Kopf. »Von den Wechselwirkungen zu Beginn gewisser Erprobungsphasen erzählen Sie uns nichts«, rief eine korpulente Frau Anfang fünfzig, die an einem der hintersten Tische saß. »Homöopathie kann sehr gefährlich sein, lassen Sie das nicht außer Acht.« Mathilde mochte es, wenn sich Schauspieler unters Publikum mischten. Das machte Inszenierungen lebendig.

»Was ist nur heute mit unserem Publikum los?«, wunderte sich der Moderator. »Rolf Hohmann ist es zu verdanken, dass viele Menschen von leichten und schweren Erkrankungen geheilt worden sind und weiterhin geheilt werden. Jedes Medikament durchläuft eine Testphase. Das gilt für alle pharmazeutischen Unternehmen.« Er griff nach dem am Stuhl lehnenden Gehstock von Rolf und klopfte energisch auf den Boden.

»Bei anderen Unternehmen sterben viel mehr Leute«, warf Sibylle Bauer ein, was ihr einen strengen Blick ihrer Mutter einbrachte. »Sibylle, halt den Mund«, zischte Margarete.

Der Moderator räusperte sich unbehaglich und fuhr fort: »Herr Hohmann hat Kombipräparate auf den Markt gebracht, die sich gegenseitig positiv beeinflussen und den Heilungsprozess deutlich beschleunigen. Und es gibt sogar ein sensationelles *Hochzeitsmedikament*. Jetzt fragen Sie sich, was es damit auf sich hat? Ich spreche von *Aranclolol* gegen Bluthochdruck, das Rolf Hohmann selbst täglich zu sich nimmt. Immer zu einer bestimmten Zeit, nämlich um zwanzig Uhr fünfundvierzig.« Er warf einen bedeutungsvollen Blick auf seine Armbanduhr. »Also in exakt zwanzig Minuten. Die verbleibende Zeit bis zu diesem besonderen Moment können wir nutzen, um uns etwas zu stärken. Ich habe gehört, es gibt ein leckeres Krabbensüppchen als Zwischengang.« Er zog erneut seinen Hut. »Guten Appetit.«

Augenblicklich schloss sich der Vorhang, und die Gespräche setzten ein. Zu Mathildes Erstaunen kehrte kurz darauf Regina Bauer auf die Bühne zurück und hielt eine Tasche in der Hand, die sie öffnete und vor dem Vorhang abstellte. Sie winkte munter ins Publikum und verschwand erneut hinter dem roten Stoff.

»Was darf ich Ihnen bringen?«, wollte die freundliche Schauspielerin wissen, die als Servicekraft eingesetzt war.

»Wir hätten gerne noch zwei kleine Gläser trockenen Weißwein«, bestellte Mathilde und beobachtete aus dem Augenwinkel heraus, wie eine Person, gekleidet in einen braunen Mantel und mit übergezogener Kapuze, sich an der abgestellten Tasche zu schaffen machte.

»Was macht der denn da?«, entfuhr es ihr überrascht. »Schau mal, Martha.« Sie deutete mit dem Kopf zum Vorhang.

»Das gehört gewiss mit zur Inszenierung«, bemerkte Martha.

»In der Pause?« Mathilde zog skeptisch die Augenbrauen hoch. »Im TiC-Theater wird Show und Menü für gewöhnlich strikt getrennt. Nun gut, dieses Mal gibt es die Besonderheit mit den Senioren, die gecastet wurden, vielleicht …«

»Ihr Wein«, lenkte die Servicekraft ihre Aufmerksamkeit auf sich.

»Vielen Dank.« Lächelnd nahm Mathilde die Getränke entgegen. »Gehört dieser Mann in dem braunen Mantel mit zum Krimidinner?« Sie wies erneut zur Bühne, doch dort war niemand mehr zu sehen.

»Welcher Mann?«, fragte die Bedienung verständnislos. »Keine Sorge, Sie können Ihr Süppchen in Ruhe genießen.« Sie stellte Brot und kleine Gläser auf den Tisch, in denen die heiße Flüssigkeit dampfte.

»Mist, jetzt habe ich nicht mitbekommen, wohin die Person im Mantel verschwunden ist«, knurrte Mathilde. Schließlich zuckte sie resignierend mit den Schultern und widmete sich dem zweiten Gang.

20 Uhr 45

»*Aranclolol*«, sagte der Moderator bedächtig, während er gemächlich zur am Bühnenrand abgestellten Tasche schritt. »Das *Hochzeitsmedikament*. Weil wir heute eine Goldhochzeit feiern, könnte es keinen besseren Zeitpunkt geben, es Ihnen vorzustellen.« Er bückte sich und nahm das Gepäckstück in die Hände. »Hier drin ist es verborgen.« Er ging zu Rolf Hohmann und stellte die Tasche vor ihm auf den Tisch. »Aranclolol enthält die einzigartige Wirkstoffkombination eines Bisoprolol-Derivates, also eines Abkömmlings eines herkömmlichen Beta-Blockers, mit Arnica in der hohen Potenz D 24. Das Medikament braucht nur einmal täglich eingenommen zu werden, trotz des homöopathischen Anteils. Das ist eine Sensation in der Naturheilkunde.«

»Ich bin der lebende Beweis für die Wirksamkeit von Aranclolol, nicht wahr, meine liebe Margarete?« Rolf holte ein Pillendöschen aus der Tasche, entnahm ihr die Tablette und hielt sie stolz in die Höhe.

»Oh ja«, sagte Margarete und nickte eifrig. »Er hat keinen roten Kopf mehr, keine Schweiß- und Wutausbrüche und ...«

»Und jetzt ...«, Rolf griff nach seinem Wasserglas, »werde ich das Medikament nehmen.«

Ein lauter Knall ließ ihn in der Bewegung innehalten. Die Restauranttür war aufgeschlagen, und Helmut Burscheider stand im Türrahmen. Sein roter Anzug war zerknittert, seine Wangen waren gerötet, und er hatte einen weiteren Flachmann in der Hand.

»Ich habe es dir ja gesagt«, flüsterte Mathilde und grinste Martha an.

»Du Schwciein von eieieinem Vaaaater«, lallte er und machte Anstalten, auf Rolf zuzugehen.

Dieser ignorierte den Betrunkenen, stand auf und steckte sich demonstrativ die Tablette in den Mund. »Auf Aranclolol, auf Globiratio und auf meine wunderbare Nachfolgerin Sibylle. Prost.« Er spülte sie mit viel Wasser hinunter und nahm wieder zwischen seiner Frau und dem Geschäftsführer Platz.

»Ich möööchte Geeeld von dir!«, rief Helmut, stolperte über die eigenen Füße und knallte zu Boden.

»Polizei. Polizei. Zur Hilfe«, kreischte Margarete Hohmann aufgeregt. »Das ist Belästigung.«

Der Mann mit dem Hörgerät stand auf und ging zu dem Gestrauchelten. »Ich bin Arzt im Ruhestand. Haben Sie sich verletzt?« Mühsam beugte er sich zu dem Betrunkenen hinunter, der verzweifelt versuchte, sich aufzusetzen. »Mein Name ist Eberhard Solbach, Internist«, stellte er sich vor. »Lassen Sie mich einen Blick auf Ihre Pupillen werfen.« Umständlich kramte er in seiner Jackentasche und holte eine dicke Lupe hervor.

»Polizei! Was ist hier los? Ich habe auf der Straße Schreie gehört.« Ein weiterer Schauspieler betrat die Bühne, in die blaue Polizeiuniform gekleidet und mit einem Revolverhalfter und Handschellen am Gürtel.

»Dieser Mann belästigt unser Goldhochzeitspaar«, machte sich der Moderator bemerkbar.

»Opa!«, schrie Regina Bauer, und alle Blicke wanderten weg von dem ungebetenen Gast, weg von dem Polizisten und Solbach – hin zur Festtagstafel.

»Rolf!«, rief nun auch Margarete.

»Um Himmels willen, was ist geschehen?« Der Moderator blickte das Publikum achselzuckend und mit hochgezogenen Augenbrauen an. Rolf Hohmann war auf seinem Stuhl zusammengebrochen und krümmte sich vor Schmerzen.

»Eberhard, Eberhard, um unserer alten Liebe willen, Rolf braucht dich jetzt mehr als der Trunkenbold, er stirbt, er stirbt!«, flehte Margarete. Während Rolf Hohmann würgte und sich die Hände um den Hals legte, eilten Eberhard Solbach und der Polizeibeamte zu ihm hin.

»Wir müssen ihn hinlegen«, befahl der Arzt, und fix wurden Stühle am linken Bühnenrand, direkt neben der Restauranttür, zu einer provisorischen Liege zusammengeschoben. Alle redeten lautstark durcheinander, während zwei der Statisten Rolfs erschlaffenden Körper zur Liege trugen. In diesem Moment hatte eine der in dieser Inszenierung als Servicekraft eingesetzten Schauspielerinnen ihren Auftritt. Sie betrat über das Treppchen die Bühne und fragte aufgeregt: »Sollen wir einen Krankenwagen rufen und die Feier abbrechen?«

»Ruhe!«, brüllte Eberhard Solbach.

Schlagartig verstummten die Geräusche.

»Ich kann keinen Puls fühlen und keine Atemzüge hören. Auch seine Brust hebt und senkt sich nicht. Rolf Hohmann ist tot«, erklärte er und warf einen flüchtigen Seitenblick auf Margarete. Diese hatte entsetzt die Hände vor dem Gesicht zusammengeschlagen und sank auf ihrem Stuhl in sich zusammen.

»Oh nein! Wer soll mir jetzt dabei helfen, im Unternehmen die richtigen Entscheidungen zu treffen?«, fragte Sibylle Bauer verzweifelt.

Herr Lüdenhobel erhob sich eifrig und sagte über Margarete hinweg: »*Ich* kann die angemessenen Entscheidungen fällen und möchte Ihnen einen Vorschlag unterbreiten. Was halten Sie von einer gleichberechtigten Partnerschaft? Wir machen halbe-halbe, dafür bringe ich Ihnen alles Notwendige bei.«

»Das könnte Ihnen so passen. Sie *werden* mich einweisen, aber nur in Ihrer Funktion als Geschäftsführer. *Ich* bin jetzt die Chefin, dass das klar ist. Erbin und Chefin, jawohl«, wies Sibylle den ehrgeizigen Mann zurecht.

»Ich habe Lust auf den Hauptgang, hoffentlich kommen die bald zur Sache«, hauchte Martha Mathilde ins Ohr.

Dem Moderator erging es anscheinend ähnlich, denn er klopfte besonders energisch mit dem Löffel an sein Glas.

»Verehrtes Publikum, verehrte Goldhochzeitsgäste. Bevor Dr. Solbach uns seinen Verdacht mitteilen wird, woran Rolf Hohmann gestorben ist, sollten wir uns eine weitere Pause gönnen und den Hauptgang genießen. In einer halben Stunde dürften uns erste Informationen vorliegen.«

21 Uhr 15

»Rinderfilet mit grünem Pfeffer, Hokkaido-Kürbispüree und Steinpilzrisotto«, sagte Mathilde schwärmerisch. Sie schnitt das Fleisch an und bemerkte: »Medium rare, ganz so, wie ich es liebe.«

»Daran muss ich mich auch einmal wagen«, überlegte Martha. »Das Risotto schmeckt ausgezeichnet.«

Eine Weile widmeten sie sich schweigend dem Hauptgang.

»Darf ich Ihnen noch Wein servieren?«, erkundigte sich die Servicekraft, als sie kurze Zeit später die geleerten Teller abräumte.

»Keinen Wein mehr bitte, vielen Dank«, lehnte Mathilde kopfschüttelnd ab. »Das Essen war im Übrigen köstlich.«

»Alles klar, da freuen wir uns. Viel Spaß noch.« Die Servicekraft verschwand mit dem dreckigen Geschirr in einem angrenzenden Raum, und alsbald wurde das Licht im Atelier erneut gedimmt.

»Er hat den Tod verdient, der Verbrecher«, leitete eine aufgebrachte Frauenstimme den vierten und letzten Akt ein.

»Die im Publikum platzierte Schauspielerin«, stellte Mathilde fest und nahm einen Schluck Wasser.

Auf der Bühne klatschte Dr. Solbach energisch in die Hände. »Beruhigen Sie sich.« Mahnend blickte er die Frau an. »Wer sind Sie überhaupt? Wer hat Sie eingeladen?«

»Ich bin nicht eingeladen, sondern habe mich einfach unter die Gäste gemischt. Das ging völlig problemlos. Die Hohmanns wissen doch selbst nicht mehr, wer auf der Gästeliste steht und wer nicht«, erwiderte die füllige Frau unwirsch.

»Wenn Sie nicht eingeladen sind, sollten Sie augenblicklich verschwinden«, befahl Sibylle. »Darauf hätten wir eben schon bestehen müssen.«

»Da hat die Gute recht«, flüsterte Mathilde und kicherte verstohlen.

»Du solltest mal ein Theaterstück schreiben«, wisperte Martha zurück.

Der Löffel schlug klirrend gegen das Glas. »Wie Sie sehen, verehrtes Publikum, ist die Pause zu Ende.« Der Moderator öffnete die obersten Knöpfe seiner Anzugjacke.

»Niemand, der hier ist, wird das Restaurant verlassen, ob er eingeladen ist oder nicht.« Der Polizist hob mahnend den Zeigefinger. »Rolf Hohmann ist ermordet worden – und zwar von jemandem in diesem Raum.«

»Ermordet? Mein geliebter Rolf wurde ermordet?« Margarete füllte ihr Weinglas und kippte es in einem Zug herunter.

»Ja, meine liebe Margarete, du hast richtig gehört. Rolf weist eindeutige Vergiftungserscheinungen auf«, mischte sich Eberhard Solbach ein. »Er hat Schaum vor dem Mund, und seine Lippen sind blau. Rolf ist erstickt. Doch sei beruhigt, zwar war es ein schrecklicher Tod, doch es ging schnell.«

Mathilde reckte den Kopf und betrachtete die Leiche auf der provisorischen Liege. Die Maskenbildner des TiC-Theaters hatten hervorragende Arbeit geleistet. Rolfs Lippen waren extrem blau geschminkt, die untere Gesichtshälfte war von weißem Schaum überzogen, und der den Toten verkörpernde Schauspieler hielt tapfer den Mund offen. Eberhard Solbach beugte sich zu ihm nieder und schloss ihn.

Martha goss Wasser in ihre Gläser und flüsterte: »Schau mal, der verlorene Sohn kämpft sich auf die Füße.«

Burscheider schwankte hin und her, als er sich zum leeren Platz an Margaretes Seite hinbewegte, um sich dort auf den Stuhl fallen zu lassen. »Du stinkst.« Margarete rümpfte angeekelt die Nase und schob ihren Stuhl näher an den ihrer Tochter heran.

»Ich darf das Restaurant nicht verlassen, du wirst meine Anwesenheit wohl oder übel ertragen müssen.« Helmut langte nach einem Glas und machte Anstalten, sich Wein einzuschenken.

»Sie haben genug getrunken«, sagte der Moderator, der um den Tisch herumgegangen und hinter Margarete und Sibylle getreten war. Er nahm Helmut Glas und Flasche aus den Händen, goss eine ordentliche Portion Wein hinein und trank sie in einem Schluck aus. »Das tut gut«, stellte er fest, den Blick wieder ins Publikum gerichtet.

»Ob die auf der Bühne Alkohol trinken? Ich jedenfalls habe einen kleinen Schwips von dem Wein«, kicherte Martha.

»Ist nicht schlimm, der nette Taxifahrer von vorhin wird uns wohlbehalten nach Hause bringen«, erwiderte Mathilde gelassen. »Natürlich trinken die Schauspieler keinen echten Wein.«

»Hört alle her.« Eberhard Solbach klatschte in die Hände. »Irgendjemand muss das Medikament Aranclolol gegen ein tödliches und schnell wirkendes Gift ausgetauscht haben.«

»Vergiftet hat der Dreckskerl auch meine kleine Enkeltochter Sophia«, meldete sich wieder die Schauspielerin im Publikum zu Wort.

»Würden Sie uns freundlicherweise Ihren Namen verraten und in welcher Verbindung Sie zu dem Verstorbenen standen?«, wollte der Polizist wissen.

»Mein Name ist Charlotte Hübner«, erwiderte die Frau, die es nicht mehr auf dem Stuhl hielt. Sie bahnte sich einen Weg an den Tischreihen vorbei und betrat über die kleine Treppe die Bühne. »Vor einem halben Jahr hat Rolf Hohmann meine Tochter zu einer gut honorierten Medikamententestreihe gelockt.«

»Jetzt erkenne ich Sie«, entfuhr es Thomas Lüdenhobel. Er riss übertrieben die Augen und den Mund auf. »Ihre Tochter hat unterschrieben, über die Risiken des Experiments informiert worden zu sein. Wir sind rechtlich auf der sicheren Seite.«

»Was scheren mich Recht und Gesetz?« Charlotte Hübner ging zielstrebig auf Margarete, Sibylle und den Geschäftsführer zu. »Meine arme kleine Sophia. Nur sechs Monate auf Erden waren ihr gegönnt.« Sie kehrte der Festtagstafel den Rücken und sprach zum Publikum: »Ich werde Ihnen erzählen, was geschehen ist. Meine Tochter wurde von ihrem Freund mit dem Baby sitzen gelassen und war in großer Not. Auch ich verdiene zu wenig, um drei Münder zu stopfen. Sie war gezwungen, irgendwie an Geld zu kommen. Rolf Hohmanns Vorschlag, gegen eine monatliche Summe von eintausend Euro alle möglichen Kombipräparate zu testen, kam ihr gerade recht. Alles hat sie geschluckt, um sich über Wasser zu halten.« Charlotte zog ein Taschentuch aus der Tasche ihres schwarzen Kleides, das ihre üppigen Kurven umwogte. Sie schnäuzte sich die Nase und fuhr fort: »Sogar vor Medikamententests an Kindern schreckt Globiratio nicht zurück. Die kleine Sophia bekam ihren ersten Milchzahn, hatte Schmerzen und schrie den ganzen Tag. Meine Tochter ließ sich dazu breitschlagen – gegen eine Barzahlung von fünfhundert Euro – das Präparat *Bellissimi* an Sophia zu testen. Dieses homöopathische Medikament wird gerade erprobt und soll das bekannte schulmedizinische Schmerzmittel Paracetamol ergänzen.«

»Schweigen Sie!«, brauste Thomas Lüdenhobel auf. »Sophia ist nicht an Bellissimi gestorben, sondern an der Dämlichkeit Ihrer Tochter. Sie hat dem Baby das Medikament statt nur einmal pro Tag gleich dreimal verabreicht – in Kombination mit Paracetamol! Was konnten Rolf Hohmann und ich dafür, dass Ihre Tochter so dumm ist?«

»Lassen Sie sich von den Worten dieses Mittäters nicht blenden!« Charlotte Hübner hob beschwörend die Hände. »Sagt Ihnen allen der Begriff *Belladonna* etwas? Belladonna ist ein Medikament, das auf dem Wirkstoff der schwarzen Tollkirsche basiert. Die schwarze Tollkirsche ist sehr giftig und wirkt tödlich. Die Globuli werden in sehr hohen Potenzen angeboten, um den Kindern das Zahnen zu erleichtern. In einer starken Verdünnung wirkt der Ursprungswirkstoff nicht tödlich. Aber die erzielte Heilkraft war dem guten Herrn Hohmann zu gering, er experimentierte mit geringeren Potenzen. Rolf Hohmann testete die therapeutische Breite Bellissimis an den Kleinsten. Unter der therapeutischen Breite verstehen die Mediziner die Spanne zwischen wirkungslos und tödlich.«

Hinter Charlottes Rücken stützte Helmut Burscheider sich mit den Handballen am Tisch ab und rappelte sich mühsam auf.

»Und mir hat er nichts von der Kohle abgegeben. Ich möchte jetzt schnellstmöglich meinen Pflichtteil vom Erbe«, rief er, taumelte und plumpste wieder auf seinen Stuhl.

»Hey, Leute, spinnt ihr eigentlich alle?« Regina Bauer schlug fest mit der zarten Hand auf den Tisch. »Autsch«, entfuhr es ihr, und sie verzog die knallrot geschminkten Lippen. »Opa ist tot, und ihr streitet euch ums Geld wie die Hyänen ums Aas.«

»Jetzt ist Schluss!« Der Polizist klatschte energisch in die Hände. »Einer von Ihnen hat Rolf Hohmann auf dem Gewissen, und ich werde herausfinden, wer der Mörder oder die Mörderin ist. Bleiben Sie auf Ihren Plätzen, bis ich Sie zu mir rufe, um Sie einzeln zu befragen.«

»Bestimmt ruft er Helmut Burscheider als Letzten auf, um ihn dann zu überführen«, sagte Mathilde leise zu Martha. Ihre Wangen glühten vom Wein, und sie war bester Laune.

»Herr Burscheider, schaffen Sie es, zu mir zu kommen? Ich werde die Vernehmungen hier vor der Leiche durchführen.« Der Polizist deutete auf zwei Stühle, die durch einen kleinen Tisch getrennt waren, auf dem ein Notizbuch und ein Stift lagen.

»Ich geleite Herrn Burscheider«, bot sich der Moderator an. Er ging zu dem Angetrunkenen hin und reichte ihm seinen Arm.

»Du hast dich getäuscht«, bemerkte Martha grinsend, und Mathilde verdrehte die Augen.

»Schau dir den armen Kerl auf der Liege an«, sagte sie, ohne auf Marthas Hänselei einzugehen. »Der arme

Laiendarsteller liegt regungslos auf den Stühlen. Und das in seinem Alter. Respekt.« Mathilde kicherte verhalten.

»Sei leise«, flüsterte Martha. »Die Vernehmung beginnt.«

Mittlerweile hatten die beiden Männer ihre Plätze eingenommen, und der Polizist räusperte sich mehrmals. »Mein Name ist Schneider, Jan Schneider.« Er schlug das Notizbuch auf und kritzelte etwas hinein. »Herr Burscheider, hatten Sie bestehenden Kontakt zu Ihrem Vater?«

»Nein, natürlich nicht.« Helmut fuhr sich durch die strubbeligen Haare. »Seit meinem achtzehnten Lebensjahr habe ich ihn nicht mehr zu Gesicht bekommen.«

»Stimmt es, dass Ihre Mutter eine Prostituierte ist?« Schneider blickte Helmut auffordernd an.

»Und? Was ist Schlimmes daran, dass meine Mutter früher im Rotlichtmilieu gearbeitet hat? Seitdem ich auf der Welt bin, arbeitet sie als Verkäuferin im Einzelhandel.« Helmut griff nach dem Wasserglas, das die Kellnerin ihm hingestellt hatte.

»Wurde ein Gentest gemacht, um die Vaterschaft Rolf Hohmanns zu beweisen?« Schneider drehte seinen Oberkörper zur Seite und sprach zum Publikum. »Das mache ich nicht schlecht für einen kleinen Streifenbeamten, nicht wahr? Ich werde den Fall lösen und auf der Karriereleiter emporsteigen.«

»Nein, ein Gentest wurde nicht gemacht, doch mein Vater musste mich trotzdem anerkennen«, fuhr Helmut fort, der anscheinend langsam nüchtern wurde. »Er hatte Mutter für die letzten drei Schwangerschaftsmonate seiner Ehefrau gebucht. Sie musste unterzeichnen, in dieser

Zeit keinem anderen Freier zur Verfügung zu stehen. Ich bin der Sohn dieses Dreckskerls, daran besteht kein Zweifel.«

»Was hat Sie dazu bewogen, heute in diese Goldhochzeitsfeier hereinzuplatzen, und woher wussten Sie, dass die Veranstaltung in diesem Fünf-Sterne-Restaurant stattfindet?«, hakte Schneider nach.

»Opa hat das groß in der Westdeutschen Zeitung, der Wuppertaler Rundschau und der Cronenberger Woche ankündigen lassen«, rief Regina Bauer dazwischen. »Lesen Sie keine Zeitung, Herr Schneider?«

Der Angesprochene räusperte sich unbehaglich.

»Ich war gar nicht hier, als das Medikament gegen das Gift ausgetauscht wurde. Die gesamten Goldhochzeitsgäste sind meine Zeugen«, erklärte Helmut und griff ein weiteres Mal nach dem Wasserglas.

»Mir wurde zugetragen, Sie hätten Rolf Hohmann heute Abend gedroht, stimmt das?«, fragte Schneider weiter.

»Gedroht soll ich ihm haben?« Helmut schnaubte verächtlich. »Ich habe ihm lediglich angekündigt, dass er wieder von mir hören und ich im Falle seines Ablebens auf meinem Pflichtteil vom Erbe bestehen würde.«

»Wo waren Sie in der Zeit zwischen neunzehn Uhr zwanzig und kurz vor einundzwanzig Uhr?« Schneiders Kugelschreiber flog nur so über sein Notizbuch.

»Ich war in der Kneipe um die Ecke«, gab Helmut bereitwillig Auskunft. »Rufen Sie doch dort an.«

»Soll ich fix zur Kneipe laufen und mich nach Herrn Burscheider erkundigen?« Eifrig ging der Moderator zur Restauranttür.

»Nichts da!« Mahnend hob Schneider den Zeigefinger. »Niemand verlässt das Restaurant.«

»Aber ich bin nur der Moderator des Dinners.« Er wandte sich zum Publikum. »Welch eine Frechheit. Sie alle können meine Unschuld bezeugen, nicht wahr?«

»Ich nicht«, stellte Mathilde trocken fest.

Der Moderator warf ihr einen erstaunten Blick zu und runzelte die Stirn. »Was wollen Sie damit andeuten, Frau Krähenfuß?«

»Nichts, aber in der Pause, um halb neun, habe ich eine Person in einem braunen Kapuzenmantel dabei beobachtet, wie sie sich an der Tasche mit dem Medikament zu schaffen gemacht hat. Die Schauspieler waren zu dieser Zeit überwiegend damit beschäftigt, uns das Essen zu servieren. Ich kann nicht sagen, ob die Person im Mantel männlich oder weiblich war. Auch Sie könnten Ihren Zylinder abgelegt haben und es gewesen sein.« Mathilde grinste schief. »Habe ich jetzt zu viel verraten?«

Der Moderator warf seinem Kollegen, der den Polizisten verkörperte, einen irritierten Blick zu.

Dieser zuckte mit den Schultern. »Also ich weiß nichts von einem Mann im braunen Mantel. Das müssen Sie geträumt haben, Frau Krähenfuß. Rufen Sie in der Gaststätte an, und erkundigen Sie sich nach Burscheiders Alibi, mein lieber Herr Moderator.«

Die Servicekraft nahm eilig die Treppenstufen zur Bühne und reichte ihm ein altmodisches Telefon mit langer Schnur und Wählscheibe. Erneut vernahm Mathilde vereinzelte Lacher aus dem Publikum.

22 Uhr

Alle Blicke waren gespannt auf den Moderator gerichtet, der wie ein Tiger im Käfig im Kreis lief und telefonierte. Die Servicekraft rannte mit dem Telefonkabel in der Hand hinter ihm her. Schließlich legte er den Hörer auf die Gabel. »Der Wirt konnte das Alibi von Helmut Burscheider bestätigen. Er meinte zu mir, dieser habe die ganze Zeit an der Bar gesessen und Bier getrunken.«

»Gut«, bemerkte Schneider zufrieden und schrieb in sein Notizbuch. »Sie dürfen zurück auf Ihren Platz, Herr Burscheider. Jetzt bitte ich Dr. Solbach zu mir.«

»Mich? Ich bin der Arzt und habe versucht, erste Hilfe zu leisten«, rief dieser entrüstet.

»Das tut nichts zur Sache. Befolgen Sie meine Anweisung«, befahl der Polizist, während die Kellnerin mit dem Telefon von der Bühne verschwand.

Der alte Mann mit dem Hörgerät kam sichtlich widerwillig der Aufforderung nach und nahm dem Polizisten gegenüber Platz.

»In welchem Verhältnis standen Sie zu dem Verstorbenen?«, wollte Schneider wissen.

Eberhard Solbach zögerte einen Moment, schaute verlegen zu Margarete, seufzte und sagte schließlich: »Ich möchte ehrlich zu Ihnen sein. Die meisten Gäste wissen sowie, wie es um meine Gefühle gegenüber Margarete bestellt ist. Sie ist meine große Jugendliebe, und …«, er brach ab und seufzte erneut, »ich liebe sie bis zum heutigen Tag. Rolf, Margarete und ich gingen gemeinsam zur Volksschule, waren ein tolles Team. Ach, was war das für eine schöne Zeit. Doch alles änderte sich, als Rolf und ich uns in Margarete verliebten. Aus besten Freunden wurden erbitterte Rivalen.« Eberhard hielt inne und nippte an seinem Wasserglas. »Zunächst schenkte Margarete mir ihre Gunst, doch nach nur wenigen glückseligen Wochen spannte Rolf sie mir aus. Den Schmerz darüber habe ich nie überwunden, doch konnte ich es nicht ertragen, sie aus meinem Leben zu verbannen. So wurde ich zum Freund der Familie, beobachtete, wie Rolf meine Liebste betrog, wie er das Unternehmen gründete und sich zum knallharten Geschäftsmann entwickelte.« Er ballte die Hände zu Fäusten. »Doch Margarete hat sich nicht von dem Ekelpaket getrennt. Margarete, jetzt werde ich nicht weiter schweigen und die Wahrheit verkünden.«

»Halt den Mund!«, zischte die Angesprochene und schenkte sich mit zitternder Hand Wein nach.

»Seit zwei Jahren haben Margarete und ich ein Verhältnis«, fuhr Eberhard ungerührt fort.

»Mama!«, rief Sibylle entsetzt.

»Oma, mein Gott, ist das wahr? In eurem Alter?«, entfuhr es Regina. »Herr Schneider, ich muss Sie unbedingt unter vier Augen sprechen.«

»Was hast du schon zu erzählen?« Margarete rümpfte missbilligend die Nase.

»Später, Fräulein Bauer, später. Zunächst soll Herr Solbach fortfahren.« Schneider trommelte mit dem Kugelschreiber auf die Tischplatte.

»Margarete hatte Angst, weil sie im Falle einer Scheidung enorme Geldeinbußen gehabt hätte. Vor Jahren hat Rolf vorsorglich testamentarisch festgelegt, dass Margarete im Trennungsfall nach seinem Ableben nur der

Pflichtteil zustehen würde. Bei bestehender Ehe hätte sie zusätzlich das Anrecht auf Aktien und die Gemäldesammlung. Alles Weitere würde dann seiner Tochter Sibylle zugesprochen werden. Außerdem fürchtete sich Margarete davor, in der Gesellschaft ihr Gesicht zu verlieren, wenn sie sich mit einem einfachen Hausarzt im Ruhestand einlassen würde. Deswegen wollte sie sich nicht zu unserer Liebe bekennen.« Eberhard redete sich in Rage, sprang von seinem Stuhl auf und schrie: »Jetzt ist es raus, Liebling. Wir brauchen uns nicht weiter zu verstecken. Deinen Anteil vom Erbe kann dir niemand mehr nehmen. Rolf ist tot!«

»Das ist ungerecht!«, rief nun Sibylle. »Die Gäste hier sind meine Zeugen. Ich werde einen Anwalt einschalten, damit Vaters letzter Wille in Erfüllung geht. Du hast ihn betrogen, Mama!«

»Sibylle. Wie kannst du so etwas sagen? Ich bin deine Mutter. Genügen dir die Firma und dein Anteil nicht? Bist du derart geldgierig, dass du deiner Mutter nichts gönnst? Außerdem sind wir nicht geschieden. Ich bin jetzt eine wohlhabende Witwe.«

»Herrschaftszeiten«, schrie Regina. »Herr Schneider, Ich muss unbedingt mit Ihnen sprechen!«

»Halt du dich da raus«, wies Sibylle ihre Tochter zurecht.

»Ruhe!«, brüllte Schneider. »Ab jetzt wird nur noch hier vorne bei mir geredet. Jeder, der diese Anweisung nicht befolgt, wird mit einer Geldstrafe bedacht. Als Nächstes möchte ich Charlotte Hübner zu mir bitten. Sie sind vorerst entlassen, Herr Solbach.«

Während Eberhard seinen Platz am linken Tischende einnahm und sich Charlotte auf den Weg zum Verhör machte, tuschelten die Gäste an der Festtagstafel gedämpft miteinander. Insgesamt waren vier Statisten und drei Statistinnen vertreten. Sie spielten die stummen Nebenrollen.

»Frau Hübner, Sie haben sich ohne Einladung unter die Goldhochzeitsgesellschaft gemischt, um die Gäste über den Tod Ihrer Enkeltochter zu informieren. Sie geben Rolf Hohmann und seinem Medikament Bellissimi die Schuld an dem Unglück, stimmen meine Angaben soweit?« Schneider blickte Charlotte eindringlich an.

»Fast«, erwiderte diese bitter. »Nur möchte ich nicht von einem Unglück sprechen, sondern von einem einkalkulierten Todesfall, von einem Bauernopfer.«

»Hat Ihre Tochter im Vorfeld rechtliche Schritte gegenüber Herrn Hohmann und Globiratio eingeleitet?« Schneiders Stift flog weiter über das Papier.

»Meine Tochter ist ein gebrochener Mensch, Herr Schneider«, gab Charlotte Auskunft. »Sie ist zu gar nichts in der Lage, würde kein Gerichtsverfahren durchstehen.« Ruckartig wandte sie den Kopf in Richtung der Festtagstafel. Sie deutete mit dem Zeigefinger auf Herrn Lüdenhobel. »Sie und Herr Hohmann suchen sich mit Bedacht schwache, psychisch instabile Menschen für Ihre Versuche aus, die Sie nicht anzeigen, falls etwas schiefgeht.«

»Sie Furie, Sie …«, hob Thomas Lüdenhobel an, doch Schneider fuhr ihm über den Mund: »Sie sollten besser schweigen. Ich werde Frau Hübners Vorwürfe an die zuständigen Kollegen weiterleiten, damit diese die Seriosität Ihres Unternehmens überprüfen. Und jetzt kommen Sie bitte zu mir.«

22 Uhr 30

Martha gähnte und wischte sich mit dem Handrücken über die Augen. »Hoffentlich ermittelt dieser Schneider bald den Täter. So langsam werde ich müde. Außerdem freue ich mich auf das Schokoküchlein mit flüssigem Kern.«

»Herr Lüdenhobel, was haben Sie sich von diesem Abend erhofft?«, wollte Schneider wissen und schnipste mit dem Finger nach der Kellnerin. »Bringen Sie mir bitte ein alkoholfreies Hefeweizen. Das sollte mir in dieser Situation gegönnt sein. Und … setzen Sie es auf Frau Hohmanns Rechnung.«

»Ich habe mir eine wunderschöne Feier mit gutem Essen und viel Spaß erhofft, was sonst«, erwiderte Thomas Lüdenhobel achselzuckend. »Außerdem habe ich mich darauf gefreut, als Nachfolger von Herrn Hohmann vorgestellt zu werden. Ich gebe zu, sehr überrascht darüber gewesen zu sein, dass Herr Hohmann die Firma seiner Tochter Sibylle überschrieben hat. Aber nun gut, ich werde immerhin der Geschäftsführer des Unternehmens bleiben.«

»Hm«, brummte Schneider. »Sie profitieren nicht von Rolf Hohmanns Tod. Ich zähle Sie nicht zu den Verdächtigen. Nehmen Sie wieder Ihren Platz ein.« Er kritzelte etwas in sein Notizbuch, räusperte sich und klatschte in die Hände. »Sibylle Bauer, kommen Sie bitte zu mir.«

»Kann ich nicht zunächst …«, warf Regina ein, wurde jedoch augenblicklich von Schneider unterbrochen: »Ich bestimme hier die Reihenfolge.«

Thomas Lüdenhobel tauschte mit Sibylle die Plätze, und Schneider setzte seine Vernehmung fort: »Wie war Ihr Verhältnis zu Ihrem Vater?«

»Ich habe ihn sehr, sehr geliebt.« Sibylle zog ein Taschentuch aus der Tasche ihrer Marlene-Hose. »Er war so stolz, mir seine Firma übergeben zu können am heutigen Tag, am Tag, an dem er fünfzig Jahre mit meiner Mutter ...«, sie brach ab und tupfte sich mit dem Tuch die Augenwinkel, »mit meiner Mutter ...«, sie schluchzte, »ach, es ist schrecklich. Dieser Ehrentag ist sein Todestag geworden.« Sie steckte das Tuch zurück in ihre Hosentasche und umfasste das für sie eilig bereitgestellte Wasserglas mit beiden Händen.

»Sie sind geschieden? Oder ist Ihr Mann am heutigen Abend verhindert?«, stellte Schneider fest und nahm einen Schluck Bier.

Sibylle zuckte zusammen. »Was hat das mit dem Mord an meinem Vater zu tun?«

»Herr Schneider. Bitte, Sie müssen mir zuhören.« Regina Bauer sprang auf, lief um die Festtagstafel herum und auf den Polizisten und ihre Mutter zu.

»Okay, okay, okay, junge Dame.« Schneider erhob sich, nickte Regina zu und verließ mit ihr das Restaurant. Augenblicklich redeten alle Goldhochzeitsgäste wild durcheinander. Wenige Minuten später öffnete sich die Restauranttür, und Regina betrat vor Schneider die Bühne. Mit sehr ernster Miene nahm er Sibylle gegenüber Platz. »Nun«, setzte er langsam an, »Sie möchten Ihren Ex-Mann in Kürze ein zweites Mal heiraten, richtig?«

Vor Schreck glitt Sibylle fast ihr Wasserglas aus der Hand.

»Ich habe ein aufschlussreiches Telefonat mit Ihrem Ex-Mann geführt.« Schneider warf einen selbstzufriedenen Blick ins Publikum.

»Regina … Was hast du gemacht?« Sibylle rang sichtlich um Fassung.

»Möchten Sie wissen, was Herr Bauer mir mitgeteilt hat?« Schneider stand auf, erhob sein Glas und prostete den Gästen im Publikum zu.

Mathilde vernahm zustimmende Ja-Rufe aus dem Publikum und munteres Getuschel.

»Nach Herrn Bauers Angaben konnte Rolf Hohmann ihm nicht verzeihen, dass er ein einfacher Buchhalter in einer Lackfabrik ist, ohne jegliche Ambitionen, in eine bessere Position aufzusteigen. Hohmann konnte Menschen ohne beruflichen Ehrgeiz nicht ausstehen. Er hatte seiner Tochter bereits vor Jahren mitgeteilt, dass er ihr sein Unternehmen nach dem Ruhestand nur unter der Bedingung anvertrauen würde, dass sie sich von Robert scheiden ließe. Als die Geschäftsübergabe in greifbare Nähe rückte, vor drei Jahren, gaben Herr und Frau Bauer vor, sich auseinandergelebt zu haben, und reichten die Scheidung ein. Sibylle musste einen Weg finden, sowohl das Unternehmen zu bekommen als auch die Liebe ihres Lebens zu behalten.«

»Schnaps, ich brauche einen Schnaps«, kreischte Margarete Hohmann, und die Kellnerin eilte mit einem Glas in der Hand zu ihr hin.

»Sibylle Bauer hat das Medikament Aranclolol gegen ein Gift ausgetauscht. Natürlich wusste sie, dass ihr Vater, selbstherrlich wie er war, das Medikament am heutigen Abend gemeinsam mit seiner Goldhochzeit feiern wollte«, fuhr Schneider fort.

»Das kann nicht stimmen, weil …« Margarete Hohmann rappelte sich auf und kippte den Schnaps herunter, »weil *ich* meinen Mann ermordet habe.«

Ein erstauntes Raunen ging durch die Menge.

»Meine Tochter ist unschuldig. Ich habe das Aranclolol gegen ein hochdosiertes Arsenpräparat ausgetauscht«, sagte Margarte. »Bis heute habe ich meinen Hass unterdrückt, damit meine geliebte Tochter Globiratio noch offiziell überschrieben bekam. Hätte ich ihn vorher ermordet, hätte sie ihre Ansprüche nicht geltend machen können, und das Unternehmen wäre Herrn Lüdenhobel zugefallen. Schließlich«, sie räusperte sich, »hat Sibylle keinerlei Erfahrungen mit der Arzneimittelbranche. Der heutige Tag und diese bescheuerte Inszenierung mit seiner ach so tollen Tablette kamen mir gerade recht. Noch am Morgen hat er die Papiere für Sibylle unterzeichnet. Endlich konnte ich mich an Rolf für all das rächen, was er mir seit meiner Schwangerschaft angetan hat. Nach einer angemessenen Trauerzeit, schließlich weiß ich meinen guten Ruf als Witwe des Gründers von Globiratio zu schützen, hätten Eberhard und ich in Frieden alt werden können. Hätten …« Sie drehte sich zu ihrer Enkeltochter um. »Was sollte dieser Mist? Du verbreitest Lügengeschichten über deine eigene Mutter und zwingst mich dadurch zu diesem Geständnis. Habe ich nicht ein wenig Glück verdient?«

»Margarete, beruhige dich. Ein durch Arsen verursachter Tod weist gänzlich andere Symptome auf«, machte sich Eberhard Solbach lautstark bemerkbar. »Nimm nicht die Schuld auf dich, um deine Tochter zu schützen. Ich bin Arzt, glauben Sie mir, Herr Schneider, Arsen war hier nicht im Spiel.«

Der Moderator war an Margaretes Seite getreten und klopfte energisch gegen sein Glas. »Werte Goldhochzeitsgäste, liebes Publikum, darf ich um Ihre Aufmerksamkeit bitten? Wer möchte hier wen in Schutz nehmen? Es gibt gleich zwei potentielle Mörderinnen. Welche der Damen ist nun verantwortlich für den Tod Rolf Hohmanns?«

Margarete gab ihm einen Schubs. »Ach, halten Sie einfach den Mund. Eberhard, es ist die Wahrheit. Ich habe das Medikament heute Morgen ausgetauscht, als Rolf im Badezimmer war. Ich schwöre es«, ereiferte sich Margarete.

Sibylle sprang auf, ließ den verdatterten Polizisten allein und rannte um die Festtagstafel herum zu ihrer Mutter.

»Seht ihr, meine Mutter war es, ich bin unschuldig«, keuchte sie. »Mein Ex-Mann hat sich etwas zusammengesponnen.«

»Mama«, fiel Regina Sibylle ins Wort. »Ich hatte eben eine ganz komische Ahnung, musste an unsere letzten Telefonate denken. Der arme Opa. Er war immer gut zu mir, zu seiner kleinen Prinzessin. Papa hat Herrn Schneider die Wahrheit erzählt. Du kennst ihn, weißt, wie ängstlich er ist. Er möchte nicht als Mitwisser verurteilt werden und hat Herrn Schneider versichert, dass er noch am heutigen Morgen versucht habe, dich von deinem Vorhaben abzubringen. Er hat bis zuletzt gehofft, dass du es im entscheidenden Moment nicht wagen würdest, diesen endgültigen Schritt zu gehen.«

»Nein, nein, nein, das ist nicht wahr«, brüllte Sibylle verzweifelt.

»Frau Bauer, *Sie* haben das sich im Pillendöschen Ihres Vaters befindende Medikament gegen das schnell wirkende Maitotoxin ausgetauscht, ein Gift, das Sie bei einem Besuch in seiner Firma heimlich entwendet haben. Die Menge macht das Gift; was in hoher Potenz zum Globulus wird, ist pur verabreicht …«

»Das Fischgift«, mischte sich Eberhard Solbach ein. »Ja, hier passt die Symptomatik, ein schnell, sehr schnell wirkendes Gift.«

»Meine Güte, Maitotoxin verwenden wir zur Herstellung von Globuli gegen Infektionen durch Zeckenbisse«, stellte Thomas Lüdenhobel fest.

»Das gibt es doch alles gar nicht.« Margarete Hohmann schüttelte den Kopf. »Ich bin klar bei Verstand und weiß, was ich am Morgen gemacht habe. Herr Schneider, ich besitze zu Hause einen Rest des Arsens. Genügt das nicht als Beweis meiner Schuld? Ich habe meinen Mann wirklich ermordet.«

»Ruhe!«, brüllte Schneider, und alle Blicke richteten sich auf den Beamten. »Ich glaube, hier wollten gleich zwei Menschen dem Verstorbenen ans Leder. Zunächst vertauschte Frau Hohmann das Aranclolol gegen Arsen und später, im Rahmen dieser Feier und in einem unbeobachteten Moment, ihre Tochter das Arsen wiederum gegen das Maitotoxin. Rolfs Tochter ist die Mörderin, doch auch seine Ehefrau plante den Tod ihres Mannes.« Schneider langte nach den an seinem Gürtel befestigten Handschellen und hielt sie in die Höhe. »Ich habe den Fall aufgeklärt.«

»Schade, dass diese Goldhochzeitsfeier solch ein dramatisches Ende genommen hat, aber ich hoffe, unser

Krimidinner hat Ihnen gefallen und das Dessert wird Ihnen munden.« Der Moderator zog seinen Zylinder und verneigte sich tief vor dem Publikum.

Die geladenen Gäste erhoben sich von ihren Plätzen und klatschten begeistert Beifall.

23 Uhr

Die Schauspielerinnen und Schauspieler standen ebenfalls auf und versammelten sich am Bühnenrand. Sie hielten einander an den Händen und verbeugten sich mit einem glücklichen Lächeln auf dem Gesicht. Augenblicklich ging das Blitzlichtgewitter los, das Kamerateam bahnte sich seinen Weg an den Tischreihen und den klatschenden Gästen vorbei, und ein Reporter von Radio Wuppertal hielt Mathilde ein Mikrofon vor die Nase. »Was sagt die ehemalige Politredakteurin vom Wupperspiegel zu der Inszenierung?«

»Sie hat auf den falschen Mörder getippt«, mischte sich Martha kichernd ein, und Mathilde gab ihr einen leichten Klaps auf den Arm.

»Also, wenn Sie mich so fragen, vor allem die älteren Herrschaften, die extra für diese Aufführung gecastet worden sind, haben mich überzeugt. Schauen Sie«, Mathilde deutete mit der Hand zur provisorischen Liege am hinteren Bühnenrand, »der Darsteller des Rolf Hohmanns nimmt seine Rolle so ernst, dass er immer noch wie tot auf den aneinandergeschobenen Stühlen liegt.«

»Gibt es auch Kritikpunkte?«, hakte der Reporter nach.

»Vielleicht hat es etwas zu lang gedauert«, erwiderte Mathilde und zwinkerte ihrem Gesprächspartner zu. »Dieses Empfinden mag jedoch meinem Alter geschuldet sein. Ich pflege in der Regel um zweiundzwanzig Uhr ins Bett zu gehen.«

»Für gewöhnlich beginnen die Dinner-Veranstaltung im TiC-Theater bereits um 18 Uhr. Für die Premiere wurde eine Ausnahme gemacht«, erklärte der Reporter. »Vielen Dank für das Gespräch, Frau Krähenfuß.« Er ging einen Tisch weiter zu einer jungen Frau mit einem modischen Kurzhaarschnitt, die Mathilde gänzlich unbekannt war. Sie wandte ihr Augenmerk wieder den sich verbeugenden Schauspielern zu. Karla Schmidt, die Schauspielerin, die Rolf Hohmanns Enkeltochter verkörpert hatte, ließ die Hände ihrer Kollegen los und drehte sich kichernd in Richtung der provisorischen Liege. »Hey, Horst, die Show ist vorbei.« Sie ging zu dem Schauspieler hin, der weiter tapfer die Augen geschlossen hielt. »Hohooorst, hey, hol dir deinen verdienten Applaus.« Karla Schmidt sank vor dem Schauspieler auf die Knie. »Horst?« Ihr langer Zopf baumelte ihr über die Schulter, während sie ihr Ohr auf seinen Mund legte. »Mist verdammter«, entfuhr es ihr entsetzt. »Leute, Ruhe, hey, was ist das für ein Mist? Ich glaube, Horst ist wirklich tot.« Zitternd richtete sie sich auf und wischte sich mit den Handballen über die Augen.

Einige Sekunden lang herrschte Totenstille. Anschließend ging das Gekreische los. Mathilde hörte Frauen schluchzen, Männer aufgeregt durcheinanderreden und schließlich einen vereinzelten, durch Mark und Bein dringenden Schrei. »Neiiiiiin.« Eine mollige Frau Mitte siebzig, die ergrauten Haare kurz geschnitten und in einen schlichten, schwarzen Hosenanzug gekleidet, hatte ihren Platz an einem der hinteren Tische verlassen und eilte zur Bühne.

»Licht«, schrie der Mann, der soeben den Polizisten gespielt hatte. »Setzen Sie sich bitte alle wieder hin, und bewahren Sie Ruhe. Ist ein Arzt im Publikum?«

Kurz darauf gingen im Zuschauerraum die Lampen an, doch keine Hand schnellte nach oben. Betretenes Schweigen kehrte ein. Plötzlich erhob sich Martha und ging zum Bühnenaufgang. Aufgrund ihrer Körperfülle bereitete es ihr leichte Schwierigkeiten, die schmalen Stufen zu erklimmen. Nachdem es ihr endlich gelungen war, hielt sie keuchend in der Bewegung inne und stemmte die Hände in die Hüften. »Ich bin keine Ärztin«, brachte sie schließlich hervor, »aber ich bin in afrikanischer Heilkunde und in dem Erkennen von Todeszeichen bewandert.«

»Kommen Sie, kommen Sie!« Karla Schmidt winkte sie aufgeregt zu sich hin.

Auch Mathilde hielt es nicht mehr auf ihrem Platz. Zwei Stufen auf einmal nehmend, hüpfte sie auf die Bühne. »Ich bin die Tante des Kriminalhauptkommissars der Wuppertaler Mordkommission und habe meinem Neffen soeben eine WhatsApp-Nachricht gesendet. Er wird in wenigen Augenblicken vor Ort sein. Schließen Sie sofort die Tür. Niemand verlässt das Atelier.«

»Aber meine Hündin wartet auf mich«, beschwerte sich die Frau mit dem Kurzhaarschnitt, die zu den Prominenten gehörte.

»Sie wird sich gedulden müssen, bis die Beamten eingetroffen sind«, erwiderte Mathilde bestimmt und rückte ihre Brille zurecht.

»Wissen Sie, mit wem Sie sprechen, Frau Krä…Krähenfuß?« Die Frau reckte pikiert das Kinn vor.

»Ehrlich gesagt, nein«, erklärte Mathilde, während sie der Dame den Rücken kehrte und an Marthas Seite eilte, die ihre Hände flach über den Mund des Schauspielers hielt.

»Mathilde, lass mich das hier machen. Kümmere du dich um die Lebenden«, wehrte Martha sie ab. »Rolf Hohmann, ich meine Horst Soundso, ist mausetot, da gibt es nichts dran zu rütteln. Die blauen Punkte um seine Lippen scheinen winzige Blutergüsse zu sein, Einblutungen wie bei der Ebola-Erkrankung.«

Karla Schmidt verengte die Augen zu Schlitzen, um besser schauen zu können. »Stimmt, jetzt sehe ich sie auch.«

Martha beugte sich tiefer über die Leiche und schnupperte an seinen Lippen. Wenig später richtete sie sich auf und drehte sich weg von der Bühne, hin zu den fassungslosen Anwesenden. Die Schauspielerinnen und -spieler hatten sich unter die Gäste gemischt und auf den vom Servicepersonal des TiC-Theaters eiligst bereitgestellten Stühlen Platz genommen. Die Bühne war nun das Reich von Mathilde, Martha, Karla Schmidt und der Ehefrau des Verstorbenen. »Dem Mund des Toten entströmt der Geruch von Bittermandeln«, stellte sie ernst fest. »Das deutet auf eine Cyanid-Vergiftung hin, also auf Tod durch Zyankali. Ich sage es äußerst ungern, aber während wir auf der Bühne die Inszenierung verfolgt haben, ist dieser Mann auf den zusammengeschobenen Stühlen innerhalb von wenigen Minuten erstickt. Ich gehe davon aus, dass er recht schnell die Besinnung verloren hat, sich deswegen nicht bemerkbar machen konnte.«

Ein Knall ließ Mathilde, die gebannt den Ausführungen ihrer Freundin gelauscht hatte, zusammenzucken.

»Um Himmels willen, Frau – Herrschaftszeiten, wie heißt der Tote denn nun – ist ohnmächtig geworden.« Mathilde ging in die Hocke und schüttelte die Gestürzte sanft.

»Das ist Adele Poletto, die Ehefrau von Horst«, gab Karla mit bebender Stimme Auskunft.

»Wir brauchen etwas, um die Leiche abzudecken«, machte sich Martha bemerkbar. »Kann sich bitte jemand darum kümmern?«

Mathilde rappelte sich auf. »Martha, kannst du Frau Poletto stabilisieren?« Anschließend wendete sie sich an die aufgeregt durcheinanderredenden Schauspieler und Gäste. »Hören Sie mir alle gut zu. Wir machen das jetzt wie in der Schule bei der Vorstellungsrunde. Jeder, ausgenommen sind die Leute von der Presse, der Oberbürgermeister, der Unirektor, der Zoo- und der Sparkassendirektor, nennt nacheinander seinen Namen, Beruf und das Verhältnis, in dem er oder sie zu Horst Poletto stand.«

»Was bilden Sie sich ein, Frau Krähenfuß?«, kreischte die Kurzhaarige aus der ersten Reihe. »Ich lasse mir von einer dahergelaufenen ehemaligen Politredakteurin nicht vorschreiben, was ich zu machen oder zu lassen habe. Sie sind nicht die Polizei.«

»Aber die Polizei ist noch nicht hier«, warf der Zoo-
direktor ein. »Wissen Sie nicht, dass Frau Krähenfuß
ihren Neffen bereits mehrfach bei seinen Mordermitt-
lungen unterstützt hat? Außerdem – möchten Sie heute
im TiC-Theater übernachten, Frau Krämer-Lorenz? Ich
finde Frau Krähenfuß' Vorschlag gut. Wenn Hauptkommissar Mucke erscheint, kann er übernehmen.«

»Danke für Ihre Unterstützung.« Mathilde lächelte
den Direktor an. »Beginnen wir gleich mit Ihnen, Frau
Krämer-Lorenz. Erzählen Sie uns etwas über sich.« Mathilde blickte die aufgebrachte Frau auffordernd an.

»Ich glaube zwar nicht, dass ich es nötig habe, mich
vorzustellen, außer Ihnen und Ihrer …«, Frau Krämer-
Lorenz rümpfte verächtlich die Stupsnase, »Ihrer Haushälterin mit den Zauberkünsten wird mich wohl jeder
der hier Anwesenden vom Fernsehen her kennen, aber
nun gut, ich will nicht so sein.« Sie hob ihr Sektglas an
die dunkelrot geschminkten Lippen und nahm einen
kleinen Schluck. »Mein Name ist Seraphina Lorenz. Seraphina Krämer-Lorenz der Vollständigkeit halber. Fällt
bei Ihnen jetzt der Groschen?«

Mathilde schüttelte den Kopf. »Leider nein.«

»Ich bin Schauspielerin und war für etliche Til Schwei-
ger-Produktionen engagiert. Mein Hauptwohnsitz ist in
Berlin, aber ich bin in Wuppertal-Cronenberg geboren.
Ich hatte das Vergnügen, gemeinsam mit den Darstel-
lern des TiC-Theaters die Seniorendarsteller für dieses
Krimi-Dinner zu casten. Dafür residiere ich seit zehn
Wochen in Wuppertal, denn ich wollte bei den Proben
dabei sein. Daraus erschließt sich meine Verbindung zu

Horst Poletto von selbst: Er war für mich die perfekte Besetzung Rolf Hohmanns.«

»Danke.« Mathilde nickte gnädig. »Wo wir gerade darauf zu sprechen kommen.« Sie wandte ihr Augenmerk Karla Schmidt zu, die Martha dabei half, Adele Poletto auf einen Stuhl am Rande der Bühne zu setzen. »Frau Schmidt, wie kam die Idee zustande, die Rollen der Hohmanns und des Dr. Solbach mit nicht zum Ensemble gehörenden Senioren zu besetzen?«

»Gute Frage«, hörte sie die stellvertretende Chefredakteurin der WZ sagen, bevor Karla antworten konnte. »Für gewöhnlich spielen die TiC-Darsteller während einer Aufführung verschiedene Rollen – ohne Rücksicht auf das Alter der darzustellenden Figur. Das macht den Charme dieses Theaters aus.«

»Das war mein Vorschlag«, meldete sich der Schauspieler zu Wort, der den Moderator verkörpert hatte. Er saß nun zwischen den Teams vom WDR und von Radio Wuppertal. »Ich bin Michael Wengler und erst seit zwölf Monaten ein fester Bestandteil der Truppe. Mein Großvater, er lebt in einer der Seniorenwohnungen des Cronenberger Altenheims, hat eine kleine Theatergruppe ins Leben gerufen. Eine der Aufführungen im Gemeinschaftsspeisesaal habe ich mir angesehen. Richtig nett. Von daher dachte ich, wir sollten mal alten Herrschaften die Chance geben, ihre Talente unter Beweis zu stellen. Die Resonanz auf unsere Ausschreibung in der Cronenberger Woche war überwältigend. Eine Auswahl zu treffen, ist uns sehr schwergefallen.«

»Wie war Ihr Verhältnis zu dem Ermordeten?«, fragte Mathilde weiter, während sie einen flüchtigen Blick auf ihre Armbanduhr warf. »Wo bleibt eigentlich der Notarzt?«

»Horst ist doch tot«, begann Karla Schmidt. »Der braucht keinen …«

»Das darf nicht wahr sein!« Mathilde schlug sich mit der flachen Hand vor die Stirn. »Wählen Sie augenblicklich die 112. Ich kann nicht alles gleichzeitig machen. Ein Arzt muss den Tod dokumentieren. Die Aussage meiner Haushälterin ist wertvoll, doch sie genügt natürlich nicht.«

23 Uhr 20

»Horst war ein cooler Typ«, griff Michael Wengler Mathildes Frage wieder auf. »Er konnte, wie Sie gesehen haben, diesen unangenehmen Menschen wunderbar verkörpern – ohne zu sehr zu übertreiben. Er ging richtig in der Rolle auf, und wir hatten viel Spaß bei den Proben.«

»Frau Poletto«, Mathilde kehrte den Tischreihen den Rücken und ging zu der bebenden, schwer atmend an Marthas Schulter lehnenden Frau. »Mein herzliches Beileid. Wir alle stehen unter Schock. Es tut mir leid, dass ich Sie in dieser Situation mit Fragen quälen muss, aber es ist davon auszugehen, dass der Täter sich hier im Atelier aufhält.«

»Hilfe, ich möchte hier raus!«, kreischte Seraphina Krämer-Lorenz. »Niemand kann mich zwingen, unter einem Dach mit einem Mörder auszuharren!«

»Bleiben Sie bitte ruhig, Frau Krämer-Lorenz«, mahnte der Oberbürgermeister mit erhobener Stimme. »Sobald die Polizei vor Ort ist und diese Zwangsversammlung auflöst, dürfen Sie gehen. Bis dahin haben Sie gefälligst zu warten. Meinen Sie, wir sitzen hier zum Spaß um kurz vor Mitternacht im Theater?«

»Frau Poletto«, fuhr Mathilde ungerührt fort. Alle Müdigkeit war verflogen, sie war hoch konzentriert und völlig in ihrem Element. »Wie alt ist … war Ihr Mann?«

»Dreiundsiebzig«, erwiderte die Angesprochene leise. »Genauso alt wie ich. Könnte ich bitte ein Glas Wasser bekommen?«

Mathilde wandte den Kopf und sagte mit lauter Stimme: »Bitte bringen Sie uns eine Wasserflasche und Gläser auf die Bühne.«

»Frau Poletto braucht etwas Stärkeres«, mischte sich Martha ein, die der älteren Frau liebevoll über die grauen Haare strich. »Ein Cognac für die Dame muss her.«

»Hat er schon immer gerne geschauspielert?«, hakte Mathilde nach.

»Eigentlich nicht«, hauchte Adele, die sehr blass um die Nase war. »Horst hatte jedoch einen Hang zur Dramaturgie«, fuhr sie leise fort. »Er war im Alltag theatralisch. Kennen Sie solche Menschen, die aus allem immer eine Winzigkeit mehr machen, als die Angelegenheit eigentlich wert ist? So ein Typ war mein Mann. Genau diese Eigenschaft muss ein Schauspieler besitzen, um die Gefühle fürs Publikum auf leicht übertriebene Art herauszuarbeiten.« Adele holte tief Luft. »Ich habe oft zu ihm gesagt, er sei der geborene Schauspieler. Eigentlich hatte er nicht vor, zum Casting zu gehen, doch Theo«, sie wies mit der Hand zu den Plätzen, die noch vor wenigen Minuten für Mathilde und Martha reserviert gewesen waren und auf denen nun der Mann mit dem überdimensional großen Hörgerät und eine deutlich jüngere Frau mit langen schwarzen Haaren und dunklem Teint saßen, »Theo und Santai konnten ihn schließlich überreden, den Spaß mitzumachen. Wie sehr haben Santai und ich uns gefreut, dass gleich beide eine der Hauptrollen ergattert hatten. Und jetzt, und jetzt …« Adele brach ab, ihre Hände zitterten und ihre Zähne klapperten.

»Wo bleibt der Cognac?«, rief Martha ärgerlich und legte ihren Arm um sie. Ihr kunstvoll gebundener Turban Bandana war verrutscht, und sie widersprach nicht, als Mathilde ihn ihr abnahm und auf die Festtagstafel legte.

Die zuvor so gut gelaunte und freundliche Servicekraft eilte herbei, den Schwenker und die Wasserflasche in den Händen haltend. Mathilde sah das Entsetzen und die Angst in ihren Augen. Martha nahm den Weinbrand mit ihrer freien Hand entgegen und setzte das Glas behutsam an Adeles Lippen. Diese ließ sich das starke Getränk bereitwillig einflößen.

»Waren Sie beim Casting dabei?« Mathilde blickte Adele eindringlich an.

»Natürlich. Santai und ich waren schrecklich aufgeregt angesichts der vielen Frauen und Männer, die für die ausgeschriebenen Rollen vorsprachen«, berichtete Adele heiser.

»Santai und Theo, sind das gute Freunde von Ihnen?«

»Unsere besten, ja«, gab Adele Auskunft. »Wir verreisen gemeinsam, feiern zusammen Silvester und vieles mehr.«

»Erinnern Sie sich an etwas Merkwürdiges beim Casting, einen schlechten Verlierer vielleicht?« Dankbar nahm Mathilde die Wasserflasche an und schenkte sich und Martha ein. »Danke, Frau …« Sie warf der Mittvierzigjährigen mit dem weißen Häubchen auf den braunen Haaren einen fragenden Blick zu.

»Mira Bonetti«, erwiderte diese und nestelte nervös an ihrer Schürze. »In *Globuli mit Todesfolge* spiele ich eine Nebenrolle und gehöre zum Servicepersonal.«

Mathilde nickte und berührte Adele behutsam an der Schulter. »Und?«, hakte sie nach. »Ist Ihnen beim Casting etwas Ungewöhnliches aufgefallen?«

Adele schüttelte den Kopf. Aufgrund des starken, alkoholhaltigen Getränks war etwas Farbe in ihr Gesicht zurückgekehrt. »Aber es gibt schon etwas Besonderes zu berichten«, fuhr sie fort. »Unter den Anwärtern auf die Männerrollen entdeckte Horst einen ehemaligen Kommilitonen aus seiner Studienzeit. Wissen Sie, er war damals Mitglied in einer schlagenden Studentenverbindung gewesen. Daher hat er die kleine Narbe am Kinn. Viele Mitglieder von *Univatas* besitzen so einen Makel. Die beiden haben sich nach dem Studium aus den Augen verloren. An der Narbe hat Horst Manfred Gruber erkannt. Er hat im Übrigen einen gar nicht so schlechten Rolf Hohmann abgegeben und kam ebenfalls in die engere Auswahl.«

Mathilde griff nach dem Notizbuch, das der Schauspieler mit der Polizistenrolle auf dem Tischchen liegen gelassen hatte, zog einen Stift aus der Tasche ihrer Jeans und schrieb hastig etwas hinein.

»Die zwei haben Telefonnummern ausgetauscht«, berichtete Adele weiter. »Seit dem Casting haben Manfred und Horst sich regelmäßig verabredet – allerdings war ich bei keinem ihrer Treffen dabei.«

»Vergiss nicht zu erzählen, wie sehr sich Horst durch diesen Menschen innerhalb kürzester Zeit verändert hat«, warf Theo ein, und Mathilde blickte, hellhörig geworden, zu ihm hin. Er hatte den Arm um seine Begleiterin gelegt und schaute finster drein.

»Danke erst mal, Frau Poletto.« Mathilde stand auf und verließ mit Notizbuch und Stift in der Hand die Bühne. Sie schnappte sich einen Stuhl und nahm gegenüber von Theo und seiner Frau Platz.

Plötzlich ging die Tür auf, und ein Notarzt und zwei Sanitäter stürmten ins Atelier. Mathilde machte Anstalten, sich zu erheben, wurde jedoch von Michael Wengler davon abhalten.

»Bleiben Sie sitzen, Frau Krähenfuß. Das Rettungsteam wird seine Arbeit erledigen, Sie werden hier mehr gebraucht. Horst ist sowieso tot und die Untersuchung eine reine Routinemaßnahme, die gemacht werden muss.«

Mathilde nickte zustimmend und wandte ihre Aufmerksamkeit wieder Theo zu. Er hatte soeben das große Hörgerät abgenommen und auf den Tisch gelegt.

»Wie darf ich Sie anreden?«, erkundigte sich Mathilde höflich, während sich die Stahltür ein weiteres Mal öffnete. »Mucke, Kriminalpolizei«, hörte sie ihren Neffen sagen. Erleichtert warf sie einen Blick auf ihre Armbanduhr.

23 Uhr 35

»Santai und Theo Ludwig«, stellte Theo sich und seine Frau vor, während Herbert in Begleitung seines Kollegen Florian Vogel das Atelier betrat.

Mathilde stand auf und winkte die Beamten zu sich. »Ihr habt lange gebraucht.«

»Es ist mitten in der Nacht, wir können schließlich nicht zaubern.« Herbert unterdrückte ein Gähnen. »Was ist hier passiert?«

Rasch fasste Mathilde die Ereignisse der letzten Minuten zusammen. »Plötzlich ist aus dem Spiel Ernst geworden. Einer der Hauptdarsteller ist tot.« Sie wies mit der Hand zur Bühne, auf der ein Sanitäter soeben den Toten erneut mit einem Tuch bedeckte.

»Ich kümmere mich um den Toten und um die spätere Überführung. Florian befragt am besten die Schauspieler, und du machst mit den Privatpersonen weiter.« Herbert zwirbelte nachdenklich seinen Schnurrbart. »Jörg Tauben von der Spurensicherung wird in wenigen Minuten vor Ort sein.«

»Apropos Spurensicherung. Da fällt mir etwas ein.« Mathilde erhob sich und klatschte in die Hände. Augenblicklich verstummten die leisen Gespräche der Anwesenden. »Herr Wengler«, richtete sie das Wort an den ehemaligen Moderator, »erinnern Sie sich an meine Bemerkung während der laufenden Aufführung zu der Person im braunen Kapuzenmantel, die sich um kurz vor neun an der Tasche mit der Tablette zu schaffen gemacht hat? Gehörte das zur Inszenierung?«

Michael Wengler schüttelte den Kopf. »Nein, Ihre Bemerkung hat mich und Anton«, er wies mit dem Kopf auf den Darsteller des Polizisten Schneider, der zur Linken der stellvertretenden Chefredakteurin der WZ Platz genommen hatte, »ganz schön aus dem Konzept gebracht. Diese Szene war nicht geplant, und ein brauner, langweiliger Mantel gehört gewiss nicht zu den Kostümen. Ich habe gedacht, Sie hätten sich einen Scherz mit uns erlaubt.«

»Danke für diese Information, Herr Wengler.« Mathilde ließ sich wieder auf ihren Stuhl fallen und berichtete den Beamten von ihrer Beobachtung in der Pause vor der rituellen Tabletteneinnahme. »Jörg muss Ausschau nach diesem Mantel halten. Sollte mein Verdacht zutreffen, hat der Mörder oder die Mörderin die leere Bühne und das Gewusel im Publikum dafür genutzt, die wirkstofflose Pille gegen Zyankali auszutauschen. Meine Güte, zwei Gifte im Theaterstück und ein tödliches in der Realität. Verrückt. Und irgendwie – arg geplant, konstruiert, eine minutiöse Todesinszenierung. Findest du das nicht äußerst merkwürdig? Warum hat außer mir eigentlich keiner diesen Mann im Mantel bemerkt?«

»Nun, die Schauspieler waren schließlich mit dem Servieren des Essens beschäftigt. Wie kommst du auf Zyankali? Bist du unter die Hellseher gegangen?«, stellte Herbert die Gegenfrage.

»Martha vermutet das, weil der Tote den Geruch von Bittermandeln verströmt hat. Letztendlich kommt es darauf zu diesem Zeitpunkt nicht an. Poletto ist jedenfalls tot.«

»Los, Florian, an die Arbeit.« Während Herbert sich auf den Weg machte, um mit dem Notarzt zu sprechen, und Florian sich unter die Menschen mischte, setzte Mathilde ihre Unterredung mit den Ludwigs fort: »Was haben Sie damit gemeint, dass Horst Poletto sich durch seine Treffen mit dem ehemaligen Kommilitonen verändert hatte?«

»Eigentlich fing das bereits beim Casting an. Wir Männer mussten alle jeweils eine Szene von Rolf Hohmann und von Eberhard Solbach spielen: Eberhard Solbachs Vernehmung durch Schneider und Rolf Hohmanns spektakuläre Einnahme des Aranclolos. Horst war als Zweiter an der Reihe, ich als Fünfter und Manfred Gruber als Vorletzter. Die Zeitspanne dazwischen haben wir uns unterhalten, uns einander vorgestellt.«

»Gruber war mir vom ersten Augenblick an unsympathisch«, mischte sich Santai ein.

»Der Typ muss damals ein hohes Tier in dieser Studentenverbindung gewesen sein«, berichtete Theo weiter. »Horst ließ ein paar Bemerkungen fallen, als Scherz verpackt, die mich sehr irritiert haben. Irgendetwas muss während ihrer Studienzeit vorgefallen sein, was die Verbindung in argen Misskredit gebracht hat.«

»Manfred musste die Universität in Münster kurz vor Beendigung seines Jura-Studiums verlassen«, fügte Santai hinzu.

»Das haben die beiden beim ersten Wiedersehen nach etlichen Jahren und noch dazu in Ihrer Anwesenheit diskutiert?«, wunderte sich Mathilde.

Santai warf ihrem Mann einen fragenden Blick zu. »Wie war das noch genau?«

Theo zog die Stirn in Falten und dachte nach. »Ich habe es auf alle Fälle gehört. An mehr erinnere ich mich im Moment nicht.« Theo spielte nervös mit dem Hörgerätimitat. »Ach ja. Manfred hat Horst kumpelhaft den Arm um die Schulter gelegt und ihn einen Glückspilz genannt. Dabei grinste er ganz merkwürdig und zwinkerte mit dem Auge. Horst war das sichtlich unangenehm.«

»Eigentlich hatten wir uns vorgenommen, nach dem Casting ins Maredo zu gehen und Steaks zu essen. Aber Horst wollte plötzlich nicht mehr, meinte, er müsse unbedingt das unverhoffte Wiedersehen mit seinem Bruder, wie er ihn nannte, auf altehrwürdige Weise in einer Kneipe feiern. Adele wollte ihn begleiten, doch auch das hat er abgelehnt«, berichtete Santai und strich sich die Haare hinter die Ohren. »Robert und ich haben die Arme nach Hause gebracht und noch etwas zusammen getrunken. Es soll lange gedauert haben, bis Horst heimgekommen ist, erzählte Adele mir einen Tag später am Telefon.«

»Von da an habe ich Horst nur noch bei den Proben getroffen«, fügte Theo hinzu. »Er war konzentriert, machte seinen Job gut, war jedoch in den Pausen seltsam geistesabwesend.«

»Frau Krähenfuß?« meldete sich der Bruder von Karla Schmidt zu Wort. »Meine Freundin und ich hören die ganze Zeit mit, deswegen muss ich mich einmischen.«

Mathilde wandte ihren Kopf nach rechts. »Richtig, Sie saßen während des Dinners neben meiner Haushälterin und mir. Die einzigen Special-Guests der Darsteller, die das Privileg hatten, in den vorderen Reihen zu sitzen. Warum eigentlich?«

»Ach, das war pures Glück.« Simon winkte mit der Hand ab. »Hinten war nichts mehr frei.«

»Hm«, brummte Mathilde.

»Uns ist während der Aufführung etwas aufgefallen. Genauer gesagt in der Pause – na ja, vor der Szene mit der Pille eben. Wir haben zwei Männer an einem Tisch in der Nähe der Abendkasse entdeckt, die vorher nicht da waren. Schauen Sie, ich meine die dort hinten.« Er wies mit dem Kopf ans andere Ende ihrer Tischreihe.

»Wie jetzt? Ich dachte, dort wären alle Plätze besetzt gewesen?« Mathilde runzelte die Stirn.

»Es kann ja sein, dass die beiden zu spät gekommen sind und die Plätze regulär für sie reserviert waren. Es muss nichts bedeuten, ich wollte Sie nur darauf hinweisen.« Simon senkte verlegen die Augenlider.

»Danke. Ich werde dem nachgehen. Entschuldigen Sie mich bitte einen Moment, Herr Ludwig.« Mathilde stand auf und ging die paar Schritte zum Bühnenrand. Auf dem Podium war Michael Wengler in ein Gespräch mit Florian Vogel vertieft. Aus dem Augenwinkel sah sie ihren Neffen immer noch mit dem Notarzt diskutieren. »Herr Wengler, entschuldigen Sie bitte die Störung. Haben Sie einen Überblick über die geladenen Gäste, insbesondere über die Special Guests der Schauspieler?«

»Natürlich«, entgegnete Michael überrascht und blickte auf sie hinunter. »Wir führen eine Gästeliste, die ich sofort mit meinem Handy aufrufen kann.«

»Herr Vogel, darf ich Ihnen Herrn Wengler einen Moment entführen? Ich brauche seine Hilfe, um zwei Männer zu identifizieren«, sagte sie an den Beamten gewandt. Dieser nickte zustimmend, und Michael sprang geschmeidig vom Bühnenrand. Mathilde griff ihn am Arm, und gemeinsam eilten sie zu den verdächtigen Personen.

»Guten Abend, die Herren.« Mathilde schnappte sich einen freien Stuhl und platzierte ihn vor Kopf, sodass sie beide Männer im Blick hatte. Verwundert bemerkte sie, dass die Schauspieler des TiC-Theaters tuschelnd beisammenstanden und ihr neugierige Blicke zuwarfen. »Wären Sie so freundlich, uns Ihre Namen zu nennen?«

»Aber gerne doch«, sagte der Mann mit der Nickelbrille und dem Doppelkinn lächelnd. »Ich heiße Franz Bludau, und mein Freund hier«, er zwinkerte dem ihm gegenübersitzenden hageren Schnurrbartträger zu, »ist Josef Schäfer.«

»Und?« Mathilde warf einen Blick über ihre Schulter.

Michael zückte sein Smartphone und tippte eine Weile auf dem Touchscreen. Schlussendlich schüttelte er den Kopf. »Meine Herren, Sie stehen nicht auf der Gästeliste. Können Sie uns das bitte erklären?«

»Wir wollten unbedingt Horsts großen Auftritt miterleben. In dem Trubel hat kein Mensch Notiz von uns genommen. Dem Servicepersonal haben wir gesagt, dass wir uns verspätet hätten. Es war kein Problem«, erklärte Franz. »Ich muss sagen, Horst hat seine Rolle mit Bravour gespielt.«

Irritiert legte Mathilde den Stift auf dem Notizbuch ab. »Keiner vom TiC hat nach Ihrer Platzreservierungskarte gefragt? Sie mussten sich doch an der Abendkasse anmelden?«

»Nö, wir haben uns einfach hingesetzt, ging ganz problemlos«, erstattete Franz Bludau Bericht.

»Und niemand hat sich darüber gewundert, warum bei Ihnen nicht eingedeckt war?«, hakte Mathilde ungläubig nach.

»Nein, nein.« Franz schüttelte den Kopf. »Dem Servicepersonal war es sehr unangenehm, dass sie uns vergessen hatten.«

»Ookaaay.« Mathilde schob ihre Brille zurecht. »Sie wollten also Polettos großen Auftritt miterleben? Ich würde nicht sagen, dass er seine Rolle mit Bravour erledigt hat. Immerhin ist er während der laufenden Inszenierung vergiftet worden. Ziemlich makaber, aber eben auch wohl kalkuliert. Der Täter oder die Täterin wusste, dass Poletto den restlichen Abend auf den Stühlen liegend verbringen würde. Das fand ich übrigens ziemlich krass. Ich habe mich tatsächlich gefragt, warum er nicht in den Pausen geholfen hat, das Essen an die Gäste zu verteilen. Aber gut, er stellte schließlich eine Leiche dar.«

»Das ist bei den Krimi-Dinnern üblich«, klärte Michael Mathilde auf. »Der Dramaturgie wegen serviert der die Leiche verkörpernde Darsteller grundsätzlich kein Essen.«

»In welchem Verhältnis standen Sie beide zu ihm? Sie sind etwa in seinem Alter, kann es sein, dass auch Sie Mitglieder dieser Studentenverbindung sind, von der ich vor wenigen Augenblicken erfahren habe?« Mathilde kratzte sich nachdenklich am Kinn. »Herr Wengler, wären Sie bitte so freundlich, meinen Neffen zu suchen und ihn zu bitten, zu mir zu kommen? Das Gespräch hier wird ihn interessieren.«

»Selbstverständlich«, erwiderte Michael und verschwand.

»Natürlich gehören wir zur Univatas. Sie müssen verstehen, Frau Krähenfuß, dass wir zu Studienzeiten einander wie Brüder waren. Manfred und Horst waren die gewählten Vorstandsmitglieder der Verbindung. Ein wenig können Sie die Vereinigung mit einem Motorradclub vergleichen. Der wichtigste Grundsatz lautet: Einer für alle, alle für einen. Und natürlich gilt es, die Tradition zu bewahren. Das rituelle Fechten zum Beispiel. Daher haben Manfred und Horst auch ihre Narben am Kinn.« Franz griff nach der Wasserflasche und schenkte sich ein.

»Ihnen beiden fehlt die Narbe«, stellte Mathilde fest, nachdem sie die Gesichter der beiden eingehend studiert hatte.

»Wir haben uns beim Fechten geschickter angestellt«, erwiderte Franz achselzuckend.

»Und was bitte hat das alles mit Ihrem ungebetenen Erscheinen auf dieser Veranstaltung zu tun?«, hakte Mathilde nach.

»Mucke, Mordkommission«, hörte sie Herbert sagen. Auch er nahm sich einen Stuhl von der Tischreihe hinter ihm und schob ihn neben Mathilde, die ein Stück zur Seite rutschte. Anschließend fasste sie das soeben Gehörte kurz für ihn zusammen.

»Fahren Sie fort, Herr Bludau«, forderte Herbert eindringlich.

Dieser nahm entspannt einen Schluck Wasser. »Haben Sie Lust, mit mir eine kurze Reise in die Vergangenheit zu unternehmen?«

»Nur zu.« Mathilde blickte den Mann mit der Nickelbrille aufmunternd an.

»Manfred und Horst waren nicht nur Brüder der Studentenverbindung, sondern sie hatten auf altmodische Weise den Bund der Blutsbruderschaft geschlossen. Sie schworen sich, im Alter von dreiundsiebzig Jahren eine

Lebensbilanz zu ziehen und ihre bisher erzielten Einnahmen, also ihr gesamtes Kapital, in einen Pott zu schmeißen und es brüderlich für den Lebensabend zu teilen. Sie gingen diesen Bund vor zwei Zeugen von Univatas ein. Diese Zeugen sitzen hier mit Ihnen am Tisch. Es war eine feierliche Angelegenheit, bei der nicht nur Blut, sondern auch reichlich Bier floss. Anschließend zogen die Jahre ins Land. Es war eine wunderbare Zeit für uns alle, nicht wahr, Josef?«

Der hagere, schweigsame Mann an Franz' Seite nickte zustimmend.

»Eine Zwischenfrage«, meldete sich Mathilde zu Wort. »Gibt es einen Vertrag, der diesen vor Jahren geschlossenen Pakt rechtsgültig macht?«

»Nein, doch es gilt: Ein Mann, ein Wort«, entgegnete Franz.

»Was hat die Idylle zerstört?«, wollte Herbert wissen.

Franz seufzte. »Wir alle standen kurz vor unseren Studienabschlüssen. Manfred und Horst planten bereits ihre gemeinsame Zukunft in Münster als Rechtsanwälte. Die zwei waren keine Kinder von Traurigkeit und ließen es ab und an ganz schön krachen. Ich werde die Feier nie vergessen …«, Franz brach kurz ab und schloss die Augen, als würde er die Bilder der vergangenen Zeit heraufbeschwören wollen. »Wir tanzten ausgelassen, und die Erdbeerbowle war mit viel Hochprozentigem angereichert. Besonders die Mädchen der unteren Semester zeigten sich kontaktfreudig. Sie müssen wissen, als wichtige Mitglieder von Univatas waren Horst und Manfred bei den Mädels sehr beliebt. Ich glaube, es war gegen drei Uhr am Morgen, ist das richtig, Josef?«

Wieder nickte der Hagere wortlos.

»Josef und ich vermissten die zwei, machten uns schließlich Sorgen, weil sie viel Alkohol getrunken hatten. Wir gingen in den Park des Studentenwohnheims und hörten plötzlich Schreie.« Ein Schatten fiel über das Gesicht des Redners, während Mathilde und Herbert wie gebannt seinen Schilderungen lauschten. Er hatte laut gesprochen und steigerte die Lautstärke mit seiner Erregtheit. So hörten ihm mittlerweile alle Anwesenden zu. Jetzt herrschte gespannte Stille. »Verzeihen Sie uns, Frau Poletto.« Franz erhob den Zeigefinger und deutete auf Adele, die, bleich wie ein Zombie, ihren Platz an Marthas Seite verlassen hatte und sich in gespenstischer Ruhe ihren Weg durch die wie zu Salzsäulen erstarrten Menschen bahnte. »Wir kannten das Mädchen, das mit Blutergüssen im Gesicht, weinend und mit zerrissenem Kleid hinter dem großen Busch lag. Ich weiß noch genau, wie angewidert wir waren, richtig, Josef?«

»Halt deinen Mund!«, zischte er, und Mathilde meinte spüren zu können, dass alle Anwesenden den Atem anhielten. »Wenn du schon meinst, die Geschichte erzählen zu müssen, dann erzähle sie richtig. Sonst begehst du denselben Verrat an uns Brüdern wie Horst damals.«

»Okay, es stimmt, die Menschen neigen dazu, sich selbst besser darzustellen, als es der Wahrheit entspricht«, fuhr Franz zögerlich fort. »Wir waren zu dritt hinter dem Busch, hatten uns zu dritt mit Melanie vergnügt. Wir dachten, sie wollte es auch, war sie doch freiwillig mitgekommen. Manfred und Horst hatten den Anfang gemacht und mich mitgezogen in diesen Sog, diesen Rausch der Macht und Gewalt. Wir waren völlig außer

Kontrolle. Und gefunden hatte uns …«, er hielt kurz inne, »… Josef.«

»Ja, und *ich* war angewidert und entsetzt, als ihr mich dazu nötigen wolltet, aus brüderlicher Pflicht dem Ganzen noch eins draufzusetzen und Teil dieses Aktes zu werden. Aber ich – ich habe um Hilfe gerufen, so laut wie niemals zuvor in meinem Leben.« Josefs Kiefermuskeln knirschten, so fest biss er die Zähne zusammen, bevor er weitersprach: »Und dann kamen sie, die Brüder und die Mädchen.«

»Du warst blöd genug, erst zu schreien, und dann zu sagen, du hättest mitgemacht«, ergänzte Franz bitter.

»Ein Akt der Ehre, Brüder bis in den Tod, einer für alle und alle für einen«, sagte Josef. »Ihr wart wie ihm Wahn, Melanie hätte die Nacht nicht überlebt, ihr hättet sie verschwinden lassen müssen, das konnte ich nicht zulassen.«

»Die Brüder und die Mädchen schwiegen. Keiner von ihnen schwärzte uns an. Auch Melanie konnten wir überzeugen, dass es besser sei, ihren Mund zu halten.« Franz warf einen Blick auf den Hauptkommissar, der mit gerunzelter Stirn zuhörte. »Ein Mädchen jedoch, Jessika, noch nicht einmal eine engere Freundin von Melanie, ging zum Unirektor. Es kam zur Verhandlung, während deren Verlauf Melanie, wie abgesprochen, beharrlich schwieg und ihre Aussage verweigerte. Jessika berichtete von dem Hilferuf, davon, dass einer von uns vieren unschuldig sein müsse und Schlimmeres verhindert habe.«

»Entschuldigen Sie die Unterbrechung«, mischte sich Mathilde ein. »Was hat es Ihren sogenannten Brüdern eigentlich gebracht, dass Sie sich opferten und Ihre Unschuld nicht beteuerten? Durch Ihren Hilferuf hatten Sie sie ohnehin bereits ans Messer geliefert.«

Josef schwieg einen Moment. »Ich … ich … ich habe das mit anderen Augen betrachtet als Sie, Frau Krähenfuß. Wäre Jessika nicht gewesen, wäre mein Plan aufgegangen. Einer für …«

»Ja, ja, ich weiß«, wiegelte Herbert ihn ab. »Wie ging es weiter?«

»Es kam zu einem schrecklichen Verrat, einer unverzeihlichen Schuld«, berichtete Franz. »Horst log, sagte, er sei es gewesen, der um Hilfe gerufen habe. Er zwinkerte, ganz leicht nur, sodass außer uns niemand es bemerkte, Melanie zu, und sie verstand. Er würde sie reich dafür entlohnen, wenn sie sich jetzt hinter ihn stellte. Und sie … sie sagte aus, dass er ihr Retter gewesen sei.«

»Ach?« Mathilde zog ungläubig die Augenbrauen hoch. »Und Sie, Herr Schäfer, haben das einfach so hingenommen?«

»Selbstverständlich hat Josef widersprochen«, erwiderte Franz an seiner Stelle. »Aber Melanie blieb bei ihrer Aussage. Auch die anderen Mitglieder von Univatas, die als Zeugen vorgeladen waren, konnten dem nichts entgegensetzen, weil sie schlichtweg nicht wussten, wer sie zum Busch gerufen hatte. Das Urteil war eindeutig und schnell gefällt: Außer Horst, der freigesprochen und als Held gefeiert wurde, mussten wir alle für ein Jahr ins Gefängnis und wurden außerdem der Universität verwiesen.«

Mathilde rückte ihren Stuhl etwas zur Seite, damit Martha, die herbeigeeilt war, zwischen ihr und Herbert am Kopfende noch einen Platz fand. Adele Poletto hatte sich hinter Herbert gestellt und umklammerte mit den Fingern seine Stuhllehne, wortlos, ohne jegliche Gefühlsregung.

»Ich wollte sowohl Melanie als auch meinen Brüdern helfen«, meldete sich Josef endlich wieder selbst zu Wort. »Mord ist ein schwerwiegenderes Vergehen als eine Vergewaltigung. Ich hielt sie davon ab, diese Straftat zu begehen. Immerhin …«

»Und nun sitzen Sie hier, gemeinsam mit Herrn Bludau, und haben den Tod des Verräters mitangesehen«, stellte Mathilde fest.

»Wer von Ihnen ist der Mörder Horst Polettos? Wer von Ihnen beiden hat um kurz vor neun am Abend, in einen braunen Kapuzenmantel gekleidet, die Tablette in der Tasche gegen ein Gift, möglicherweise Zyankali, ausgetauscht?«, wollte Herbert wissen. Er warf einen verstohlenen Blick auf Mathilde, der die Anspannung ins Gesicht geschrieben stand. Sie zog die Nase kraus und schob ihre Brille zurecht. Anschließend schaute er auf seine Armbanduhr.

23 Uhr 50

»Das müssen Sie schon selbst herausfinden, Herr Kommissar«, erwiderte Franz gelassen.

Für einen kurzen Moment herrschte gespenstische Stille im Theater. Dann unterbrach ein Räuspern das Schweigen.

»Herbert, ich habe den Mantel hinter der Bühne gefunden.« Alle Blicke wanderten zu Jörg Tauben, der auf dem Podium vor der Festtagstafel stand und das Beweis-stück in den Händen hielt. »In einem Koffer mit anderen Requisiten, ordentlich zusammengefaltet.«

»Irgendetwas kommt mir hier sehr spanisch vor.« Mathilde blickte Franz und Josef eindringlich an. »Würden Sie hier so entspannt sitzen, wenn Sie einen Mord begangen hätten? Und warum hätten Sie den Mantel hinter die Bühne bringen und zwischen den Requisiten verstauen sollen?«

»Wer hat meinen Mann auf dem Gewissen?«, wollte Adele Poletto wissen, die sich immer noch an Herberts Stuhllehne festhielt.

»Wo ist ihr Dritter im Bunde? Weshalb ist Manfred Gruber nicht vor Ort und genießt seinen Triumph?« Mathilde trommelte mit den Fingern auf die Tischplatte.

»Manfred? Der ist längst zurück in Bayern, wo er seit vielen Jahren zurückgezogen und als Selbstversorger lebt. Er hatte nie vor, eine Rolle in dem Krimi-Dinner zu ergattern. Dass Horst die Rolle bekommen sollte, war längst beschlossene Sache, nicht wahr, Frau Krämer-Lorenz?«

»Ja, ja, schon gut, es gibt Schlimmeres«, erwiderte diese. Sie stand etwas abseits von der Menschenansammlung, die sich längs der Tischreihe gebildet hatte.

»Was soll das bedeuten?« erkundigte sich Michael Wengler und legte missbilligend die Stirn in Falten. »Haben Sie Ihre hohe Wertigkeit bei der Abstimmung missbraucht?«

»Und? Horst war klasse und mein Urteil ein gutes. Was spielt es für eine Rolle, dass es bereits feststand, bevor er vorgesprochen hat?« Sie strich sich fahrig durch die Haare. »Mit seinem Tod habe ich jedenfalls nichts zu tun. Sie müssen verstehen, es läuft nicht so gut für mich wie früher. Ich werde älter, die besten Rollen besetzt Til mittlerweile mit jüngeren Schauspielerinnen. Ich konnte die zweitausend Euro von Herrn Gruber gut gebrauchen.«

»Herr Gruber hat also die Jury beim Casting bestochen, so weit, so gut«, bemerkte Mathilde. »Woher kannte er überhaupt den momentanen Aufenthaltsort des Ermordeten? Bayern ist nicht gerade um die Ecke.«

»Manfred hat Horst zeit seines Lebens im Blick gehabt, er wusste alles über ihn: mittlerweile Jurist im Ruhestand, wohnhaft in Wuppertal-Cronenberg, prächtiges Haus mit großem Garten, Ehefrau, eine Tochter, zwei Enkelkinder. Das Casting für das Krimi-Dinner war die beste Möglichkeit, die sich ihm – und uns – bieten konnte. Dort kam es zur ersten Begegnung Horsts mit seinem … seinem Blutsbruder.«

»Und ihm wurde angst und bange, weil er sich an den vor Jahren geleisteten Eid erinnerte«, stellte Mathilde fest.

»Natürlich«, sagte Franz und nickte. »Als er nach dem Casting in der Kneipe auch noch uns, den Zeugen, begegnete, war er ziemlich fertig. Er sprach davon, sich einen Anwalt nehmen zu wollen. Sein Lebenswerk und sein Vermögen habe er nicht vor, mit einem bayerischen Bauern zu teilen. Na ja, wir konnten ihn recht schnell überzeugen, davon abzusehen.«

»Sie haben Frau Krämer-Lorenz bestochen, damit Horst Poletto die Rolle des Rolf Hohmann auf jeden Fall bekommt. Und weil Manfred Gruber beim Casting teilgenommen hatte, wussten Sie auch von der dramatischen Szene nach der Tabletteneinnahme.« Mathilde zog die Stirn in Falten und stand auf. »Es gibt Dinge, die sind schlimmer als der Tod. Meine Damen und Herren, ich bin mir ziemlich sicher, den Mörder Horst Polettos zu kennen. Er liegt in diesem Augenblick«, sie drehte sich zur Bühne, »dort auf dem Boden.«

Ein Aufschrei ging durch die Menge.

»Du meinst, er hat sich selbst das Leben genommen?«, erkundigte sich Herbert fassungslos. »Aber weshalb?«

Mathilde ließ sich wieder auf ihren Stuhl fallen. »Was haben Sie mit Horst Poletto angestellt?«

»Fragen Sie sich nicht, wie es nach der Gerichtsverhandlung mit Melanie weiterging? Die …«, Franz zögerte kurz, »die Vergewaltigung blieb nicht ohne Folgen. Sie wurde schwanger, wollte nicht abtreiben und bestand auf einen Vaterschaftstest. Dabei stellte sich heraus, dass Horst …, wie soll ich es ausdrücken? Anscheinend hatte Horst den entscheidenden Part bei der Zeugung des Jungen übernommen.«

»Aber wenn das klar war, warum landete er nicht hinter Gittern? Damit war der Beweis seiner Schuld schließlich erbracht«, wunderte sich Mathilde.

»Weil Melanie es nicht wollte, sie profitierte immer noch von Horsts Begünstigungen. Außerdem war der Test anonym, und es herrschte ärztliche Schweigepflicht. Horst hat in den ersten fünf Jahren viel Geld in seinen unehelichen Sohn investiert. Melanie konnte sich nicht beklagen. Irgendwann haben Melanie und Horst sich aus den Augen verloren, denn sie heiratete einen wohlhabenden Mann und bekam zwei weitere Kinder. Ihr Erstgeborener wurde von seinem Stiefvater adoptiert, und Horst war finanziell aus dem Schneider. Manfred, Josef und ich jedoch haben sie nach dem Absitzen unserer Gefängnisstrafe immer im Blick behalten, teilweise aus Schuldgefühlen heraus. Soweit wir wissen, hat sie durch unsere Tat keinen bleibenden Schaden davongetragen. Nicht, dass es unsere Schuld schmälert, doch irgendwie beruhigt es die Nerven. Aber …«, er holte tief Luft und blickte unmittelbar zur Witwe, »wir haben herausgefunden, dass Melanies und Horsts gemeinsamer Sohn, er heißt übrigens Manuel …«

»Ich kann das alles nicht glauben«, schluchzte Adele Poletto.

»Er heißt übrigens Manuel Barusi«, fuhr Franz fort.

»Neeeein«, schrie Adele.

»Manuel Barusi hat vor vielen Jahren, bei seiner Studienzeit in Münster, Elisabetha Poletto kennengelernt. Die beiden haben geheiratet, ohne zu wissen, dass sie Halbgeschwister sind. Die Erkenntnis, dass der Gendefekt Trisomie 21 ihrer beiden Töchter durch Inzucht verursacht worden ist, traf Horst hart. Eine Tat, verborgen und vergessen in den Nebeln der Vergangenheit, hat ihn schlussendlich eingeholt. Bei unserem letzten Treffen zu viert drückte Manfred ihm zum Abschied kommentarlos das Zyankali in die Hand. Alles Weitere blieb abzuwarten. Wer Horst kennt, weiß von seinem Hang zum Theatralischen, zur Dramaturgie. Und er hat ihn gehabt, seinen letzten großen Auftritt.«

Sonntag, 24. Februar, 00 Uhr 8

Im Theater herrschte Grabesstille.

»Leute, ihr habt acht Minuten überzogen.« Herbert brach in schallendes Gelächter aus.

»Herzlichen Glückwünsch zum Geburtstag, Frau Krähenfuß«, rief Horst Poletto. Er riss sich das Laken vom Körper und sprang auf.

»Wie jetzt?« Mathilde verstand die Welt nicht mehr.

Die Fotografen der Westdeutschen Zeitung, der Wuppertaler Rundschau und der Cronenberger Woche zückten ihre Kameras, der Kameramann vom WDR begann, Mathildes verdutztes Gesicht zu filmen, und der Reporter von Radio Wuppertal hielt ihr sein Mikrofon hin.

Die Schauspielerinnen und Schauspieler des TiC-Theaters klatschten ausgelassen in die Hände.

»Herzlichen Glückwunsch zum Geburtstag, meine Lieblingstante, hast du schön reingefeiert?« Herbert drückte ihr einen Kuss auf die Wange.

»Nein, das ist nicht wahr, das war mein …«, stammelte Mathilde fassungslos.

Plötzlich ging das Licht aus, und die knisternden Funken unzähliger Wunderkerzen erhellten den Raum.

»Happy Birthday, Mathilde Krähenfuß, Happy Birthday to you«, sangen alle Anwesenden im Chor.

»Was könnte ein schöneres Geburtstagsgeschenk für dich sein als die Gelegenheit, einen potentiellen Mordfall aufzuklären!«, sagte Herbert grinsend. »Und jetzt«, rief er laut in die Runde, »freue ich mich auf das verspätete Dessert – oder besser: Servieren Sie bitte die Mitternachtsmahlzeit.«

»War ich nicht gut?« Martha strahlte übers ganze Gesicht, und Herbert klopfte ihr kameradschaftlich auf die Schulter. »Du warst einfach wunderbar, meine Liebe.«

Danksagung

Ich danke meiner Leserin und Erstlektorin Christina De Bruyckere-Monti für das intensive Begleiten meiner Arbeit von der Rohfassung an bis zur finalen Form. Es war mir ein Vergnügen, ihre Anmerkungen umzusetzen.

Mein Dank gilt meiner Kollegin und Lektorin Jacqueline V. Droullier und meinem Lektor Dr. Norbert Brieden.

Weiterhin bedanke ich mich bei Marise Moniac für das Abschlusskorrektorat.

Mein bester Dank gilt wie immer Melanie Engel von BoD für die hervorragende Beratung, das Konzept und den Buchblock.

Kay Fretwurst von BoD danke ich für das individuelle und ausgezeichnete Design.

Heinz Krämer vom Teddybärenmuseum in Wuppertal danke ich für die Fotovorlagen und für die vielen Informationen zur Geschichte des Museums.

Bei Christine Krämer vom Teddybärenmuseum bedanke ich mich für die vielen Arbeitssessen und Führungen.

Mein letzter Dank geht an meine Mutter für die Erstlektüre des Tagewerks.

Romane bei BoD

Das Lächeln der Teddybären,
BoD Norderstedt, ISBN: 978-3-7448-7795-4

Im Garten des Lebens,
BoD Norderstedt, ISBN: 978-3-7448-6564-7

Götterdämmerung,
BoD Norderstedt, ISBN: 978-3-7460-9070-2

Drohnenopfer,
BoD Norderstedt, ISBN: 978-3-7528-0751-6

Panik-Gen,
BoD Norderstedt, ISBN: 978-3-7481-6247-6

Mütterherzen,
BoD Norderstedt, ISBN: 978-3-7494-4285-0

Aralandia,
BoD Norderstedt, ISBN: 978-3-7504-7850-3

Spuren der Seelen
BoD Norderstedt, ISBN: 978-3-7519-8881-0